I0820014

ЖАНГАДА

Жюль Верн

ЖАНГАДА

Жюль Верн

Перевод: Елизавета Михайловна Шишмарева

Дочь богатого владельца фазенды Жоама Гарраля выходит замуж, и вся семья сопровождает невесту и жениха в путешествии к месту свадьбы. Транспортом всем им послужит гигантский плот — жангада, а дорогой — величайшая река мира Амазонка. Всеобщая радость из-за предстоящего путешествия несколько омрачается сомнениями главы семьи: уже много лет он не ступал на землю Бразилии, и не без причины...

Сайт издательства: www.miller-books.com

ISBN: 978-1-7638476-6-8

ЖАНГАДА

ЧАСТЬ ПЕРВАЯ

1. Лесной стражник

СГУЧПВЭЛЛЗИРТЕПНДНФГИНБОРГЙУГЛЧД

КОТХЖГУУМЗДХРЪСГСЮДТПЪАРВЙГГИЩВЧ

ЭЕЦСТУЖВСЕВХАХЯФБЬБЕТФЗСЭФТХЖЗБЗ

ЪГФБЩИХХРИПЖТЗВТЖЙТГОЙБНТФФЕОИХТ

ТЕГИИОКЗПТФЛЕУГСФИПТЬМОФОКСХМГБТ

ЖФЫГУЧОЮНФНШЗГЭЛЛШРУДЕНКОЛГГНСБК

ССЕУПНФЦЕЕЕГГСЖНОЕЫИОНРСИТКЦЬЕДБ

УБТЕТЛОТБФЦСБЮЙПМПЗТЖПТУФКДГ

Человек, державший в руке документ, последние строчки которого представляли собой этот нелепый набор букв, внимательно перечитал его и глубоко задумался.

В документе было около сотни таких строк, даже не разделенных на слова. Как видно, он был написан много лет назад, ибо плотный лист бумаги, усеянный этими непонятными письменами, уже пожелтел от времени.

Однако на основе какого принципа были расставлены буквы? Ответить на такой вопрос мог только этот человек. Мы знаем, что существуют тексты, зашифрованные так же, как замки на современных несгораемых шкафах: они открываются одинаковым способом. Но чтобы найти к ним ключ, пришлось бы проделать миллиарды комбинаций, на что не хватило бы целой жизни отгадчика. Надо знать «слово», чтобы открыть замок с секретом, надо знать «шифр», чтобы прочесть такого рода криптограмму[1]. Вот почему, как мы увидим дальше, понять этот листок никому не удавалось, несмотря на самые хитроумные догадки, и притом при таких обстоятельствах, когда прочесть его было особенно важно.

Человек, перечитывавший документ, был простым «лесным стражником». В Бразилии лесными стражниками называют агентов полиции, разыскивающих беглых негров. Такая должность была установлена с 1722 года. В ту пору мысль о недопустимости рабства приходила в голову только редким человеколюбцам. Лишь более столетия спустя цивилизованные народы усвоили ее и стали проводить в жизнь. И хотя право быть свободным, принадлежать только себе — казалось бы, первое естественное право человека, однако прошли тысячелетия, прежде чем некоторые народы решились провозгласить эту благородную идею.

В 1852 году, когда происходило действие нашей повести, в Бразилии еще были рабы, а следовательно, и лесные стражники, которые за ними охотились. Особые экономические условия на время задержали здесь полное освобождение рабов, но негры уже имели

---

[1] Условное тайное письмо.

право выкупать себя у хозяина, а дети их рождались свободными. Итак, уж недалек был день, когда в этой прекрасной стране величиной с три четверти Европы, среди десяти миллионов жителей не останется ни одного раба.

Несомненно и должности лесного стражника суждено было скоро исчезнуть, вот почему доходы, получаемые за поимку беглых негров, значительно уменьшились. И если в течение долгого времени, пока этот промысел был достаточно выгоден, в лесные стражники шли всевозможные авантюристы, главным образом из вольноотпущенников, отщепенцев, недостойных уважения, то понятно, что теперь тем более охотники на рабов принадлежали к последним отбросам общества, и, вероятно, человек, читавший документ, тоже не служил украшением малопочтенного отряда лесной полиции.

Торрес — так его звали — не был ни метисом, ни индейцем, ни негром, как большинство его сотоварищей, а белым, родившимся в Бразилии; он получил кое-какое образование, чего, впрочем, не требовала его теперешняя профессия. Однако его нельзя было считать одним из тех людей без роду и племени, каких немало встречается в далеких уголках Нового Света; если в те времена, когда бразильские законы еще запрещали занимать некоторые должности мулатам и вообще людям смешанной крови, на Торреса и мог распространиться этот запрет, то отнюдь не за происхождение, а лишь за его пороки.

Впрочем, сейчас Торрес находился не в Бразилии. Совсем недавно он перешел ее границу и вот уже несколько дней бродил по лесам Перу, раскинувшимся в верховьях Амазонки.

Торрес, человек лет тридцати, был крепко сложен, и треволнения довольно беспорядочной жизни не отразились на его внешности, ибо он обладал исключительной выносливостью и железным здоровьем.

Он был среднего роста, широкоплеч, с твердой походкой, с резкими чертами лица, сильно загоревшего под жгучим тропическим солнцем и обрамленного густой черной бородой. Его глубоко сидящие глаза под сросшимися бровями бросали быстрые и холодные взгляды, выдававшие врожденную наглость. Даже в те времена, когда жаркий климат еще не покрыл его кожу медным загаром, вы не увидели бы краски стыда у него на лице, его лишь искажала злобная гримаса.

Торрес был одет весьма неприхотливо, как все лесные бродяги. Платье его истрепалось от долгой носки; на голове криво сидела широкополая кожаная шляпа; грубые шерстяные штаны он заправлял в высокие, крепкие сапоги — самую прочную часть его туалета, а на плечах носил желтоватый вылинявший плащ «пуншо», который скрывал, во что превратилась его куртка и что стало с жилетом.

Но если прежде Торрес и состоял лесным стражником, то теперь он несомненно оставил это занятие; во всяком случае, не служил в настоящее время, на что указывало отсутствие у него средств защиты и нападения, необходимых для поимки негров: никакого огнестрельного оружия — ни ружья, ни пистолета. Только за поясом длинный нож, так называемая «маншетта», больше похожая на саблю, чем на охотничий нож. Кроме того, у Торреса была еще «эншада» — нечто вроде мотыги, обычно употребляемой для ловли броненосцев[1] и агути[2]; в лесистых верховьях Амазонки их водится множество, но почти не встречается крупных хищников.

Как бы то ни было, но в этот день — 4 мая 1852 года — наш искатель приключений был либо слишком поглощен чтением документа, который держал перед глазами, либо, привыкнув бродить по южноамериканским лесам, оставался совершенно равнодушен к их красотам. И верно, ничто не могло отвлечь Торреса от его занятия: ни громкие вопли обезьян-ревунов, которые Сент-Илер [3] удачно сравнивал с гулкими ударами топора дровосека по ветвям деревьев; ни сухое потрескиванье колец гремучей змеи, правда редко нападающей на человека, но чрезвычайно ядовитой; ни

---

[1] Семейство млекопитающих; на теле — костный панцирь из подвижно связанных щитков; иногда броненосцы очень быстро зарываются в землю, спасаясь от преследования.

[2] Род грызунов, вредители плантаций сахарного тростника.

[3] Жоффруа Сент-Илер, Этьенн (1772–1844) — прогрессивный французский биолог, эволюционист; один из предшественников Чарлза Дарвина.

пронзительный крик рогатой жабы, по своему уродству занявшей первое место в классе земноводных; ни даже громкое басовитое кваканье древесной лягушки, которая, правда, по величине неспособна тягаться с волом, но зато может сравниться с ним силой голоса.

Торрес не слышал этого оглушительного гомона, как бы сливавшегося в единый голос лесов Нового Света. Он лежал у подножия великолепного железного дерева, но даже не любовался могучей кроной этого гиганта, покрытого темной корой и твердого, как металл, вместо которого он и служит индейцам при изготовлении оружия и орудий труда. Нет! Углубившись в свои мысли, лесной стражник рассматривал со всех сторон странный документ. С помощью известного ему тайного шифра он находил значение каждой буквы; он читал, проверяя скрытый смысл этих строк, понятных ему одному, и лицо его кривилось в злобной усмешке.

Затем он не удержался и пробормотал вполголоса несколько слов, которые, впрочем, в этом диком уголке девственного леса никто не мог подслушать, да никто не мог бы и понять.

— Да, — сказал он, — вот сотня очень четко написанных строк, и я знаю человека, для которого они имеют огромное значение! А ведь этот человек богат! И для него это вопрос жизни или смерти, а за жизнь всегда дорого платят!

Он смотрел на документ жадным взглядом:

— Если взять по конто рейс[1] за каждое слово одной последней фразы, и то уже получится кругленькая сумма! Ох и дорого же стоит эта фраза! Она подводит итог всему документу. Она называет настоящие имена настоящих участников. Но, прежде чем пытаться ее понять, надо разбить ее на слова, а впрочем, если б это и удалось, все равно никому не докопаться до смысла!

---

[1] Рейс — старинная бразильская мелкая монета; денежной единицей был мильрейс (1000 рейс); в 1942 году эта денежная единица заменена крузейро; конто равнялось 3000 рейс или 3 мильрейсам.

Торрес замолчал и принялся считать в уме.

— Здесь сорок четыре слова! — воскликнул он. — Это составило бы сорок четыре конто. С такими деньгами можно жить и в Бразилии, и в Америке, да где угодно — жить припеваючи и ничего не делать! А что, если б я получил такую плату за каждое слово всего документа! Ведь тогда я считал бы конто сотнями! Тысяча чертей! У меня в руках целое состояние, и я буду последним дураком, если упущу его!

Казалось, руки Торреса уже ощупывают это богатство, а пальцы сжимают груды золотых монет.

Тут мысли его вдруг приняли иное направление.

— Наконец-то я близок к цели! — вскричал он. — И ничуть не жалею о трудностях долгого пути от берегов Атлантического океана до верховьев Амазонки! Ведь этот человек мог уехать из Америки, поселиться далеко за морями, и тогда как бы я до него добрался? Но нет! Он здесь: стоит мне влезть на вершину любого из этих деревьев, и я увижу крышу дома, где он живет со всей своей семьей!

Затем, снова схватив листок и возбужденно помахивая им, он продолжал:

— Сегодня же вечером я буду у него! Сегодня же вечером он узнает, что его честь, его жизнь заключены в этих строчках! А когда он захочет получить шифр, чтобы их прочитать, — ну что ж, тогда пускай раскошеливается! Если я потребую, он отдаст за него все свое состояние, как отдал бы даже свою кровь. Эх, тысяча чертей! Мой товарищ по отряду, который доверил мне эту бесценную бумагу, объяснил ее тайну, да еще сказал, где я могу разыскать его бывшего сослуживца и под каким именем тот скрывается столько лет, этот мой почтенный сотоварищ и не подозревал, что сделает меня богачом!

Торрес в последний раз взглянул на пожелтевший листок и, бережно сложив его, спрятал в крепкую медную коробку, служившую ему также кошельком.

По правде сказать, если все состояние Торреса умещалось в этой коробочке величиной с портсигар, то нигде в мире его не сочли бы богачом. Он хранил тут разные монеты из всех граничивших с

Бразилией стран: два двойных кондора из Соединенных Штатов Колумбии, каждый стоимостью примерно по сто франков; венесуэльские боливары франков на сто; перуанские соли на такую же сумму; несколько чилийских эскудос, самое большее на пятьдесят франков, и еще кое-какую мелочь. Эти деньги составляли круглым счетом не более пятисот франков, к тому же Торрес был бы в большом затруднении, если б его спросили, где и каким образом он их раздобыл.

В одном не приходилось сомневаться: несколько месяцев назад Торрес вдруг бросил свою должность лесного стражника, ушел из провинции Пара, поднялся вверх по бассейну Амазонки и, перейдя границу Бразилия, вышел на территорию Перу.

Впрочем, этому искателю приключений требовалось весьма немного денег, чтобы прожить. Какие были у него расходы? Он ничего не платил ни за квартиру, ни за одежду. Лес снабжал его пищей, а готовил он сам кое-как, без всяких затрат, подобно всем лесным бродягам. Ему хватало нескольких рейс на табак, который он покупал в миссиях или деревушках по пути, и на водку, чтобы наполнить флягу. Он мог проделать большой путь, почти ничего не тратя.

Положив бумагу в металлическую коробку с герметически запирающейся крышкой, Торрес, вместо того чтобы снова спрятать ее в карман куртки под плащом, перестарался в своих заботах о ней и, растянувшись под деревом, положил коробку рядом с собой в дупло у корневища.

Эта неосмотрительность чуть не обошлась ему очень дорого.

Стоял палящий зной. Тяжелый воздух как будто застыл. Если бы на церковной колокольне в ближайшей деревне были часы, они пробили бы два часа пополудни, и даже слабый ветерок донес бы их бой до Торреса, который лежал не более чем в двух милях от нее.

Но время, как видно, его не интересовало. Бродяге, привыкшему определять час дня только по высоте солнца над горизонтом, незачем размерять свои действия с особой точностью. Он завтракает и обедает, когда ему захочется или когда удастся поесть. А засыпает где придется, когда его сморит сон.

Если для него не всегда накрыт стол, зато всегда готова постель под тенистым деревом, в глухой чаще леса. Торрес был совсем нетребователен по части комфорта. К тому же он все утро шагал по лесу, а теперь немного перекусил и был не прочь соснуть. Часика два отдохнув, можно с новыми силами пуститься в дорогу. Итак, он улегся поудобнее на траве и собрался вздремнуть.

Однако Торрес был не из тех, кто сразу засыпает, не сделав предварительно кое-каких приготовлений. Он привык сначала пропустить глоток-другой чего-нибудь покрепче, а потом закурить трубочку. Водка возбуждает мозг, а табачный дым навевает туманные грезы. Во всяком случае, так считал Торрес.

Итак, он начал с того, что поднес к губам флягу из выдолбленной тыквы, висевшую у него на боку. В ней был налит напиток, известный в Перу под названием «шика», а в верховьях Амазонки чаще именовавшийся «кайсума». Его гонят из корней сладкого маниока[1], после чего дают перебродить; однако наш лесной стражник, человек с луженой глоткой, считал необходимым прибавлять к нему еще изрядную дозу тафии[2].

Отхлебнув несколько глотков этого напитка, он встряхнул флягу и с огорчением убедился, что она почти пуста.

— Надо долить! — заключил он.

Затем, вытащив короткую трубку из древесного корня, набил ее крепким и едким бразильским табаком, принадлежащим к старинному сорту «петен», завезенному во Францию Нико[3], которому мы обязаны внедрением самого доходного и самого распространенного из пасленовых растений.

---

[1] Кустарниковое растение из семейства молочайных, большой клубневидный корень которого богат крахмалом; из него изготовляют крупу тапиоку.

[2] Водка из сахарного тростника.

[3] Нико, Жан (1530–1600) — французский дипломат; ввез во Францию табак.

Табак Торреса не имел ничего общего с современным первосортным «скаферлати», изготовляемым на французских табачных фабриках, но Торрес в этом вопросе, как и во многих других, не был привередлив. Он достал огниво, высек огня, разжег немного липкого вещества, известного под названием «муравьиного трута», и раскурил трубку.

После десятой затяжки глаза его закрылись, трубка выскользнула из пальцев, и он уснул, или, вернее, впал в забытье, которое нельзя назвать настоящим сном.

2. Вор и обворованный

Торрес проспал около получаса, когда под деревьями послышался легкий шорох. Казалось, кто-то шел босиком, стараясь ступать осторожно, чтоб его не услышали. Если бы наш бродяга не спал, он бы сразу насторожился, так как всегда избегал нежелательных встреч. Но чуть слышные шаги не могли его разбудить, и тот, кто пробирался в чаще, подошел и остановился в десяти метрах от дерева, под которым лежал Торрес, не потревожив его сон.

То был не человек, а гуариба.

В лесах Верхней Амазонки водится множество цепкохвостых обезьян: легкие и изящные сахиусы, «рогатые сапажу», моносы с серой шерстью; сагуины, строящие такие рожи, что порой кажется, будто они в масках. Но из всех обезьян самые своеобразные, бесспорно, гуарибы. У них общительный и вовсе не злобный нрав, в отличие от свирепых и мерзких мукур; к тому же в них силен общественный инстинкт, и они чаще всего живут стаями. Они дают о себе знать еще издали монотонным гулом голосов, напоминающим церковный хор, поющий псалмы. Однако если от природы гуариба и незлобива, то нападать на нее все же не безопасно. Во всяком случае, как мы увидим дальше, уснувший путешественник подвергается некоторой опасности, если гуариба застанет его врасплох в таком беспомощном состоянии.

Эта гуариба, называемая в Бразилии также «барбадо», была крупным животным. Ее гибкое и крепкое тело свидетельствовало о том, что этот сильный зверь может сражаться на земле не хуже, чем перебрасываться с ветки на ветку на вершинах лесных исполинов.

Но сейчас гуариба двигалась вперед осторожно, мелкими шажками. Она бросала взгляды то налево, то направо, беспокойно помахивая хвостом. Этим представителям обезьяньего племени природа дала не только четыре руки — отчего их и называют четверорукими, — но проявила еще большую щедрость, добавив им сверх того и пятую, ибо кончик их хвоста обладает такой же способностью хватать, как и руки.

Гуариба бесшумно приближалась к спящему, размахивая толстым суком, который в ее могучих руках мог стать грозным оружием. Должно быть, несколько минут назад она заметила лежащего под деревом человека, а его неподвижность, как видно, успокоила обезьяну, и ей захотелось рассмотреть его поближе. Итак, она подошла и с некоторой опаской остановилась в трех шагах от него.

Ее бородатое лицо исказила гримаса, обнажив острые зубы, белые, как слоновая кость, и она угрожающе подняла свой сук — движение, не сулившее ничего хорошего лесному стражнику.

Без сомнения, вид спящего Торреса не вызывал у гуарибы никакой симпатии. Были ли у нее особые причины питать враждебные чувства к представителю рода человеческого, который по воле случая оказался в ее власти? Весьма возможно! Известно, что некоторые животные долго не забывают причиненных им обид, и, быть может, эта гуариба затаила злобу против лесных бродяг.

Дело в том, что для местных жителей, особенно для индейцев, обезьяны — лакомая добыча, к какой бы породе они ни принадлежали, и охотники преследуют их с особым пылом не только из любви к охоте, но и ради их мяса.

Как бы то ни было, но если гуариба и не собиралась поменяться с охотником ролями, если она помнила, что природа создала ее животным травоядным, и не помышляла сожрать лесного стражника, то все же она, видимо, твердо решила разделаться с одним из своих исконных врагов.

Некоторое время она пристально разглядывала его, а потом тихонько двинулась вокруг дерева. Шла она очень медленно, задерживая дыхание, но понемногу все приближалась к спящему. Движения ее были угрожающи, а выражение лица свирепо. Ей ничего не стоило убить этого неподвижно лежащего человека одним ударом дубины, и, без сомнения, жизнь Торреса в ту минуту висела на волоске.

Гуариба остановилась сбоку у самого дерева и занесла свой сук над головой спящего, готовясь нанести удар.

Но если Торрес поступил неосторожно, положив в дупле подле себя коробку, в которой лежал документ и все его богатство, то именно эта неосторожность и спасла ему жизнь.

Луч солнца, проникнув сквозь ветви, скользнул по металлической коробке, и ее полированная поверхность сверкнула, как зеркало. Обезьяна, со свойственным ее породе непостоянством, тотчас отвлеклась. Ее мысли — если у животного могут быть мысли — сразу приняли иное направление. Она нагнулась, схватила коробку, попятилась и, поднеся ее к глазам, принялась вертеть в руках, с удивлением разглядывая, как она блестит на солнце. Быть может, ее еще больше удивил звон лежащих в коробке монет. Как видно, ее пленила эта музыка. Точь-в-точь погремушка в руках у ребенка! Потом обезьяна сунула находку в рот, и зубы ее скрипнули, скользнув по металлу, однако она не пыталась его прокусить.

Должно быть, гуариба подумала, что нашла какой-то неведомый плод, что-то вроде громадного миндаля, у которого ядро болтается в скорлупе. Но если обезьяна вскоре поняла, что ошибается, она все же не захотела бросить коробку. Напротив, она крепче зажала ее в левой руке и выпустила дубину, которая, падая, обломила сухую ветку.

Этот треск разбудил Торреса, и, как человек, привыкший быть всегда начеку и мгновенно переходить от сна к бодрствованию, он в ту же секунду вскочил на ноги.

С первого взгляда он узнал, кто перед ним.

— Гуариба! — вскричал он.

Рука его схватила лежавшую возле него «маншетту», и он принял оборонительное положение.

Испуганная обезьяна тотчас попятилась и, чувствуя себя менее уверенно перед проснувшимся человеком, чем перед спящим, сделала два-три быстрых прыжка и скользнула в чащу.

— Вот, что называется, вовремя! — воскликнул Торрес. — Эта образина не раздумывая прикончила бы меня!

Обезьяна остановилась шагах в двадцати и глядела на него, отчаянно гримасничая, как будто насмехаясь: тут Торрес вдруг увидел у нее в руках свою драгоценную коробку.

— Мерзавка! — закричал он. — Убить она меня не убила, а выкинула штуку почище — она меня обокрала!

Сначала мысль, что в коробке лежат все его деньги, не слишком огорчила Торреса. Но, вспомнив, что там спрятан документ, с потерей которого безвозвратно погибнут все его надежды, он так и подскочил.

— Тысяча чертей! — завопил он.

Теперь, желая во что бы то ни стало вернуть свою коробку, он бросился вслед за обезьяной.

Торрес прекрасно понимал, что догнать этого ловкого зверя будет совсем не легко. По земле обезьяна бегала слишком быстро, а по деревьям прыгала слишком высоко. Только меткая пуля могла настигнуть ее на земле или в воздухе. Но у Торреса не было никакого огнестрельного оружия. Его охотничий нож и мотыга послужили бы ему лишь в том случае, если бы он догнал гуарибу.

Торрес сразу убедился, что взять обезьяну можно только обманом. Стало быть, надо постараться перехитрить умное животное: спрятаться за деревом, скрыться в густой чаще, разжечь ее любопытство и заставить либо остановиться, либо вернуться назад — ничего другого не придумаешь.

Так он и поступил. Некоторое время Торрес проделывал все эти маневры, но, когда он скрывался, обезьяна терпеливо дожидалась, пока он появится вновь, и Торрес только попусту тратил силы. Он устал, но ничего не добился.

— Проклятая гуариба! — вскоре воскликнул он. — Этак я ее не выманю, а она, чего доброго, заведет меня обратно к бразильской границе. Если б она хоть бросила мою коробку! Так нет же! Ей нравится звон золотых монет. У, ворюга! Попадись ты мне в руки…

И Торрес вновь пустился в погоню, а обезьяна с такой же ловкостью ускользала от него.

Прошел целый час, но ничего не изменилось. Торрес продолжал преследовать гуарибу с вполне понятным упорством. Как же он добудет себе состояние без этого документа?

Постепенно им овладело бешенство. Он ругался, топал ногами, осыпал гуарибу угрозами и проклятиями. Обезьяна отвечала ему только насмешливыми гримасами, выводившими его из себя.

И Торрес снова бросался к ней. Он бежал во всю прыть, задыхаясь, путаясь в высокой траве, продираясь сквозь густой кустарник, цепляясь за переплетающиеся лианы, сквозь которые гуариба проскакивала со скоростью призового скакуна. В траве кое-где прятались толстые корни, преграждавшие ему путь. Он спотыкался, падал и снова вскакивал на ноги. Вскоре, сам того не замечая, он принялся кричать: «На помощь! Ко мне! Держи вора!» — как будто кто-нибудь мог его услышать.

В конце концов силы ему изменили, он совсем задохнулся и вынужден был остановиться.

— Вот дьявол! — выругался он. — Когда я охотился в зарослях за беглыми неграми, и то было легче! А все-таки я поймаю эту проклятую обезьяну. Я не отстану от нее, пока меня носят ноги, она еще увидит…

Заметив, что лесной стражник прекратил погоню, гуариба остановилась. Она тоже отдыхала, хотя не была так измучена, как Торрес, который не мог пошевелиться от усталости.

Она простояла на месте минут десять, жуя какие-то корешки, вырванные ею из земли, и порой помахивала над ухом коробкой, звеня монетами.

Взбешенный Торрес стал швырять в обезьяну камнями и даже не раз попадал в нее, но на таком расстоянии не мог причинить ей вреда.

Однако пора было принимать какие-то меры. С одной стороны, продолжать гоняться за гуарибой без надежды ее поймать было попросту бессмысленно. С другой — окончательно примириться с нелепой случайностью, погубившей все его хитроумные замыслы, признать себя не только побежденным, но обманутым и одураченным глупой обезьяной было бы уж очень обидно.

И все же Торрес понимал, что когда стемнеет, воровка без труда скроется от него, а он, обворованный, пожалуй, не сможет даже выбраться на дорогу из этой чащи. Погоня завела его на несколько миль в сторону от берега реки, и теперь ему будет нелегко вернуться назад.

Торрес заколебался. Он постарался хладнокровно обдумать свое положение и, выкрикнув последнее проклятие, уже готов был отказаться от мысли вернуть себе свою коробку, как вдруг снова вспомнил о похищенном документе, о связанных с ним планах будущей жизни, и решил, что должен сделать еще одну, последнюю попытку.

Он встал.

Гуариба тоже встала.

Он сделал несколько шагов вперед.

Гуариба сделала столько же шагов назад, но на этот раз, вместо того чтобы углубиться в чащу, она остановилась у подножия громадного фикуса, — разнообразные виды этого дерева широко распространены во всем бассейне Верхней Амазонки.

Обхватить ствол четырьмя руками, вскарабкаться вверх с ловкостью акробата, или, вернее, обезьяны, обвиться цепким хвостом за горизонтальные ветви в сорока футах над землей и взметнуться на самую вершину дерева — все это было для ловкой гуарибы сущей забавой и заняло несколько секунд.

Усевшись поудобнее на тонких, сгибавшихся под ее тяжестью ветвях, она продолжала прерванную трапезу, срывая теперь плоды, висевшие у нее под рукой. По правде говоря, Торресу тоже не мешало бы подкрепиться и промочить горло, но — увы! — сумка его совсем опустела, а флягу он давно осушил до дна.

Однако он не повернул назад, а направился к дереву, хотя сейчас обезьяна стала и вовсе недоступной для него. Нечего было и думать о том, чтобы взобраться на фикус — воровка тотчас перескочила бы на соседнее дерево.

А она по-прежнему позванивала над ухом монетами в заветной коробке!

В бессильной ярости Торрес разразился бешеной бранью. Невозможно передать, какими словами он поносил гуарибу.

Но обезьяну, которая была всего лишь четвероруким животным, нисколько не трогало то, что возмутило бы представителя человеческой породы.

Тогда Торрес принялся швырять в нее камни, обломки корней — все, что попадалось ему под руку. Неужто он надеялся серьезно ранить обезьяну? Нет! Он просто не соображал, что делает. От бессильной злобы у него помутилось в голове. Быть может, в первую минуту он подумал, что гуариба, перепрыгивая с ветки на ветку, нечаянно выронит коробку, или что она, не желая оставаться в долгу у противника, вдруг запустит коробку ему в голову. Но нет! Гуариба не хотела расставаться с добычей, и хотя она крепко сжимала коробку в одной руке, у нее оставалось еще три руки для передвижения.

Торрес совсем отчаялся; он собирался уже бросить бесплодные попытки и вернуться к Амазонке, когда невдалеке вдруг послышались голоса. Да, звуки человеческой речи! Кто-то разговаривал шагах в двадцати от того места, где стоял лесной стражник.

Первым побуждением Торреса было спрятаться в густых зарослях. Как человек осторожный, он не хотел показываться, пока не узнает, с кем ему придется иметь дело.

Взволнованный, настороженный, он ждал, прислушиваясь, когда вдруг раздался выстрел.

Затем послышался крик, и смертельно раненная обезьяна рухнула на землю, по-прежнему сжимая в руке коробку.

— Черт побери! — вскричал Торрес. — Эта пуля прилетела весьма кстати!

Теперь он выскочил из чащи, не боясь, что его заметят, и увидел под деревьями двух молодых людей.

Они оказались бразильцами и были одеты в охотничьи костюмы: кожаные сапоги, легкие шляпы из пальмового волокна, блузы, или, скорее, куртки, стянутые у пояса и более удобные, чем национальные «пуншо». По чертам и цвету лица легко было узнать, что родом они португальцы.

Оба держали в руках длинные ружья, какие изготовляются в Испании и немного напоминают арабские, с верным и довольно дальним боем; жители лесов Верхней Амазонки хорошо владеют такими ружьями.

Это подтверждал и только что прозвучавший выстрел. Гуариба была убита пулей в голову с расстояния более восьмидесяти шагов. За поясом у молодых людей виднелись особые кинжалы, называемые в Бразилии «фока», с которыми охотники бесстрашно нападают на ягуаров и других хищников, хоть и не очень опасных, но довольно многочисленных в здешних местах.

По-видимому, Торресу нечего было бояться этой встречи, и он бросился к трупу обезьяны. Но молодые люди шли туда же, а так как они были ближе к убитой гуарибе, то, пройдя несколько шагов, оказались лицом к лицу с Торресом.

Лесной стражник уже вполне овладел собой.

— Благодарю вас, господа! — весело сказал он, приподнимая шляпу. — Убив этого злого зверя, вы оказали мне огромную услугу!

Охотники с недоумением переглянулись, не понимая, за что он их благодарит. Но Торрес в нескольких словах рассказал им суть дела.

— Вы думали, что убили просто обезьяну, — закончил он, — а на самом деле убили хитрого вора.

— Если мы вам помогли, — ответил младший из охотников, — то, поверьте, сами того не зная. Тем не менее мы очень рады, что нам удалось выручить вас.

Отойдя на несколько шагов, он наклонился над обезьяной и, не без труда разжав ей пальцы, вынул коробку из ее сведенной руки.

— Должно быть, это и есть нужная вам вещь? — спросил он.

— Она самая, — ответил Торрес, схватив коробку; из груди его вырвался вздох облегчения.

— Кого же мне благодарить, господа? Кто оказал мне эту услугу? — спросил он.

— Мой друг Маноэль, военный врач на службе бразильской армии, — ответил молодой человек.

— Хоть я и застрелил обезьяну, — заметил Маноэль, — но показал мне ее ты, милый Бенито.

— В таком случае, господа, я обязан вам обоим: как господину Маноэлю, так и господину...

— Бенито Гарралю, — закончил Маноэль.

Лесной стражник должен был сделать очень большое усилие, чтобы не вздрогнуть, услышав это имя, особенно когда молодой человек любезно добавил:

— Ферма моего отца Жоама Гарраля всего в трех милях отсюда, и если господин...

— Торрес, — подсказал искатель приключений.

— Если господин Торрес пожелает нас навестить, он встретит радушный прием.

— Это вряд ли возможно, — ответил Торрес. Смущенный этой неожиданной встречей, он колебался, не зная, как поступить. — Боюсь, право, что не смогу воспользоваться вашим приглашением...

Из-за происшествия, о котором я вам только что рассказал, я потерял много времени. А теперь мне надо поскорей вернуться к Амазонке. Я собираюсь спуститься до провинции Пара.

— Ну что ж, господин Торрес, возможно, мы встретимся с вами на этом пути, — сказал Бенито. — Отец тоже меньше чем через месяц собирается со всей нашей семьей спуститься вниз по течению Амазонки.

— Вот как! — живо откликнулся Торрес. — Ваш отец думает пересечь бразильскую границу?

— Да, он намерен отправиться в путешествие на несколько месяцев, — ответил Бенито. — Во всяком случае, мы надеемся его уговорить. Верно, Маноэль?

Маноэль молча кивнул головой.

— Ну что ж, господа, — заключил Торрес, — тогда весьма возможно, что мы и правда встретимся по дороге. Но сейчас я, к сожалению, не могу принять ваше приглашение. Тем не менее еще раз благодарю вас и считаю себя вдвойне вашим должником.

И Торрес поклонился молодым людям, а они ответили ему тем же и, повернувшись, отправились на ферму.

Он же продолжал стоять, глядя им вслед. Наконец, потеряв их из виду, Торрес пробормотал:

— Ага, значит, он собирается перейти границу! Так пусть же переходит: тогда я буду еще крепче держать его в руках! Счастливого пути, Жоам Гарраль!

С этими словами лесной стражник направился к югу, чтобы выйти на левый берег Амазонки кратчайшим путем, и вскоре скрылся в чаще леса.

3. Семья Гарраль

Деревня Икитос расположена на левом берегу Амазонки, приблизительно на семьдесят четвертом меридиане, в той части великой реки, где она еще называется Мараньон и где ее русло отделяет Перу от республики Эквадор, в пятидесяти пяти лье к западу от бразильской границы.

Икитос была основана миссионерами, как и все городки, деревни и самые маленькие поселки, встречающиеся в бассейне Амазонки. До 1817 года индейцы племени Икитос, бывшие некоторое время единственными обитателями этого края, селились в глубине страны, довольно далеко от реки. Но однажды, после извержения вулкана, все источники на их земле иссякли, и жители были вынуждены переселиться на левый берег Амазонки. Вскоре племя их слилось с индейцами прибрежной полосы — Тикуна и Омага, и теперь в деревне Икитос смешанное население; в состав его вошло еще несколько испанцев и две-три семьи метисов.

Четыре десятка крытых соломой хижин, таких убогих, что только по крышам можно догадаться, что это человеческое жилье, — вот и вся деревня; однако она очень живописно раскинулась на небольшом плато, возвышающемся футов на шестьдесят над рекой. К деревне ведет лестница из цельных бревен, укрепленных на склоне; но пока путник не взберется по ее ступеням, он не может увидеть селения, так как снизу не хватает перспективы. Поднявшись, путник оказывается перед легко преодолимой живой изгородью из кустарников и древовидных растений, переплетенных длинными лианами, а над ними кое-где высятся банановые деревья и стройные пальмы.

В ту пору индейцы племени икитос ходили почти нагие; впрочем, надо полагать, мода не скоро изменит их первобытную одежду. Только испанцы и метисы, с пренебрежением относившиеся к своим темнокожим согражданам, носили простые рубашки, легкие хлопчатобумажные брюки и соломенные шляпы. Все они жили довольно бедно, к тому же мало общались между собой и собирались все вместе, лишь когда колокол миссии сзывал их в обветшалый домик, служивший им церковью.

Однако, если условия жизни в деревушке Икитос были почти первобытными, как, впрочем, в большинстве селений Верхней Амазонки, то стоило пройти меньше одного лье вниз по реке, и вы встречали на том же берегу богатую усадьбу, где жизнь протекала со всевозможным комфортом.

То была ферма Жоама Гарраля, к которой направлялись двое молодых людей, недавно повстречавших лесного стражника.

Эта ферма, или хутор, а по-местному «фазенда», была построена много лет назад на излучине Амазонки, шириной в пятьсот футов, у места впадения в нее притока Риу-Наней, и теперь всячески процветала. К северу земли ее тянулись на целую милю вдоль правого берега Риу-Наней, а к востоку — на такое же расстояние вдоль левого берега Амазонки. На западе маленькие речушки, впадающие в Наней, и несколько небольших озер отделяли ее от саванны и лугов, служивших пастбищем для скота.

В 1826 году, за двадцать шесть лет до начала событий, описанных в нашем рассказе, Жоам Гарраль впервые вошел в дом к владельцу этой фазенды.

Ее хозяин, португалец по имени Магальянс, жил только тем, что добывал в окрестных лесах, и его недавно построенная усадьба занимала тогда не более полумили вдоль берега реки.

Здесь Магальянс, гостеприимный, как все португальцы старой закваски, жил с дочерью Якитой, которая после смерти матери вела его хозяйство. Магальянс был настоящим тружеником, упорным и неутомимым, но ему не хватало образования. Он еще мог руководить кучкой рабов и дюжиной наемных индейцев, но, когда ему приходилось иметь дело с торговцами, он пасовал. Итак, из-за недостатка у него знаний хозяйство Магальянса не развивалось и дела были немного запущены.

Вот при каких обстоятельствах Жоам Гарраль, которому исполнилось тогда всего двадцать два года, встретился с Магальянсом.

Гарраль попал в эти края измученный, без средств к существованию. Магальянс нашел его в лесу еле живого от голода и усталости. У португальца было доброе сердце. Он не спрашивал молодого человека, откуда он пришел, а спросил только, в чем он нуждается. Благородное и гордое, хоть и измученное лицо Жоама Гарраля тронуло Магальянса, он приютил юношу, поставил на ноги и предложил остаться у него на несколько дней; тот согласился и остался… на всю жизнь!

Вот при каких обстоятельствах Жоам Гарраль поселился на ферме в Икитосе.

Бразилец родом, Жоам Гарраль не имел ни семьи, ни состояния. Несчастья, говорил он, заставили его покинуть родину без надежды вернуться обратно. Гарраль попросил у хозяина разрешения не рассказывать о постигших его бедах — столь же тяжких, сколь и незаслуженных. Он жаждал начать новую жизнь — жизнь, полную труда. Он пришел сюда наудачу, думая устроиться на какой-нибудь фазенде в глубине страны. Он был умен и образован. Во всем его облике было что-то внушавшее доверие и говорившее, что он человек честный и прямой. Проникшись к нему симпатией, Магальянс предложил ему остаться на ферме, где своими знаниями он мог восполнить то, чего не хватало ее достойному хозяину.

Жоам Гарраль согласился не раздумывая. Раньше у него было намерение устроиться в «серингаль» — на добычу каучука, где умелый рабочий зарабатывал в то время пять-шесть пиастров в день и мог надеяться, что со временем, если ему повезет, сам станет фермером. Однако Магальянс правильно заметил, что хотя плата там и высока, зато работу можно получить только на время сбора каучука, то есть всего на несколько месяцев, а это не дает человеку прочного положения, к какому стремился Жоам Гарраль.

Португалец был прав. Жоам сразу согласился и без колебаний пошел работать на фазенду, решив посвятить ей все свои силы.

Магальянсу не пришлось раскаиваться в своем великодушном поступке. Дела его стали поправляться. Торговля лесом, который он сплавлял по Амазонке в провинцию Пара, с помощью Жоама Гарраля значительно расширилась. Фазенда постепенно росла и вскоре протянулась по берегу реки до самого устья Наней. Старое жилище перестроили, и оно превратилось в прелестный двухэтажный дом, окруженный верандой, скрывавшейся в тени великолепных деревьев: смоковниц, мимоз, баугиний, паулиний, стволы которых были покрыты сеткой ползучих страстоцветов, увиты бромелиями с пунцовыми цветами, причудливыми лианами.

Вдали, за гигантским кустарником, в густой чаще прятались различные постройки, где жили слуги фазенды, — хижины негров, шалаши индейцев и службы. Но с берега реки, заросшего тростником и водяными растениями, виден был только хозяйский дом.

Широкая луговина, старательно очищенная от кустарника по берегам лагун, представляла собой прекрасное пастбище. Там паслось множество скота. Это служило новым источником дохода, ибо в этой богатой стране за четыре года стадо удваивается, да еще приносит десять процентов прибыли от продажи шкур забитого скота, мясо которого идет на пищу скотоводам. Кое-где на месте лесных вырубок были возделаны плантации маниока и кофе. Посадки сахарного тростника вскоре потребовали постройки мельницы для перемалывания стеблей, из которых потом изготовляли патоку, тафию и ром. Короче говоря, через десять лет после появления Жоама Гарраля на ферме Икитос она стала одной из самых богатых фазенд на Верхней Амазонке. Благодаря правильному ведению хозяйства молодым управляющим и его умению вести торговые дела, благосостояние фазенды росло с каждым днем.

Но Магальянсу не понадобилось так много времени, чтобы понять, чем он обязан Жоаму Гарралю. Желая наградить его по заслугам, португалец сначала выделил ему долю доходов со своей фермы, а затем, четыре года спустя, сделал Гарраля своим компаньоном, пользующимся равными правами и равной долей дохода.

Однако он задумал сделать еще больше. Его дочь Якита, как и он сам, открыла в этом молчаливом юноше, мягком с другими и строгом к себе, редкое сердце и недюжинный ум. Она его полюбила. Но хотя Жоам не остался равнодушным к достоинствам и красоте этой прелестной девушки, однако, то ли из гордости, то ли из скромности, он не думал просить ее руки.

Несчастный случай ускорил его решение.

Однажды Магальянс, распоряжавшийся на рубке леса, был смертельно ранен упавшим на него деревом. Его перенесли, почти недвижимого, на ферму; чувствуя, что конец его близок, он подозвал рыдавшую у его постели Якиту и, соединив руки дочери и Жоама Гарраля, заставил его поклясться, что он женится на ней.

— Ты вернул мне мое состояние, — проговорил Магальянс, — и я не умру спокойно, пока не упрочу этим союзом будущее моей дочери.

— Я могу оставаться ее преданным слугой, ее братом и защитником, не будучи ее мужем, — возразил Жоам Гарраль. — Я вам обязан всем, Магальянс, и никогда этого не забуду; а награда, которой вы одариваете меня, превышает все мои заслуги.

Отец настаивал. Близкая смерть не позволяла ему ждать, он требовал обещания, и Жоам Гарраль дал ему слово.

Яките было тогда двадцать два года, а Жоаму — двадцать шесть. Они любили друг друга и обвенчались за несколько часов до смерти Магальянса, у которого еще хватило сил благословить их союз.

Вот каким образом Жоам Гарраль в 1830 году стал владельцем фазенды в Икитосе, к радости всех ее обитателей. Ведь его союз с Якитой, союз их умов и сердец, сулил лишь дальнейшее процветание фермы.

Год спустя после свадьбы Якита подарила мужу сына, а еще через два года — дочь. Бенито и Минья, внуки старого португальца, должны были стать достойными своего дедушки; дети Якиты и Жоама — достойными своих родителей.

Маленькая Минья превратилась в прелестную девушку. Она ни разу не покидала фазенды. Девочка выросла в чистой и здоровой среде, на лоне великолепной тропической природы, а данного ей матерью воспитания и полученных от отца знаний было для нее вполне достаточно. Чему бы еще научили ее в монастырской школе Манауса или Белена? Где нашла бы она лучшие примеры семейных добродетелей? Разве ее сердце и ум стали бы тоньше и отзывчивее вдали от родного дома? Если ей не суждено стать после матери хозяйкой фазенды, то она будет достойна занять любое положение в другом месте.

Что до Бенито, то тут другое дело. Его отец разумно считал, что ему нужно получить такое основательное и полное образование, какое давали в ту пору только в больших бразильских городах. К этому времени богатый владелец фазенды мог ни в чем не отказывать сыну.

У Бенито были недюжинные способности, пытливый и живой ум и высокие душевные качества. В двенадцать лет его отправили в Белен, и там, под руководством прекрасных педагогов, были заложены основы, благодаря которым он стал впоследствии выдающимся человеком. Ему не были чужды ни наука и литература, ни искусство. Учился он так усердно, как будто состояние его отца не позволяло ему ни минуты сидеть без дела. Он был не из тех, кто считает, что богатство избавляет от труда, напротив, честный, прямой и решительный юноша был убежден, что тот, кто уклоняется от своих обязанностей, недостоин называться человеком.

В первые годы жизни в Белене Бенито познакомился с Маноэлем Вальдесом, сыном купца из Пара, с которым учился в одном учебном заведении. Сходство характеров и вкусов сблизило их, они крепко подружились и вскоре стали неразлучны.

Маноэль, родившийся в 1832 году, был на год старше Бенито. Он жил с матерью на скромное наследство, доставшееся ей после смерти мужа. Закончив среднюю школу, Маноэль поступил в медицинский институт. Его всегда привлекала медицина, и он избрал себе благородную профессию военного врача.

В то время, когда мы встретили двух друзей, Маноэль уже получил звание врача и приехал погостить несколько месяцев на фазенде, где обычно проводил каникулы. Этот молодой человек, с приятными манерами, благородным лицом и врожденным чувством собственного достоинства, сделался вторым сыном для Жоама и Якиты. Но если, став им сыном, он и считал себя братом Бенито, то по отношению к Минье звание брата казалось ему недостаточным, ибо вскоре он почувствовал к ней гораздо более нежную привязанность, чем братская любовь.

В 1852 году — к началу нашей истории прошло уже четыре месяца этого года — Жоаму Гарралю исполнилось сорок восемь лет. В изнурительном климате, который так быстро подтачивает здоровье, Гарраль, благодаря своей воздержанности, умеренным вкусам и скромной трудовой жизни, сохранил силы, хотя многие люди здесь преждевременно старились. Коротко остриженные волосы и длинная борода его уже серебрились, придавая ему строгий вид пуританина. Неподкупная честность, которой славились бразильские купцы и землевладельцы, была словно написана на его лице, отличавшемся искренностью и прямотой. В этом внешне спокойном человеке угадывался внутренний огонь, сдерживаемый твердой волей. В ясном взгляде светилась живая сила, и чувствовалось, что на него может положиться всякий, кто обратится к нему за помощью.

А между тем в этом спокойном человеке с крепким здоровьем, который как будто всего добился в жизни, можно было заметить какую-то глубоко затаенную грусть, и победить ее не могла даже нежная привязанность Якиты.

Почему этот справедливый, всеми уважаемый фермер, имеющий все основания быть счастливым, никогда не сияет от счастья? Почему кажется, что он может радоваться лишь чужому счастью, но не своему? Неужели его гложет какое-то тайное горе? Вот вопрос, который постоянно мучил его жену.

Яките минуло сорок четыре года. В этой тропической стране, где женщины часто становятся старухами уже в тридцать лет, она тоже сумела устоять против разрушительного влияния климата. Ее слегка отяжелевшее, но еще красивое лицо сохранило благородство линий классического португальского типа, в котором гордость так естественно сочетается с душевной прямотой.

Бенито и Минья на нежную любовь родителей отвечали такой же горячей привязанностью.

Бенито, веселый, смелый, привлекательный юноша — ему шел тогда двадцать второй год, — с душой нараспашку, отличался живостью характера от своего друга Маноэля, который был более сдержан, более серьезен. Для Бенито, проведшего целый год в Белене, вдали от родной фазенды, было великой радостью вернуться в отчий дом со своим молодым другом, вновь увидеть отца, мать и сестру, опять очутиться среди величественной природы Верхней Амазонки — ведь он был завзятым охотником! — среди девственных лесов, тайны которых еще много веков останутся недоступными человеку.

Минье только что сравнялось двадцать лет. У этой прелестной девушки с темными волосами и большими синими глазами, казалось, вся душа отражается во взоре. Среднего роста, стройная, грациозная, она красотой напоминала мать. Характером чуть посерьезнее брата, добрая, ласковая, приветливая, она была общей любимицей, что, без сомнения, подтвердил бы каждый слуга на ферме. А друга ее брата — Маноэля Вальдеса — не стоило и спрашивать о достоинствах девушки: он был слишком заинтересованной стороной и потому не мог бы дать беспристрастный ответ.

Описание семьи Гарраль было бы неполным, если б мы ничего не сказали об их многочисленных домочадцах.

Прежде всего следует упомянуть шестидесятилетнюю негритянку Сибелу, отпущенную хозяином на волю, но из горячей привязанности к нему и его семье оставшуюся у них в доме; в молодости она была нянькой Якиты. Как старый член семьи она говорила «ты» и матери и дочери. Вся жизнь доброй женщины прошла на этих полях, среди этих лесов, на берегу реки, которая служила границей фермы. Она попала в Икитос ребенком в ту пору, когда еще существовала торговля неграми, и никогда не покидала этого селения; здесь она вышла замуж, здесь овдовела и, потеряв единственного сына, осталась служить у

Магальянса. Она знала только ту часть Амазонки, которая всегда была у нее перед глазами.

Назовем также и хорошенькую, веселую мулатку, считавшуюся служанкой Миньи, ее ровесницу, горячо преданную своей юной хозяйке. Звали ее Лина. Этому милому, немного избалованному созданию прощали некоторую вольность обращения, она же обожала свою госпожу. Живая, своевольная, ласковая и насмешливая, она делала что хотела — ей все разрешалось в этом доме.

Что касается работников фазенды, то они делились на две части: индейцы — около сотни человек — работали на ферме за плату, и негры — их было вдвое больше — оставались еще рабами, но дети их рождались уже свободными. Жоам Гарраль в этом отношении опередил бразильское правительство.

Надо сказать, что в этой стране, не в пример другим, с неграми, привезенными из Бенгелы, из Конго и с Золотого Берега, обычно обращались довольно мягко, и уж во всяком случае на фазенде в Икитосе никто не проявлял жестокости к невольникам, что так часто бывало на плантациях в других странах.

4. Колебания

Маноэль любил сестру своего друга Бенито, и она отвечала ему взаимностью. Каждый из них сразу оценил другого: поистине они были достойной парой.

Когда у Маноэля не осталось никаких сомнений в своих чувствах к Минье, он прежде всего открылся Бенито.

— Дружище Маноэль! — тотчас откликнулся восторженный юноша. — Как я рад, что ты хочешь жениться на моей сестре! Только позволь действовать мне. Прежде всего я поговорю с матушкой. И думаю, что могу обещать тебе ее согласие.

Не прошло и получаса, как все было улажено. Бенито не сообщил своей матери ничего нового: добрая Якита давно догадалась о чувстве, зародившемся в сердцах молодых людей.

Десять минут спустя Бенито уже был у сестры. Надо признаться, что и здесь ему не пришлось прибегать к красноречию. После первых его слов головка милой девушки склонилась на плечо брата, и Минья воскликнула от всего сердца:

— Как я рада!

Признание едва не опередило вопроса. Все было ясно, Бенито только того и ждал.

В согласии Жоама Гарраля тоже никто не сомневался. Но Якита и дети не сразу посвятили его в свои планы, потому что в беседе о предстоящей свадьбе собирались затронуть еще вопрос, разрешить который, возможно, будет гораздо труднее: вопрос о месте, где состоится венчание.

В самом деле, где лучше отпраздновать свадьбу? В жалкой деревенской хижине, служившей здесь церковью? А почему бы и нет? Ведь тут Жоам и Якита, вступая в брак, получили благословение отца Пассаньи, бывшего тогда священником в Икитосе. В ту пору, как и в наши дни, гражданский брак в Бразилии не отделялся от церковного, и одной записи в церковной книге миссии было достаточно, чтобы удостоверить законность союза, не засвидетельствованного никаким государственным чиновником[1].

Наверно, Жоам Гарраль захочет, чтобы венчание состоялось в Икитосе, с большой торжественностью, в присутствии всех обитателей фазенды; но если такова будет его воля, то ему придется выдержать серьезную борьбу.

— Маноэль, — сказала девушка своему жениху, — если б меня спросили, чего я хочу, то я предпочла бы венчаться не здесь, а в Пара. Госпожа Вальдес нездорова, она не может приехать в Икитос, а мне не хотелось бы стать ее дочерью, не познакомившись с ней. И мама одобряет меня. Поэтому мы постараемся уговорить отца, чтобы он отвез нас в Белен, к той, чей дом скоро должен стать и моим домом. Вы согласны?

Вместо ответа Маноэль лишь нежно пожал руку Миньи. Он тоже горячо желал, чтобы мать присутствовала на его венчании. Бенито полностью поддержал этот план. Оставалось только убедить Жоама Гарраля.

В этот день молодые люди отправились в лес на охоту, чтобы дать Яките поговорить наедине с мужем.

Итак, после обеда супруги остались одни в просторной гостиной своего дома.

Жоам Гарраль только что вернулся с работ и прилег на диван из плетеного бамбука, когда немного взволнованная Якита подошла и села возле него.

Решение сообщить мужу о чувствах Маноэля к их дочери нисколько не тяготило Якиту. Предстоящая свадьба могла только упрочить счастье Миньи, и Якита не сомневалась, что Жоам Гарраль с радостью раскроет объятия новому сыну, достоинства которого он

---

[1] В капиталистических государствах наравне с церковным браком, то есть браком, который узаконивается обрядом венчания, существует также гражданский брак, и законность его удостоверяет запись в актах гражданского состояния.

давно узнал и оценил. Но Якита понимала, что убедить мужа покинуть фазенду будет не легко.

И правда, с тех пор как Жоам Гарраль еще юношей пришел в эти края, он никогда ни на день не выезжал из фазенды. Хотя Амазонка, медленно катившая свои воды на восток, манила его вдаль; хотя Жоам каждый год сплавлял множество плотов в Манаус, Белен и на побережье провинции Пара; хотя Бенито ежегодно уезжал из дому после каникул, чтобы вернуться к занятиям, — казалось, Гарралю никогда не приходило в голову поехать вместе с сыном.

Все, что добывалось на ферме, в лесах и на лугах, владелец фазенды продавал на месте. Можно было подумать, что он не хочет выходить ни мыслью, ни взглядом за пределы созданного им земного рая, где была сосредоточена вся его жизнь.

Если в течение двадцати пяти лет Жоам Гарраль ни разу не переходил бразильской границы, понятно, что его жена и дочь тоже никогда не ступали на бразильскую землю.

А между тем они обе давно мечтали поглядеть на эту красивую страну, о которой им так много рассказывал Бенито. Раза два-три Якита заговаривала об этом с мужем, но она заметила, что при одной мысли покинуть фазенду хотя бы на несколько недель печальное лицо его еще больше мрачнело, глаза затуманивались, и он говорил с мягким упреком:

— Зачем покидать наш дом? Разве мы здесь не счастливы?

И Якита не решалась настаивать — заботливость и неизменная нежность этого человека делали ее такой счастливой!

Однако на этот раз у нее был очень веский довод. Свадьба Миньи была совершенно естественным поводом отвезти девушку в Белен, где ей предстояло жить с мужем.

Там она должна узнать и полюбить мать Маноэля Вальдеса. Что может Жоам Гарраль возразить против такого законного желания? И разве ему не понятно стремление Якиты познакомиться с той, кто станет второй матерью ее девочки, разве он не разделяет ее стремлений?

Якита взяла мужа за руку и сказала ласковым голосом, который был лучшей музыкой в жизни этого труженика:

— Жоам, я хочу поговорить с тобой об одном плане — мы давно мечтаем его осуществить; я уверена, что он обрадует тебя не меньше, чем меня и детей.

— Что же это за план, Якита? — спросил Жоам.

— Маноэль и Минья любят друг друга, и в этом союзе они должны найти свое счастье…

При первых же ее словах Жоам Гарраль вскочил, не сумев сдержать это порывистое движение. Затем потупился, как будто хотел избежать взгляда жены.

— Что с тобой, Жоам?

— Минья… собирается замуж? — пробормотал он.

— Друг мой, — заговорила Якита, и сердце ее сжалось, — разве ты имеешь что-нибудь против этого брака? Разве ты сам не замечал, какие чувства питает Маноэль к нашей дочери?

— Да! Не меньше года…

Жоам снова сел, не договорив. Усилием воли он взял себя в руки. Непонятное волнение, вызванное словами его жены, прошло. Мало-помалу он успокоился, взглянул на Якиту и, задумавшись, долго глядел на нее. Якита снова взяла его за руку.

— Милый Жоам, — молвила она, — неужели я ошиблась? Разве ты сам не думал, что рано или поздно этот брак совершится и принесет счастье нашей девочке?

— Да… — проговорил Жоам. — Это так!.. Несомненно!.. Однако, Якита, эта свадьба… эта свадьба, которую все мы предвидели, состоится когда? Скоро?

— Мы назначим ее, когда ты захочешь, Жоам.

— И мы отпразднуем ее здесь… в Икитосе?

Этот вопрос дал Яките возможность высказать свое давнишнее горячее желание. Однако она сделала это не без некоторой, вполне понятной, робости.

— Послушай, Жоам, — начала она, немного помолчав. — По поводу этой свадьбы у меня есть план, который, я надеюсь, ты одобришь. За двадцать лет нашей жизни с тобой я не раз просила тебя свезти нас с Миньей в провинции Нижней Амазонки и в Пара, где мы никогда не бывали. Заботы о фазенде и разные дела, требовавшие твоего постоянного присутствия, до сих пор не позволяли тебе исполнить нашу просьбу. Отлучка даже на несколько дней могла повредить твоим делам. Но теперь они идут так хорошо, как мы и мечтать не могли, и если для тебя еще не настало время полного отдыха, то ты можешь позволить себе передышку, хотя бы на несколько недель.

Жоам Гарраль ничего не ответил, но Якита почувствовала, что рука его дрогнула в ее руке, как от внезапной боли. Однако губы Жоама тронула легкая улыбка, словно он молча приглашал ее закончить свою мысль.

— Жоам, — продолжала она, — вот возможность, какой нам больше никогда не представится. Ведь Минья выйдет замуж, покинет нас и будет жить далеко! Это первое огорчение, которое нам доставит наша дочка, и у меня уже сжимается сердце, как только я подумаю о близкой разлуке. Так вот, мне хотелось бы проводить ее до Белена. Разве тебе самому не кажется, что нам следует познакомиться с матерью ее мужа, которая заменит ей меня, с той, кому мы доверим нашу дочь? Да и Минья не хотела бы огорчать госпожу Вальдес, отпраздновав свадьбу без нее. Если бы в ту пору, когда мы поженились с тобой, милый Жоам, твоя мать была жива, ты, наверно, тоже хотел бы, чтобы она присутствовала на нашей свадьбе!

При этих словах Жоам Гарраль снова сделал невольное движение.

— Друг мой, — снова заговорила Якита, — как бы мне хотелось вместе с Миньей, нашими двумя сыновьями и с тобой посмотрсть родную Бразилию, спуститься по этой прекрасной реке до провинций на морском побережье! Мне кажется, что там разлука с дочерью будет мне не так горька. Вернувшись, я смогу мысленно увидеть ее в том доме, где она найдет вторую мать. Мне не придется представлять ее себе в неведомом краю. И я не буду чувствовать себя совсем чуждой ее жизни.

На этот раз Жоам пристально глядел на жену; он долго не спускал с нее глаз, но по-прежнему не произносил ни слова.

Что происходило в его душе? Почему не решался он исполнить такую законную просьбу, сказать «да» и доставить живую радость своим близким? Забота о делах не могла быть достаточно веской причиной. Несколько недель отлучки им бы не повредили. Управляющий мог на время заменить его без ущерба для фазенды. И тем не менее он все еще колебался.

Якита взяла руку мужа в свои и нежно сжала ее.

— Милый Жоам, — сказала она, — моя просьба — не каприз. Нет! Я долго ее обдумывала, и если ты согласишься, то осуществишь мою заветную мечту. Дети знают о нашем разговоре и тоже присоединяются к моей просьбе. Минья, Бенито и Маноэль просят нас с тобой поехать с ними. Доставь же им эту радость! Я добавлю еще, что, нам кажется, лучше отпраздновать эту свадьбу в Белене, чем в Икитосе. Это будет на пользу нашей девочке, введет ее в общество, упрочит ее положение. Если она приедет с родителями, то не будет часть ее жизни.

Жоам Гарраль облокотился на стол и закрыл лицо руками, словно хотел собраться с мыслями, прежде чем ответить. По-видимому, его мучили сомнения и он старался их преодолеть; жена ясно чувствовала его тревогу, но не понимала ее. На его лице отражалась тайная борьба. Взволнованная Якита почти раскаивалась, что затеяла этот разговор. Ну что ж, она подчинится любому решению Жоама. Если эта поездка ему тяжела, она откажется от нее и никогда больше не предложит ему покинуть фазенду, никогда не спросит о причине его непонятного отказа.

Прошло несколько минут. Жоам Гарраль встал и, не оборачиваясь, подошел к двери. Казалось, он бросает прощальный взгляд на прекрасную природу, на этот уединенный уголок, где целых двадцать лет оберегал счастье всей своей жизни.

Потом он медленно вернулся к жене. Лицо его приняло совсем иное выражение: так выглядит человек, когда после мучительных колебаний приходит к важному решению.

— Ты права! — твердо сказал он Яките. — Эта поездка необходима. Когда ты хочешь ехать?

— Ах, Жоам! Милый Жоам! — воскликнула Якита, просияв от радости. — Как я тебе благодарна! И за себя и за детей!

И слезы умиления выступили у нее на глазах, когда муж прижал ее к сердцу.

В эту минуту в саду у дверей дома послышались веселые голоса.

Минуту спустя на пороге появились Бенито и Маноэль, а за ними и Минья, вышедшая из своей комнаты.

— Дети! Отец согласен! — крикнула Якита. — Мы все едем в Белен!

Жоам Гарраль с сумрачным лицом, не произнося ни слова, принял пылкую благодарность сына и поцелуи дочери.

— А когда вы думаете отпраздновать свадьбу, отец? — спросил Бенито.

— Когда?.. Там будет видно… — ответил Жоам. — Это мы решим в Белене.

— Как я рада! Как я рада! — твердила Минья, совсем как в тот день, когда узнала о предложении Маноэля. — Наконец мы увидим Амазонку во всем ее величии, проследим ее путь по бразильским провинциям! Ах, отец, большое спасибо!

И пылкая девушка, у которой уж разыгралось воображение, позвала брата и Маноэля:

— Пойдем в библиотеку! Возьмем все книги и карты, по которым можно рассмотреть бассейн великой реки! Нельзя путешествовать вслепую! Я хочу не только все видеть, но и все знать об этой царственной реке — самой большой реке на земле!

5. Амазонка

— Это величайшая река в мире![1] — говорил на другой день Бенито Маноэлю.

Молодые люди сидели вдвоем на берегу Амазонки на южной границе фазенды и смотрели, как мимо них медленно катятся воды, которые берут начало в высоких отрогах Анд и, пройдя восемьсот лье, теряются в просторах океана.

— И к тому же она дает морю самое большое количество воды, — заметил Маноэль.

— Такое большое, — добавил Бенито, — что опресняет море на очень далеком расстоянии от своего устья и силой течения заставляет дрейфовать корабли, идущие в восьмидесяти лье от берега.

— Мощное русло этой реки тянется в длину более чем на тридцать градусов широты, а бассейн ее с севера на юг занимает не менее двадцати пяти градусов!

— Бассейн! — вскричал Бенито. — Разве можно назвать бассейном широкую равнину, по которой течет Амазонка, эту бескрайнюю саванну без единого холма на ее просторах, без единой горы, ограничивающей ее горизонт!

— И на всем ее протяжении, — подхватил Маноэль, — словно тысячи щупалец громадного спрута, в нее впадают с севера и с юга двести притоков, которые сами тоже питаются бесчисленными притоками, и рядом с ними великие реки Европы кажутся простыми ручейками!

— А на ее поверхности пятьсот шестьдесят островов, не считая мелких островков, неподвижных или плавучих, образуют настоящий архипелаг и вполне могли бы составить целое государство!

---

[1] Утверждение Бенито, правильное в ту пору, когда еще не были совершены последние открытия, теперь не соответствует действительности; по новейшим данным, Нил и Миссури-Миссисипи длиннее Амазонки (прим. авт.).

— А берега ее изрезали протоки, каналы, лагуны, заливы, озера, каких не встретишь в Швейцарии, Шотландии и Канаде, вместе взятых!

— Эта река с питающими ее тысячью притоками сбрасывает в Атлантический океан не меньше двухсот пятидесяти миллионов кубометров воды в час!

— Она служит границей двум республикам, затем пересекает самое большое государство Южной Америки[1], и кажется, будто через этот канал сам Тихий океан хочет перелиться в Атлантический!

— А ее устье! Настоящий морской рукав, а посредине лежит остров Маражо более пятисот лье в окружности!

— Сам океан, силясь сдержать напор этой реки во время приливов, в грандиозной схватке вздымает исполинские валы, или «поророку», по сравнению с которой приливы и прибои в устьях других рек кажутся лишь рябью, поднятой легким бризом.

— Для этой реки понадобилось три названия, и самые крупные суда могут подниматься вверх по ее течению с полным грузом на пять тысяч километров от устья.

— По этой реке, по ее притокам и по притокам притоков открывается торговый водный путь через весь Север Америки, начиная от Магдалены до Ортеказа, от Ортеказа до Какета, от Какета до Путумайо, от Путумайо до Амазонки! Четыре тысячи миль речного пути, и остается лишь прорыть еще несколько каналов, чтобы эта судоходная система была завершена.

— Словом, перед нами самая удивительная и самая громадная водная система в мире!

Молодые люди говорили об этой несравненной реке с каким-то восторженным исступлением! Ведь они были детьми Амазонки, чьи притоки, почти столь же могучие, как и она сама, стали водными дорогами, бегущими через всю Боливию, Перу, Эквадор, Новую

---

[1] Имеется в виду Бразилия.

Гренаду, Венесуэлу и четыре Гвианы: английскую, французскую, голландскую и бразильскую.

Сколько мы знаем племен, сколько народов, происхождение которых теряется в дали времен! Точно так же и с крупными реками на нашей земле; их до сих пор еще не удается исследовать до конца. Многие государства претендуют на честь считаться их родиной. Амазонка не составляет исключения. Перу, Эквадор, Колумбия долго оспаривали право и честь считать ее своим детищем.

В наши дни, однако, признано бесспорным, что Амазонка берет свое начало в Перу, в округе Гуарако, районе Тарма и вытекает из озера Лаурикоча, расположенного приблизительно между одиннадцатым и двенадцатым градусами южной широты.

Тем, кому хотелось бы думать, что она берет начало в Боливии и низвергается с гор Титикака, пришлось бы доказывать, что настоящей Амазонкой является Укаяли, возникшая из слияния Паро и Апуримака, однако, ныне это мнение уже опровергнуто.

Вытекая из озера Лаурикоча, река бежит к северо-востоку на протяжении пятисот шестидесяти миль и поворачивает прямо на восток лишь после того, как принимает в себя воды большого притока Панте. На колумбийской и перуанской территории вплоть до бразильской границы река называется Мараньон или, правильнее говоря, Мараньао, ибо это ее португальское название слегка офранцужено. От бразильской границы до Манауса, где в нее вливается великолепная Риу-Негру, река носит название Солимаес или Солимоенс, по имени индейского племени Солимао, остатки которого еще можно найти в прибрежных провинциях. И, наконец, от Манауса до моря это уже Амазонас или Река амазонок — так прозвали ее испанцы, потомки смелого Орельяны [1], из восторженных, но малоправдоподобных рассказов которого они заключили, будто некогда существовало племя женщин-воительниц, живших на реке Ньямунда, одном из средних притоков великой реки.

---

[1] Орельяна, Франсиско де — испанский путешественник, живший в XVI веке; в 1511 году спустился по Амазонке от Кордильер до Атлантического океана.

Уже по началу можно предвидеть, что Амазонка превратится в могучий поток. Никакие препятствия или пороги не преграждают ей дорогу от истоков до того места, где ложе ее слегка сужается, проходя между двумя живописными горными цепями. Пороги разбивают течение лишь там, где река поворачивает к востоку, пробивая себе путь сквозь поперечный отрог Анд. Здесь встречается несколько водопадов и, если бы не это препятствие, река была бы судоходна на всем своем протяжении от устья до истоков. Но и теперь, как правильно заметил Гумбольдт[1], большая часть реки свободна для судоходства.

И с самого начала у нее нет недостатка в притоках, которые сами питаются водами множества речушек и ручьев. Таковы Чинчипе, впадающая в нее слева, с северо-востока, и Чачапояс — справа, с юго-запада. Затем, слева, — Марона и Пастука, а справа — Гуалага, которая теряется возле миссии Лагуны. Потом слева — Чамбира и Тигре, опять с северо-востока, а справа — Гуалага, которая вливается в Амазонку на расстоянии в две тысячи восемьсот миль от Атлантического океана; суда могут подниматься по ее течению более чем на двести миль и проникать в самое сердце Перу. И, наконец, справа, возле миссий Сан-Жоаким д'Омагуас, величественно пронеся свои воды через пампасы Сакраменто, появляется прекрасный Укаяли, в том месте, где кончается верхний бассейн Амазонки; Укаяли — крупная артерия, ставшая полноводной благодаря многочисленным притокам, вытекающим из озера Чукуито, на северо-востоке Арики.

Таковы главные притоки Амазонки выше селения Икитос. В нижнем течении притоки ее становятся такими многоводными, что русла европейских рек были бы несомненно слишком узки, чтобы их вместить. С устьями этих притоков Жоаму Гарралю и его семье предстояло познакомиться во время путешествия вниз по Амазонке.

---

[1] Гумбольдт, Александр (1769–1859) — выдающийся немецкий естествоиспытатель и путешественник, исследовал Центральную и Южную Америку.

К красотам этой бесподобной реки, орошающей самую красивую страну на земле и протекающей почти все время на несколько градусов ниже экватора, следует добавить еще одно качество, каким не обладают ни Нил, ни Миссисипи, ни Ливингстон, в древности называвшийся Конго-Заир-Луалаба. Дело в том, что Амазонка, вопреки утверждениям малоосведомленных путешественников, протекает в той части Южной Америки, где самый здоровый климат. Ее бассейн постоянно продувают чистые западные ветры. Воды ее текут не по узкой долине, зажатой высокими горами, а по широкой равнине, простирающейся на триста пятьдесят лье с севера на юг, лишь кое-где покрытой невысокими холмами, и ее овевают могучие потоки воздуха.

Широкая долина, служащая реке ложем, доступна морским ветрам, посылаемым ей Атлантическим океаном.

Вот почему провинции, которым она дала свое имя, имеют неоспоримое право считаться самыми здоровыми в стране, слывущей к тому же одной из самых красивых на земле.

Однако не думайте, что водная система Амазонки малоизвестна!

Уже в шестнадцатом веке Орельяна, наместник одного из братьев Пизарро[1], спустился по Риу-Негру до ее слияния с Амазонкой и в 1540 году двинулся вниз по течению великой реки, решившись проникнуть без проводника в глубь страны; после полутора лет плавания, о котором Орельяна рассказал много чудес, он достиг ее устья.

В 1636 и 1637 годах португалец Педро Тексейра поднялся вверх по Амазонке до Напо с флотилией из сорока семи пирог.

В 1743 году Лакондамин[2], измерив длину дуги меридиана под экватором, покинул своих спутников — Бугера[3] и Годена дез Одонэ,

---

[1] Пизарро, Франсиско (ок. 1475–1541) — испанский конкистадор (завоеватель), вместе со своими братьями Гонзалесом и Фернандо завоевал в 30-х годах XVI века государство инков (на территории современного Перу).

[2] Лакондамин, Шарль де — французский путешественник и математик (1701–1774), принимал участие в измерении дуги меридиана под экватором.

сел на судно, спустился по Чинчипе до ее впадения в Мараньон и достиг устья Напо 31 июля, как раз к моменту появления первого спутника Юпитера, что позволило Лакондамину, этому «Гумбольдту XVIII столетия», установить широту и долготу точки, в которой он находился; затем он осмотрел деревни на обоих берегах реки и 6 сентября прибыл в форт Пара. Это громадное путешествие дало очень важные результаты: не только было нанесено на карту русло Амазонки, но также почти доказано, что она сообщается с Ориноко.

Пятьдесят лет спустя Гумбольдт и Бонплан[1] дополнили ценные труды Лакондамина, продолжив карту Мараньона до реки Напо.

С тех пор не прекращались путешествия как по Амазонке, так и по ее главным притокам.

Но самый замечательный факт, делающий честь бразильскому правительству, следующий.

31 июля 1857 года, после многих споров между Францией и Бразилией о границах Гвианы, воды Амазонки были объявлены открытыми для судов, плавающих под любым флагом, а чтобы практика не расходилась с высокими принципами, Бразилия заключила договоры с соседними странами, дающие им право пользоваться всеми водными путями в бассейне Амазонки.

В наши дни пароходные линии прямого сообщения с Ливерпулем, обставленные с комфортом, обслуживают реку от ее устья до Манауса; другие пароходы поднимаются до самого Икитоса; и, наконец, множество судов, плавающих по рекам Тапажос, Мадейра, Риу-Негру, Пурус, проникают в самое сердце Перу и Боливии.

Легко себе представить, какой размах в скором времени получит торговля во всем этом громадном и богатом бассейне, равного которому нет в целом свете.

---

[3] Бугер, Пьер — французский астроном, математик и физик (1698–1758).

[1] Бонплан, Эне (1773–1858) — французский врач и ботаник; сопровождал Гумбольдта в Америку.

Однако у этой заманчивой перспективы есть и своя оборотная сторона. За такой прогресс обычно расплачивается туземное население.

В верховьях Амазонки уже исчезло немало индейских племен, в том числе курисикуру и соримао. Если на Потомайо еще встречаются порой представители племени юри, то ягуа совсем покинули эти места и перебрались на отдаленные притоки, а немногие оставшиеся маоро бросили родные берега и бродят в лесах Жапуры.

Да, берега реки Тунантен почти обезлюдели, а в устье Журуа кочует лишь несколько индейских семей. Теффе почти совсем опустела, и только у истоков Жапуры сохранились остатки великого племени умаюа! Коари совсем заброшена.

На берегах Пуруса осталась лишь горсточка индейцев мура. Из всего старинного племени манаос уцелело лишь несколько семей кочевников. На берегах Риу-Негру живут одни метисы, потомки португальцев и индейцев, а ведь раньше здесь насчитывалось до двадцати четырех разных народностей!

Таков закон прогресса. Индейцы в конце концов исчезнут. Под владычеством англо-саксонцев вымерли австралийцы и жители Тасмании. Завоеватели Дальнего запада уничтожили индейцев Северной Америки. Быть может, настанет время, когда арабы будут истреблены французскими колонизаторами.

Однако пора нам вернуться к 1852 году. Многочисленные в наше время средства передвижения в ту пору еще не существовали, и путешествие Жоама Гарраля требовало не менее четырех месяцев, принимая во внимание тогдашние условия.

Вот почему, когда два друга смотрели на медленное течение реки, катившей свои воды у их ног, Бенито задумчиво проговорил:

— Дружище Маноэль, ведь мы не расстанемся с тобой до самого Белена, значит, поездка покажется тебе очень короткой.

— Да, конечно, — ответил Маноэль, — но и очень долгой: ведь Минья станет моей женой только в конце путешествия!

6. Целый лес повержен

Итак, семья Гарраль была счастлива и довольна. Все с радостью готовились к чудесному путешествию по Амазонке. В эту поездку, рассчитанную на несколько месяцев, отправлялся не только владелец фазенды со всей семьей, но, как мы увидим дальше, их сопровождала и часть работников фермы.

Видя вокруг столько счастливых лиц, Жоам Гарраль, должно быть, забыл тревоги и заботы, которые раньше, казалось, отравляли ему жизнь. С того дня, как он принял твердое решение, он стал другим человеком, и, когда начал собираться в дорогу, к нему вернулась прежняя энергия. Домашние с искренним удовольствием наблюдали его за работой. Подъем духа вызвал прилив физических сил, и Жоам Гарраль стал таким же бодрым и деятельным, как в былые дни. В нем снова проснулся человек, привыкший жить на свежем воздухе, в живительной атмосфере лесов и полей у струящихся вод.

К тому же за несколько недель, оставшихся до отъезда, ему предстояло закончить немало дел.

Как сказано выше, в те времена течение Амазонки еще не бороздили многочисленные пароходы: компании судовладельцев еще только собирались пустить их по реке и ее притокам. Речные суда держали пока частные владельцы и обслуживали главным образом прибрежные поселения.

По реке ходили следующие суденышки: особый вид пироги — «уба»; выдолбленная топором и выжженная из целого ствола, с заостренным легким носом и более тяжелой, полукруглой кормой, она вмещала от одного до двенадцати гребцов и поднимала до трех и даже четырех тонн груза; затем «эгаритеа» — широкий, грубо сколоченный баркас, посредине которого был устроен навес из листьев, со свободным проходом впереди, и скамьей для гребцов; и, наконец, «жангада» — довольно неуклюжий плот, идущий под треугольным парусом, с соломенной хижиной, служащей плавучим домом для индейца и его семьи. Эти три вида судов составляли мелкую флотилию Амазонки и могли перевозить очень ограниченное количество людей и товаров.

Были тут суда и побольше, так называемые «вижилинды», поднимающие от восьми до десяти тонн груза, с тремя мачтами и красными парусами; в тихую погоду они идут на четырех тяжелых веслах, которыми очень трудно грести против течения. Были еще большие «коберта», поднимающие до двадцати тонн, похожие на китайские джонки, с рубкой на корме, небольшой каютой и двумя мачтами с квадратными парусами разной величины; при противном или слишком слабом ветре индейцы пользовались на них еще десятью длинными веслами, которыми гребли, стоя на полубаке, на носу судна.

Но все эти водные средства передвижения не устраивали Жоама Гарраля. Решив спуститься вниз по течению Амазонки, он сразу надумал воспользоваться этим путешествием для переброски большого количества товаров, ждавших отправки в провинцию Пара. Этот груз не требовал срочной доставки на место. И Гарраль принял решение, которое должно было прийтись всем по душе, кроме разве Маноэля. Молодой человек, вероятно, предпочел бы отправиться на самом быстроходном судне, но у него была на то особая причина.

Как ни примитивен, даже первобытен был способ передвижения, избранный Жоамом Гарралем, он позволял взять с собой множество людей и плыть по течению со всевозможными удобствами и в полной безопасности.

По его плану часть фазенды словно отделится от берега и поплывет по Амазонке со всеми своими обитателями: хозяином фазенды, его семьей, слугами, работниками, вместе с их домами, хижинами, шалашами.

В икитосскую фазенду входили великолепные леса, которые в центральной части Южной Америки, можно сказать, неистощимы.

Жоам Гарраль прекрасно умел вести лесное хозяйство в этих краях, богатых чрезвычайно ценными и разнообразными древесными породами, которые шли на изготовление мачт и на всевозможные плотничные и столярные работы, так что торговля лесом ежегодно приносила ему немалый доход.

К тому же разве река не была у него под рукой, чтобы сплавлять дары амазонских лесов в большей сохранности и с меньшими затратами, чем по железной дороге? Итак, Жоам Гарраль каждый год валил несколько сотен деревьев, связывал плоты из грубо обтесанных бревен, толстых досок и брусьев, составлял громадные плавучие караваны и сплавлял их вниз по течению под надзором опытных плотогонов, хорошо знающих глубины, мели и быстрины реки.

Теперь Жоам Гарраль собирался поступить, как и в предыдущие годы. Но на этот раз, сколотив плот, он решил всю коммерческую часть дела поручить Бенито. Однако нельзя было терять даром и часа. Начало июня — самое благоприятное время для отплытия, ибо в эту пору река вздувается благодаря разлившимся в верховьях притокам, а затем понемногу убывает, вплоть до октября.

Значит, к работам следовало приступить, не мешкая, тем более что на этот раз предстояло сделать плот необычных размеров. Гарраль решил вырубить половину квадратной мили леса, росшего у слияния Наней с Амазонкой, то есть целый угол прибрежного участка фазенды, и соорудить исполинскую жангаду, или плот величиной с маленький островок.

Вот на такую-то жангаду, более устойчивую, чем любое местное судно, и более вместительную, чем сто связанных вместе «эгаритей» или «вижилинд», Жоам Гарраль и решил погрузиться вместе с домочадцами и грузом.

— Как хорошо он придумал! — воскликнула Минья, узнав о плане отца, и захлопала в ладоши.

— Да, — сказала Якита, — в таких условиях мы доплывем до Белена в полной безопасности и совсем не устанем.

— А во время остановок будем охотиться в прибрежных лесах, — добавил Бенито.

— Пожалуй, плыть придется довольно долго! — заметил Маноэль. — Не лучше ли выбрать какой-нибудь более быстрый способ спуститься по Амазонке?

Конечно, путешествие предстояло довольно долгое, но никто не поддержал предложения слишком заинтересованного Маноэля.

Жоам Гарраль вызвал к себе индейца, управляющего фазендой.

— Через месяц, — сказал он ему, — жангада должна быть готова к отплытию.

— Мы примемся за работу сегодня же, господин Гарраль, — ответил управляющий.

Работа предстояла немалая. Всю первую половину мая около сотни индейцев и негров трудились не покладая рук и сотворили просто чудеса. Быть может, некоторые добрые люди, непривычные к такому уничтожению лесов, горько сетовали бы, видя, как многовековые исполины падают один за другим под топором дровосеков; но деревьев росло такое несметное множество как на берегах реки, так и на островах вверх и вниз по течению, до самого горизонта, что вырубка участка в пол квадратной мили не могла оставить в лесу заметной прогалины.

Получив приказ от Жоама Гарраля, управляющий со своими рабочими начал с того, что очистил почву от лиан, древовидных растений, трав и зарослей кустарника. Прежде чем браться за пилу и топор, рабочие вооружились резаками — орудием, необходимым для всякого, кто хочет проникнуть в амазонские леса: это широкие, слегка изогнутые клинки длиной в два-три фута, крепко насаженные на рукоятку, которыми местные жители владеют с исключительной ловкостью. С помощью таких резаков рабочие за несколько часов вырубили подлесок, расчистили землю и проложили широкие просеки в густой чаще.

Так всегда начиналась работа: лесорубы с фермы подготовляли себе почву. Потом со старых деревьев, увитых лианами, заросших папоротником, кактусами, бромелиями и мхом, сорвали их покров и обнажили кору. Но вскоре и ее должны были ободрать со стволов, как кожу с живого тела.

Затем весь отряд лесорубов, гоня перед собой бесчисленные стаи обезьян, которым рабочие почти не уступали в ловкости, вскарабкался на вершины деревьев и принялся опиливать могучие ветви, пока не очистил стволы до самой верхушки. Скоро в обреченном лесу остались лишь высокие голые столбы, а спиленные ветви пошли на местные нужды; вместе со свежим воздухом сюда ворвались потоки света, и солнце проникло до влажной земли, которую оно, быть может, еще никогда не ласкало.

Каждое дерево в этом строевом лесу было пригодно для крупных плотничных или столярных работ. Словно колонны из слоновой кости с коричневыми обручами вздымались восковые пальмы высотой в сто двадцать футов, а толщиной в четыре у основания, дающие прочное, негниющее дерево; рядом с ними — деревья мары, дающие ценный строевой материал; барригуды, стволы которых начинают утолщаться в нескольких футах над землей и достигают четырех метров в обхвате, — они покрыты блестящей рыжеватой корой с серыми бугорками, а тонкие верхушки их переходят в широкий, плоский зонтик; высокие бомбаксы, с гладкими, белыми, необычайно стройными стволами. Рядом с этими великолепными представителями амазонской флоры падали на землю куатибы, — их розовые вершины возвышаются куполами над всеми соседними деревьями, а плоды напоминают маленькие вазочки, где плотными рядами уложены каштаны; древесина у них светло-лилового цвета и требуется специально для постройки судов. Потом разные сорта железного дерева, особенно ибириратея, с почти черной древесиной, такой прочной, что индейцы делают из нее свои боевые топорики; жакаранда — еще более ценная, чем красное дерево; цезальпина, которую можно найти только в глубине старых лесов, куда еще не проникла рука дровосека; сапукайя, высотой до ста пятидесяти футов, которой служат подпорками собственные побеги, вырастающие из ее корней в трех метрах от подножия; на высоте тридцати футов они обвиваются вокруг ствола, образуя арки и превращая его в витую колонну с вершиной в виде ветвистого букета, расцвеченного растениями-паразитами в желтый, пурпурный и белоснежный цвета.

Через три недели после начала работ на лесистом мысу между Амазонкой и ее притоком Наней не осталось ни одного дерева. Все было вырублено начисто. Жоам Гарраль не велел оставлять даже молодую поросль, которая через двадцать — тридцать лет могла снова стать таким же лесом. Лесорубы не пощадили ни одного деревца, не оставили даже вех, чтобы наметить границы будущей вырубки. Все было снесено «под гребенку». Сейчас деревья спилили под корень, а придет время, выкорчуют и пни, которые будущая весна снова покроет зелеными побегами.

Эта квадратная миля земли, с двух сторон омываемая водами великой реки и ее притока, предназначалась для другого: она должна быть вспахана, обработана, засажена, засеяна, а на следующий год всходы маниока, кофе, иньяма, сахарного тростника, кукурузы, арахиса покроют почву, еще недавно затененную густым тропическим лесом.

Не прошла и третья неделя мая, как все деревья были уже отобраны по сортам и по степени их плавучести и симметрично разложены на берегу Амазонки. Здесь и должен был строиться исполинский плот — жангада, которая с множеством построек для слуг и экипажа превратится в настоящую плавучую деревню. Потом настанет час, когда река, вздувшаяся от весеннего паводка, поднимет этот плот и унесет вдаль за сотни миль, к побережью Атлантического океана.

Все это время Жоам Гарраль был целиком поглощен работами. Он сам руководил всем: сначала на месте вырубки, потом на краю фазенды возле реки, где на широком песчаном берегу были разложены составные части плота.

Якита же вместе с Сибелой готовилась к отъезду, хотя старая негритянка никак не могла понять, зачем уезжать оттуда, где всем так хорошо.

— Но ты увидишь много такого, чего ты никогда не видела, — твердила ей Якита.

— А будет ли оно лучше того, что мы привыкли видеть? — неизменно отвечала Сибела.

Ну, а Минья и ее наперсница Лина больше думали о том, что касалось их самих. Для них дело шло не о простом путешествии: они навсегда уезжали из дому, им надо было предусмотреть тысячу мелочей, связанных с устройством в новой стране, где юная мулатка собиралась по-прежнему жить возле той, к которой она так привязалась. У Миньи было тяжело на сердце, но хохотушку Лину ничуть не огорчала разлука с Икитосом. С Миньей Вальдесона заживет нисколько не хуже, чем с Миньей Гарраль. Отучить Лину смеяться можно было бы, только разлучив ее с хозяйкой, но об этом никто не помышлял.

Бенито по мере сил помогал отцу во всех работах. Таким образом он учился управлять фазендой, владельцем которой, вероятно, станет со временем, а спускаясь вниз по реке, будет приобретать навыки в коммерции.

А Маноэль делил свое время между домом, где Якита с дочерью не теряли даром ни минуты, и местом вырубки, куда Бенито тащил своего друга чаще, чем тому бы хотелось. Впрочем, Маноэль делил свое время очень неравномерно, и это вполне понятно.

7. Вслед за лианой

Наступило воскресенье, 26 мая, и молодежь решила немного отдохнуть и развлечься. Погода стояла прекрасная, воздух освежал легкий ветерок с Кордильер, смягчавший жару. Все манило из дому на прогулку.

Бенито и Маноэль пригласили Минью пойти с ними в большой лес, раскинувшийся на правом берегу Амазонки, напротив фазенды. Они сказали, что хотят попрощаться с чудесными окрестностями Икитоса.

Молодые люди решили захватить с собой ружья, но обещали не покидать своих спутниц и не гоняться за дичью — в этом можно было положиться на Маноэля, — а девушки, ибо Лина не могла расстаться со своей хозяйкой, просто пойдут с ними погулять, ведь их не испугает расстояние в два-три лье.

Жоаму и Яките было некогда гулять с ними. Во-первых, план жангады был еще не закончен, а с постройкой плота нельзя было запаздывать; а во-вторых, Якита и Сибела, хотя им и помогала вся женская прислуга фазенды, не хотели терять даром ни часа.

Минья с радостью приняла приглашение. Итак, после завтрака, часов в одиннадцать, двое молодых людей и две девушки отправились на берег к тому мысу, где сливались две реки. Их сопровождал негр-слуга. Все уселись в одну из лодок «уба», перевозивших людей с фермы, и, проплыв между островами Икитос и Парианта, пристали к правому берегу Амазонки.

Лодка причалила к естественной беседке из великолепных древовидных папоротников, увенчанных на высоте тридцати футов словно ореолом из мелких, покрытых зеленым бархатом веточек с тончайшим кружевом резных листочков.

— А теперь, Маноэль, — сказала Минья, — я покажу вам этот лес. Ведь вы чужестранец в верховьях Амазонки! А мы здесь дома. Позвольте же мне выполнить обязанности хозяйки.

— Дорогая, — ответил молодой человек, — вы будете такой же хозяйкой у нас в Белене, как и у себя на фазенде в Икитосе. Там, как и здесь...

— Послушай-ка, Маноэль, и ты, сестрица! — воскликнул Бенито. — Надеюсь, вы пришли сюда не за тем, чтобы любезничать. Забудьте хоть ненадолго, что вы жених и невеста!

— Ни на час, ни на минуту! — возразил Маноэль.

— А если Минья тебе прикажет?

— Не прикажет.

— Как знать! — засмеялась Лина.

— Лина права, — сказала Минья, протягивая руку Маноэлю. — Постараемся забыть. Давайте забудем! Этого требует мой брат. Мы порываем все связи. На время этой прогулки мы больше не жених и невеста. Я не сестра Бенито, а вы не его друг!

— Еще что! — вскричал Бенито.

— Браво, браво! Мы все незнакомы между собой! — подхватила Лина, хлопая в ладоши.

— Мы все чужие и встречаемся в первый раз, — продолжала Минья, — мы здороваемся, знакомимся...

— Сударыня, — проговорил Маноэль, низко кланяясь девушке.

— С кем я имею честь говорить, сударь? — спросила Минья с полной серьезностью.

— С Маноэлем Вальдесом, который будет счастлив, если ваш брат соизволит представить его...

— Ох, к черту все эти проклятые церемонии! — закричал Бенито. — Бросьте эту дурацкую затею! Будьте уж лучше помолвлены, друзья мои. Будьте помолвлены сколько угодно! Хоть навсегда!

— Да, навсегда! — отозвалась Минья.

Ответ ее прозвучал так непосредственно, что Лина рассмеялась еще громче.

Маноэль поблагодарил девушку нежным взглядом за это невольно вырвавшееся слово.

— Если мы наконец пойдем, мы будем меньше болтать! Ну, в путь! — крикнул Бенито, чтобы выручить смущенную сестру.

Но Минья не спешила.

— Погоди, Бенито, — сказала она. — Ты видел, я готова была послушаться тебя. Ты хотел заставить нас с Маноэлем забыть, кто мы, чтобы мы не портили тебе прогулку. А теперь ты тоже исполни мою просьбу, чтобы не портить прогулки и мне. Хочешь или не хочешь, но обещай мне забыть…

— Забыть?

— Да, забыть, что ты охотник, дорогой мой братец!

— Как! Ты мне запрещаешь?..

— Я запрещаю тебе стрелять во всех этих прелестных птичек — попугаев, кассиков, куруку, — которые так весело порхают по лесу. Запрещаю убивать всякую мелкую дичь, которая нам сегодня совсем не нужна. Вот если какой-нибудь ягуар или другой хищник подойдет слишком близко — тогда стреляй!

— Но… — начал Бенито.

— А то я возьму под руку Маноэля, и мы убежим, заблудимся в лесу, и тебе придется нас разыскивать.

— Ну как, тебе очень хочется, чтоб я отказался? — спросил Бенито, взглянув на Маноэля.

— Еще бы! — ответил тот.

— Так нет же! Я не откажусь! Я подчинюсь, тебе назло. Идем!

И все четверо, а за ними и негр-слуга, вошли под своды высоких деревьев, густая листва которых не позволяла солнечным лучам проникнуть до земли.

Нет места великолепней, чем эта часть правого берега Амазонки! Здесь в живописном беспорядке растет столько разнообразных деревьев, что на пространстве в четверть квадратной мили можно насчитать до ста различных пород, и каждое из них — чудо растительного царства. К тому же всякий лесник сразу заметил бы, что здесь никогда не работал топор дровосека. Если даже пройдут века после вырубки, легко обнаружить нанесенные лесу раны. Будь заново выросшим деревьям хоть сто лет, лес все равно утратил бы свой первоначальный вид, главным образом потому, что изменились бы породы лиан и других паразитических растений. Это своеобразный признак, и местный житель тут не ошибется.

Веселая компания, болтая и смеясь, пробиралась в высокой траве, сквозь кустарники, под ветвями подлеска. Впереди шел негр, и когда заросли становились особенно густыми, расчищал путь своим резаком, разгоняя мириады пташек.

Минья недаром выступила в защиту крылатого народца, порхающего среди листвы высоких деревьев. Тут встречались самые красивые представители тропического царства пернатых. Зеленые попугаи, крикливые ары казались плодами на ветвях лесных исполинов. Многочисленные виды колибри: синегорлые, топазовые, эльфы, с длинными, раздвоенными хвостами — пестрели вокруг словно цветы, и казалось, что ветер перебрасывает их с ветки на ветку. Крапивники, с коричневой каемкой на оранжевых перьях, снежно-белые птицы-колокольчики, черные, как ворон, хохлатые кассики свистели и щелкали не умолкая, и голоса их сливались в оглушительный хор. Тукан длинным клювом долбил золотые грозди гуири. Зеленый бразильский дятел кивал узкой головкой в пурпурных крапинках. Все они пленяли глаз.

Но это крикливое племя умолкало, замирало, как только над вершинами деревьев слышался скрипучий, словно ржавый флюгер, голос светло-рыжего коршуна, прозванного «кошачья душа». Он гордо парил, распустив длинные белые перья на хвосте, но тотчас трусливо прятался, едва в небе появлялась «гарпия» — большой орел с белоснежной головой, пугало всего пернатого народца.

Минья уговаривала Маноэля любоваться чудесами природы, которых он не мог увидеть в их первозданной красоте у себя, в более цивилизованных восточных провинциях. Но Маноэль больше глядел на девушку, чем слушал ее. К тому же пение и крики тысяч птиц были порой так пронзительны, что заглушали ее голос. Только звонкий, как колокольчик, смех Лины мог поспорить со всем этим пением, щебетом, свистом, воркованьем, щелканьем, чириканьем, звучавшим со всех сторон.

За целый час молодежь прошла не больше мили. Отступая от берега, деревья меняли свой облик. Теперь жизнь животных приходилось наблюдать не на земле, а в шестидесяти или восьмидесяти футах над землей, где стайки обезьян гонялись друг за другом между ветвями. То тут, то там солнечный луч, пробившись сквозь листву, освещал подлесок. Как видно, в этих тропических лесах солнечный свет не так уж необходим для роста растений. Как будто и для деревьев и для кустарников достаточно одного воздуха, а все необходимое им тепло они получают не из окружающей их атмосферы, а черпают прямо из почвы, где оно накапливается как в громадном калорифере.

А внизу, в зарослях бромелий, серпантинов, орхидей, кактусов, образующих миниатюрный лес у подножия большого, сколько невиданных насекомых, которые хочется сорвать, так похожи они на живые цветы! Тут и несторы с синими крыльями из переливчатого муара; и бабочки «лейлюс» с золотым отливом и зелеными полосками; и пяденицы длиной в десять дюймов, у них как будто вместо крыльев листочки; и пчелы «марибунда» — точь-в-точь живые изумруды в золотой оправе; целые легионы жуков и светляков с бронзовым щитком и зелеными надкрыльями — глаза их светятся желтоватым светом, и с наступлением ночи они мерцают в лесу разноцветными огоньками.

— Вот сколько у нас чудес! — то и дело восклицала восторженная девушка.

— Ты у себя дома, Минья, ведь ты сама это сказала, — заметил Бенито, — зачем же ты хвалишься своими богатствами?

— Смейся, смейся, — возразила Минья. — Я вправе хвалить эти прекрасные творения. Верно, Маноэль? Ведь они созданы рукой божьей и принадлежат всем.

— Пусть Бенито смеется, — сказал Маноэль. — Он не хочет признаться, что в душе он и сам поэт и не меньше нас любуется их красотой. Но когда у него в руках ружье — прощай поэзия!

— Будь же сейчас поэтом, брат! — попросила девушка.

— Ладно, буду поэтом! — проговорил Бенито. — О, волшебная природа!.. И так далее и тому подобное…

Однако надо сознаться, что, запретив брату стрелять, Минья потребовала от него большой жертвы. В лесу было полно дичи, и Бенито не раз пожалел, что не может воспользоваться ружьем для меткого выстрела.

И правда, в менее густых зарослях, на открывавшихся кое-где прогалинах нередко появлялись крупные страусы-нанду, ростом в четыре-пять футов. Их сопровождали сериемы — лесные индюки, мясо которых еще вкуснее мяса крупных страусов, за которыми они следуют.

— Вот чего я лишаюсь из-за моего злосчастного обещания! — вскричал Бенито, который только-только приложился, чтобы выстрелить, но по знаку сестры опустил ружье.

— Надо щадить серием, — заметил Маноэль, — они неутомимые истребители змей.

— Тогда надо щадить и змей, потому что они пожирают вредных насекомых; и насекомых, потому что они уничтожают еще более вредных тлей! Если так, надо щадить всех и вся!

Но вскоре молодой охотник подвергся еще более тяжкому испытанию. Теперь лес так и кишел дичью. То тут, то там появлялись небольшие краксы цвета кофе с молоком, пекари — местная порода кабанов, которых очень ценят любители дичины, — агути, заменяющие в Южной Америке зайцев и кроликов, броненосцы, с чешуйчатым, словно мозаичным щитом, принадлежащие к отряду неполнозубых.

И, право же, Бенито проявил не только стойкость, но и героическую выдержку, когда перед ним промелькнул тапир из породы, называемой в Бразилии «антас». Этот толстокожий зверь, младший брат слона, теперь почти не встречается на берегах Верхней Амазонки и ее притоков, и потому так привлекает охотников, а еще больше гурманов, ибо мясо у него вкуснее говядины, в особенности толстый загривок — поистине лакомый кусочек!

Да, ружье просто жгло руки бедному юноше, но, верный своему обещанию, он больше не пытался им воспользоваться.

И все же он предупредил сестру, что если на расстоянии выстрела увидит «тамандуа» — очень забавного большого муравьеда, подстрелить которого, как считают охотники, удается только мастеру, — то ружье у него тогда выстрелит само.

Но, к счастью, большой муравьед не попался им на пути, так же как ягуары и кугуары, которых в Южной Америке называют «онка». Вот кого в самом деле нельзя подпускать на близкое расстояние.

— Ну что ж, — проговорил Бенито, останавливаясь, — гулять, конечно, очень приятно, но гулять без всякой цели…

— Без цели? — отозвалась его сестра. — Но ведь у нас есть цель: смотреть, любоваться, в последний раз пройтись по здешним местам. Ведь такого леса мы больше нигде не увидим, и надо попрощаться с ним!

— А я придумала! — подала вдруг голос Лина.

— Разве наша сумасбродка Лина может придумать что-нибудь разумное? — покачал головой Бенито.

— Нехорошо смеяться над Линой, — возразила Минья, — когда она старается найти для нашей прогулки цель, без которой тебе скучно.

— Тем более, что моя выдумка вам понравится, я уверена!

— Что же ты придумала? — спросила Минья.

— Видите эту лиану? — И девушка указала на лиану из породы «сипо», обвившую ствол громадной мимозы, у которой легкие, как перышки, листочки свертываются от малейшего шума.

— Ну и что? — спросил Бенито.

— Я предлагаю всем идти вдоль этой лианы, пока мы не найдем ее конец.

— Хорошая идея! Так у нас и впрямь будет цель! — подхватил Бенито. — Пойдем за лианой, какие бы ни встретились препятствия: заросли, чащи, скалы, ручьи, потоки. Нас ничто не остановит, мы пойдем за ней, несмотря ни на что…

— А ведь ты был прав, Бенито, — засмеялась Минья. — Лина и впрямь у нас сумасбродка!

— Понятно, — ответил ей брат, — ты называешь так Лину, чтоб не назвать сумасбродом меня за то, что я ее одобряю.

— Ну что ж, будем сумасбродами, если вам хочется, — согласилась Минья.

— Идем вслед за лианой!

— А вы не боитесь… — начал было Маноэль.

— Снова возражения! — закричал Бенито. — Ах, Маноэль, ты бы не спорил, а сразу помчался вперед, если б у конца лианы тебя ждала Минья!

— Молчу, молчу, — ответил Маноэль. — Не говорю ни слова и повинуюсь! Следуем за лианой.

И они отправились, веселые, как дети в дни каникул.

Эта ползучая плеть могла завести их очень далеко, если бы они упорно следовали за ней до конца, как за нитью Ариадны[1], с той разницей, что нить наследницы Миноса помогала выбраться из лабиринта, а лиана заводила в него все глубже. То была лиана, известная под названием «красная жапиканга», длина которой достигает порой нескольких лье. Но в конце концов они могли и отступиться от своей затеи — она ведь не была делом чести.

---

[1] Ариадна — дочь Миноса, легендарного царя Древнего Крита, которая, согласно греческому мифу, дав Тезею клубок ниток, помогла ему выбраться из лабиринта.

Лиана перекидывалась с дерева на дерево, то обвиваясь вокруг стволов, то свисая фестонами с ветвей. Тут она протягивалась от бомбакса к палисандровому дереву, там от берталеции к пальме «баккаба», ветви которой Агассис[1] так метко сравнивал с длинными коралловыми палками, усеянными зелеными точками. Затем лиана тянулась среди тукумов, с такими же причудливо изогнутыми стволами, как у столетних олив; среди фикусов, которых насчитывается в Бразилии не менее сорока разновидностей — все они относятся к семейству тутовых и дают нам каучук; среди «гуальт» — красивых пальм с гладким стройным стволом, какаовых деревьев, дикорастущих в лесу на берегах Амазонки и ее притоков, разнообразных меластом, украшенных розовыми цветами или кистями беловатых ягод.

Сколько было остановок, сколько крику, когда веселая компания думала, что потеряла путеводную нить! Приходилось снова ее отыскивать, освобождать, распутывая клубок растений-паразитов.

— Вот, вот она! — кричала Лина. — Я ее вижу!

— Ошибаешься, — отвечала Минья, — это лиана другой породы.

— Нет, нет, Лина права, — говорил Бенито.

— Нет, Лина ошибается, — возражал Маноэль.

И начинался спор, очень серьезный, очень обоснованный, в котором ни одна из сторон не желала уступать.

Тогда негр взбирался на одно дерево, Бенито на другое, они карабкались на ветви, обвитые лианой, чтобы точно определить, куда она тянется.

Однако им нелегко было разобраться в этой путанице переплетающихся растений, между которыми петляла лиана, прячась среди бромелий «карата» с острыми шипами, орхидей величиной с ладонь, с розовыми лепестками и фиолетовым пестиком, и тонких онсидий, запутанных, как клубок шерсти, попавшей в лапы котенку.

А потом, когда лиана вновь спускалась на землю, как трудно было отыскать ее под покровом плаунов, геликоний с большими листьями,

[1] Агассис, Луи (1807–1873) — швейцарский естествоиспытатель.

каллиандр с розовыми хохолками, рипсалий, которые обвивали ее, как изоляционная лента электрический провод, среди кустов больших белых ипомей, под мясистыми стеблями ванили, в зарослях страстоцвета, дикого винограда и всевозможных ползучих растений!

Но зато какой радостный вопль раздавался, когда молодежь вновь находила лиану, и с каким пылом все продолжали прерванный поход!

Так пробирались они не меньше часа, но пока ничто не предвещало близость желанной цели. Порой они сильно встряхивали лиану, но она не поддавалась, и только сотни птиц разлетались в разные стороны, а обезьяны прыгали с дерева на дерево, словно указывая им путь.

Если дорогу им преграждала густая чаща, тогда резак прорубал узкий проход и все устремлялись туда. Если же перед ними вставала высокая, заросшая зеленью скала, по которой лиана извивалась как змея, они карабкались вверх и преодолевали это препятствие.

Наконец перед ними открылась широкая прогалина. На ней одиноко стояло большое банановое дерево, овеваемое свежим воздухом, который ему так же необходим, как и солнечный свет; этот тропический великан, по словам Гумбольдта, «служил человеку еще на заре культуры» и был главным кормильцем жителей жарких стран. Длинная плеть лианы свисала фестонами с высоких ветвей и, пересекая прогалину, снова скрывалась в чаще.

— Может, мы наконец остановимся? — спросил Маноэль.

— Нет, ни за что! — закричал Бенито. — Не остановимся, пока не дойдем до конца лианы!

— Однако нам придется скоро повернуть назад, — заметила Минья.

— О, пожалуйста, пройдем еще хоть немного! — взмолилась Лина.

— Дальше, дальше! — твердил Бенито.

И наши сумасброды снова углубились в лес, который стал пореже и позволял им идти немного быстрей.

К тому же лиана повернула на север, как будто хотела вернуться к реке, что было бы им на руку. Значит, можно следовать за ней и, выйдя на правый берег, подняться к переправе.

Через четверть часа все спустились в овраг и остановились перед небольшим притоком Амазонки. Но через этот ручей был перекинут мостик из лиан и сплетенных ветвей, а их лиана, раздвоившись, образовала над ним как бы перила, тянувшиеся на другой берег.

Бенито, шедший все время впереди, уже ступил на этот зыбкий живой мосток.

Маноэль попытался удержать Минью.

— Останьтесь, не ходите, Минья! — сказал он. — Пусть Бенито идет дальше, если ему хочется, а мы подождем его здесь.

— Нет, идемте, идемте вперед! Прошу вас, идемте! — закричала Лина. — Не бойтесь! Лиана уже становится тоньше! Мы скоро найдем ее конец!

И, не раздумывая, Лина смело пошла за Бенито.

— Они просто дети, — сказала Минья. — Пойдемте, милый Маноэль, надо идти за ними.

И, перейдя мосток, который раскачивался под ними, как качели, они снова вошли под своды высоких деревьев.

Но не прошли они и десяти минут, следуя за нескончаемой лианой, как вдруг все сразу остановились, и на этот раз не без причины.

— Ну как, дошли мы до конца лианы? — спросила Минья.

— Нет, — ответил Бенито, — но теперь мы должны идти очень осторожно. Видите?

И Бенито указал на лиану, скрывавшуюся в ветвях высокого фикуса. Она сильно вздрагивала, словно от каких-то толчков.

— Кто ее там дергает? — спросил Маноэль.

— Быть может, какой-нибудь зверь, к которому следует приближаться с опаской.

И Бенито, взведя курок, подал знак, чтоб за ним не ходили, и сделал шагов десять вперед. Маноэль, две девушки и негр остались на месте. Вдруг Бенито вскрикнул и бросился к дереву. Все кинулись за ним.

Какое неожиданное и жуткое зрелище!

На конце тонкой, как веревка, лианы, завязанной петлей, болтался повешенный человек и дергал ее в последних конвульсиях.

Бенито бросился к несчастному и одним взмахом охотничьего ножа перерезал лиану. Повешенный свалился на землю. Маноэль тотчас склонился над ним, чтобы оказать ему помощь и вернуть к жизни, если еще не поздно.

Повешенный свалился на землю. Маноэль тотчас склонился над ним, чтобы оказать ему помощь...

— Бедняжка! — прошептала Минья.

— Господин Маноэль, господин Маноэль, он еще дышит! — закричала Лина. — Сердце бьется!.. Его надо спасти!..

— Это правда, ей-богу! — отозвался Маноэль. — Но еще немного, и все было бы кончено.

Спасенный был белый, на вид лет тридцати, бедно одетый, очень истощенный и, по-видимому, переживший тяжелые испытания.

У ног его лежала брошенная на землю пустая тыквенная фляга и бильбоке[1] из пальмового дерева, у которого вместо шарика болталась на шнурке черепашья головка.

— Повесился… Повесился… — твердила Лина. — Такой молодой! Что могло его до этого довести?

Но Маноэль вскоре привел беднягу в чувство. Он открыл глаза и охнул так неожиданно и громко, что испуганная Лина невольно вскрикнула ему в ответ.

— Кто вы, друг мой? — спросил его Бенито.

— Бывший удавленник, как я полагаю…

— А ваше имя?

— Постойте минутку, дайте вспомнить… — И он провел рукой по лбу. — Ага! Меня зовут Фрагозо, к вашим услугам! Если буду в состоянии, могу вас постричь, побрить и причесать по всем правилам моего искусства. Я — цирюльник, или, лучше сказать, самый несчастный Фигаро на свете!

— А почему вы вздумали…

— Что поделаешь, сударь! — ответил, улыбаясь, Фрагозо. — Минута отчаяния, о которой я, наверно, пожалел бы, если можно о чем-нибудь жалеть на том свете! Но мне оставалось шагать еще восемьсот лье, а у меня ни гроша в кармане — есть отчего приуныть! Я совсем раскис — вот в чем дело!

У этого Фрагозо было добродушное и приятное лицо. Он понемногу приходил в себя, и становилось ясно, что от природы у него веселый нрав. Он был бродячим цирюльником из тех, что ходят по берегам Верхней Амазонки из деревни в деревню и занимаются своим ремеслом, обслуживая негров и негритянок, индейцев и индианок, которые очень ценят их услуги.

---

[1] Игрушка, состоящая из шарика и деревянной чашечки на стержне, в которую ловят шарик, подбрасывая его; иногда вместо чашечки на стержне оставляют острый штырь, на который и ловят шарик.

Но бедный Фигаро, одинокий, несчастный, не евший двое суток, заблудился в лесу и в минуту отчаяния потерял голову... Остальное мы уже знаем.

— А сейчас, друг мой, — сказал Бенито, — пойдемте с нами на фазенду в Икитос.

— С превеликой радостью! — ответил Фрагозо. — Вы вынули меня из петли — теперь я ваш! Пожалуй, для вас было бы лучше меня не трогать.

— Видите, как хорошо, что мы продолжали прогулку! — сказала Лина, обращаясь к Минье.

— Еще бы! — откликнулась Минья.

— Что ни говорите, — заметил Бенито, — а я никогда бы не подумал, что на конце нашей лианы мы найдем человека!

— Тем более беднягу цирюльника, который вздумал повеситься! — подхватил Фрагозо.

Он уже совсем пришел в себя, и молодые люди рассказали ему, как они его нашли. Он горячо поблагодарил Лину за ее удачную выдумку следовать за лианой, и все отправились домой на фазенду, где Фрагозо встретил такой радушный прием, что у него не было уже ни нужды, ни желания повторять свой печальный опыт.

8. Жангада

Пол квадратной мили леса была вырублена. Теперь взялись за дело плотники, чтобы сколотить из лежавших на берегу многовековых деревьев громадный плот.

Легкая работа, нечего сказать! Под надзором Жоама Гарраля индейцы — работники фазенды — должны были показать свое удивительное искусство. За что бы они ни брались — за постройку дома или судна, индейцы были непревзойденными мастерами. Орудуя только топором да пилой, они обрабатывали такое твердое дерево, что инструменты и те зазубривались, ведь плотникам приходилось обтесывать бревна, превращать громадные стволы в брусья и балки, распиливать их на доски — и все это без механической пилы, лишь собственными умелыми и терпеливыми руками, обладавшими врожденной ловкостью.

Стволы поваленных деревьев не сразу сбрасывали в реку. Жоам Гарраль действовал иным способом. Всю эту груду стволов симметрично раскладывали на широком плоском берегу, на котором был сделан пологий спуск к мысу, где сливаются Наней с Амазонкой. Здесь и должна была строиться жангада; здесь Амазонка в нужную минуту сама подхватит ее, спустит на воду и понесет к месту назначения.

Теперь скажем несколько слов о географическом положении этого единственного в своем роде громадного потока и о странном явлении, очевидцами которого были прибрежные жители.

Две великие реки, которые по длине могут поспорить с бразильской водной артерией, Нил и Миссури-Миссисипи, текут: первая — с юга на север, через Африканский континент, а вторая — с севера на юг, через Северную Америку. Таким образом они пересекают территории, лежащие на разных широтах и, следовательно, в различных климатических поясах.

Амазонка же, напротив, начиная с того места на границе Эквадора и Перу, где она решительно поворачивает к востоку, вся целиком протекает между четвертой и второй южными параллелями. Поэтому ее громадный бассейн на всем своем протяжении находится в одинаковых климатических условиях.

В результате здесь как будто всего два времени года, ибо периоды дождей следуют с перерывом в шесть месяцев. На севере Бразилии период дождей начинается с сентября, а на юге — с марта. Поэтому правые и левые притоки Амазонки вздуваются в разное время, с промежутком в полгода. Вот почему половодье в Амазонке достигает своего высшего уровня в июне и постепенно спадает до октября.

Все это Жоам Гарраль знал по опыту и решил воспользоваться паводком, чтобы спустить жангаду на воду, когда без помех построит ее на берегу реки. Уровень воды в Амазонке колеблется и может подниматься выше среднего на сорок футов и опускаться ниже на тридцать футов. Такой размах давал Гарралю полную возможность действовать.

Постройку начали немедленно. На берегу бревна были разложены по величине, причем принимали во внимание и их плавучесть. В самом деле, среди стволов с крепкой и тяжелой древесиной находились и такие, удельный вес которых был почти равен удельному весу воды.

Первый ряд бревен нельзя было класть слишком плотно, между ними оставляли небольшие зазоры, а затем их скрепляли поперечными брусьями, которые обеспечивали прочность всего сооружения. Брусья связывали канатом из пиассавы, таким же крепким, как и пеньковый. Этот канат делается из волокон особого вида пальмы, очень распространенной на берегах реки, и широко применяется во всей стране. Пиассава не тонет, не впитывает воду, а изготовление ее очень дешево, вот почему она считается ценным материалом и уже стала предметом торговли со Старым Светом.

На двойной ряд бревен и балок настелили толстые доски, которые должны были служить полом жангады и поднимались на тридцать дюймов над водой. Леса тут пошло на весьма значительную сумму, и это не мудрено, если учесть, что плот имел тысячу футов в длину и шестьдесят в ширину, то есть составлял площадь в шестьдесят тысяч квадратных футов. И правда, можно было сказать, что по Амазонке поплывет целый лес.

Все строительные работы велись под бдительным надзором Жоама Гарраля. Но когда они были закончены, следовало решить, как разместиться на плоту, и к обсуждению этого вопроса были привлечены все, даже наш друг Фрагозо.

Но сначала скажем несколько слов о том, какое положение он занял на фазенде.

С того дня, когда цирюльника приютила гостеприимная семья фермера, он был счастлив, как никогда. Жоам Гарраль предложил Фрагозо отвести его в провинцию Пара, куда тот направлялся, «когда лиана схватила его за глотку и пригвоздила на месте», по выражению Фрагозо. Он с благодарностью принял предложение Гарраля и с тех пор изо всех сил старался быть полезен всюду, где только мог. К тому же он оказался очень сообразительным и, как говорится, мастером на все руки — брался за любое дело, и все у него спорилось. Жизнерадостный, как и Лина, он вечно пел, балагурил, за словом в карман не лез, и скоро его все полюбили.

Но он считал себя больше всего обязанным юной мулатке.

— Как вы здорово придумали играть в лиану-выручалку! — постоянно твердил он. — Прямо скажу — замечательная игра! Хотя, конечно, не каждый раз находишь на конце лианы висящего беднягу цирюльника!

— Это случайность, господин Фрагозо, — смеялась Лина. — Право же, вы мне ничем не обязаны.

— Как — ничем?! Я вам обязан жизнью и хотел бы продлить ее еще на сто лет, чтобы моя благодарность длилась подольше! Понимаете, вешаться совсем не в моем характере! Если я и попытался, то только по необходимости. Я все обдумал: лучше уж повеситься, чем помереть с голоду, да еще, не успев окончательно помереть, достаться на съедение диким зверям. Так что эта лиана связала меня с вами, и, что ни говорите…

Обычно беседа продолжалась в таком же шутливом тоне. Но в душе Фрагозо был и вправду горячо благодарен юной мулатке, виновнице его спасения, а Лина не оставалась равнодушной к пылким речам славного молодого человека, такого же бесхитростного, прямого и приветливого, как и она сама. По поводу их дружбы Бенито, старая Сибела и другие уже делали шутливые намеки.

Но пора вернуться к жангаде. Итак, после обсуждения все решили обставить ее как можно удобнее и уютней, ведь путешествие должно продлиться несколько месяцев.

Семья Гарралей состояла из родителей, дочери и сына, Маноэля и двух служанок, Сибелы и Лины, — все они должны были занимать отдельный домик. Кроме них, на жангаде следовало разместить сорок индейцев, сорок негров, Фрагозо и лоцмана, которому предстояло управлять жангадой.

Такого многочисленного экипажа едва хватало, чтобы обслуживать плот. В самом деле, жангаде предстояло плыть по извилистому руслу реки, среди сотен островов и островков, преграждавших течение. Амазонка будет двигать жангаду, но отнюдь не управлять ее движением. Вот почему необходимы эти сто шестьдесят рук — им придется орудовать длинными баграми, чтобы удерживать громадный плот посредине реки, на равном расстоянии от берегов.

Прежде всего занялись постройкой дома для хозяина на корме жангады. В нем сделали пять комнат и большую столовую. Одна комната предназначалась для Жоама Гарраля с женой, вторая — для Лины и Сибелы, неподалеку от их хозяек, третья — для Бенито и Маноэля; Минья тоже получила отдельную комнату, и далеко не худшую.

Это главное строение на плоту было старательно сколочено из плотно пригнанных досок, пропитанных горячей смолой, что делало их совершенно водонепроницаемыми. В фасаде и боковых стенках прорезали окна, и дом стал светлым и веселым. Входная дверь спереди вела в общую комнату. Легкая веранда на бамбуковых подпорках защищала переднюю часть дома от прямых лучей солнца. Весь дом был выкрашен светлой охрой, отражавшей, а не поглощавшей солнечные лучи, что обеспечивало прохладную температуру в комнатах.

Когда постройка дома, сделанного по плану Жоама Гарраля, была почти закончена, Минья попросила отца:

— Отец, теперь благодаря твоим заботам у нас есть стены и крыша над головой, позволь же устроить все в доме по нашему вкусу! Внешний вид принадлежит тебе, а внутреннее убранство — нам. Нам с матушкой хочется, чтобы казалось, будто наш дом переехал с фазенды на плот, и ты бы не чувствовал, что покинул Икитос.

— Устраивай все, как тебе хочется, Минья, — ответил Жоам Гарраль с печальной улыбкой, которая порой мелькала на его губах.

— Это будет чудесно!

— Я полагаюсь на твой вкус, моя девочка.

— И наш дом сделает нам честь, отец! Так и должно быть, ведь мы поедем в прекрасную страну, нашу родину, куда ты снова вернешься после стольких лет отсутствия.

— Да, Минья, конечно! — ответил Жоам Гарраль. — Как будто мы возвращаемся из изгнания... из добровольного изгнания. Постарайся же устроиться получше, дочка! Я во всем полагаюсь на тебя.

Так молодой девушке и Лине, к которым охотно присоединились Маноэль и Фрагозо, было поручено заняться внутренним убранством дома. Обладая некоторым воображением и художественным вкусом, они могли вполне успешно справиться с этой задачей.

Сначала в комнатах разместили самую красивую мебель с фазенды. Ее решили отослать потом обратно из Белена с каким-нибудь попутным судном. Для плавучего дома были со вкусом подобраны столы, бамбуковые кресла, тростниковые кушетки, этажерки резной работы — словом, все те легкие и веселые вещи, которыми обставляют жилища в тропических странах. Сразу чувствовалось, что работу молодых людей направляла женская рука.

И не подумайте, что стены жилища остались голыми! Нет, их покрыли штофом, радовавшим глаз. Только штоф этот был не матерчатый, а из коры ценных деревьев и спадал широкими складками, как будто стены задрапировали дорогими и мягкими обойными тканями — парчой или шелком, — какими теперь принято отделывать квартиры. На полу были брошены пестрые шкуры ягуаров или пушистые обезьяньи меха, в которых тонула нога. На окнах висели легкие занавески из желтоватого шелка «сумаума». А тюфяки, валики и подушки на кроватях, затянутых пологом от москитов, были набиты свежим и мягким волокном, которое дает растущий в верховьях Амазонки бомбакс.

Повсюду на этажерках и полочках стояли хорошенькие безделушки, привезенные из Рио-де-Жанейро или из Белена, особенно дорогие для Миньи, так как их подарил ей Маноэль. Что может больше радовать глаз, чем эти милые пустяки, дар дружеской руки, которые так много говорят нам, хотя и без слов!

Через несколько дней убранство комнат было завершено, и всякий, войдя в дом, решил бы, что очутился на фазенде! Никто не пожелал бы себе лучшего постоянного жилища — под купой красивых деревьев, на берегу весело журчащего ручья. Теперь, когда они поплывут вниз по великой реке, их дом не нарушит красоты живописных берегов, между которыми пройдет жангада. Тем более, что снаружи постройка была не менее привлекательна, чем внутри.

Надо сказать, что, украшая свое жилище, молодые люди соперничали, стараясь проявить изобретательность и вкус. Дом был буквально весь увит зеленью, от основания до конька на крыше.

Целые заросли орхидей, бромелий, всевозможных ползучих растений в полном цвету были посажены в глиняные кадки, скрытые под густым зеленым покровом. Ствол мимозы или фикуса, растущих в девственном лесу, не мог бы быть украшен более роскошным тропическим убором! Сколько причудливо извивающихся стеблей, сколько красных вьюнов, золотистых лоз с разноцветными гроздьями, сколько ползучих растений оплетали стены, обвивали столбы, подпиравшие крышу, и стлались по карнизам! Чтобы добыть их, стоило только зайти в окружавшие фазенду леса. Громадная лиана поддерживала все эти растения-паразиты. Она несколько раз обвивала дом, цепляясь за все углы и выступы, раздваивалась, извивалась, «кустилась», пускала во все стороны причудливые побеги и окончательно скрывала постройку, которую как будто спрятали в гигантский цветущий куст.

Конец лианы заглядывал в окно юной мулатки, и мы без труда угадаем, от кого исходил этот трогательный знак внимания. Казалось, чья-то длинная рука сквозь щель в ставне подает ей букет всегда свежих цветов.

Словом, все выглядело прелестно. Нечего и говорить, что Якита, ее дочь и Лина были очень довольны.

— Если вам захочется, мы можем посадить на жангаде и деревья, — сказал Бенито.

— Как — деревья? — удивилась Минья.

— А почему бы и нет? — заметил Маноэль. — Если перенести их на этот прочный настил вместе с землей, я уверен, они хорошо приживутся, тем более что им нечего бояться перемены климата, ведь Амазонка все время течет по одной параллели.

— К тому же, — продолжал Бенито, — разве река не уносит каждый день зеленые островки, оторванные течением от островов и берегов? Они плывут со своими деревьями, рощицами, кустами, камнями, лужайками вниз по реке и, пройдя восемьсот лье, теряются в Атлантическом океане. Почему бы нам не превратить нашу жангаду в такой плавучий сад?

— Вам хочется иметь целый лес, мадемуазель Лина? — спросил Фрагозо, который считал, что нет ничего невозможного.

— Да, целый лес! — воскликнула Лина. — Лес с птицами, обезьянами…

— Змеями, ягуарами… — подхватил Бенито.

— Индейцами, кочевниками! — добавил Маноэль.

— И даже людоедами!

— Куда же вы, Фрагозо? — окликнула его Минья, видя, что прыткий цирюльник собирается выскочить на берег.

— За лесом! — ответил Фрагозо.

— Не надо, друг мой, — улыбнулась Минья. — Маноэль подарил мне букет, и с меня довольно! Правда, — добавила она, показывая на дом, утопающий в цветах, — он спрятал наше жилище в свадебном букете!

9. Вечер 5 июня

Пока строился хозяйский дом, Жоам Гарраль занимался также устройством служб — кухни и кладовых, где должны были храниться всевозможные запасы провизии.

Главное место занимал большой запас корней деревца вышиной от пяти до шести футов, которое дает маниок, основной продукт питания жителей тропической полосы. Корни его, напоминающие длинный черный редис, растут клубнями, как картофель. Они содержат в себе очень вредный сок, который следует выжимать под прессом. Только после этого корни сушатся и размалываются либо в муку, употребляемую для разных блюд, либо в крупу тапиоку, в зависимости от вкуса местных жителей.

Поэтому на жангаде был целый склад этого полезного продукта, который служил для всеобщего питания.

Что касается запасов мяса, то, помимо стада баранов, помещенных в специальном хлеву на носу жангады, было еще взято большое количество окороков местного изготовления, так называемых «пресунто», прекрасного качества; однако все рассчитывали также и на ружья молодых людей и индейцев — хороших охотников, которым на островах и в прибрежных лесах Амазонки попадется немало дичи, а уж они-то не промахнутся!

К тому же и сама река должна была обильно снабжать путешественников пищей: креветки — такие крупные, что их можно назвать раками; рыба «тамбагу», лучшая во всем бассейне Амазонки, вкус у нее еще тоньше, чем у лососины, с которой ее нередко сравнивают; красноперая пираруку величиной с осетра — в соленом виде ее продают по всей Бразилии; кандирус — ловить ее опасно, но она очень вкусна; пиранья, или рыба-черт, длиной в тридцать дюймов, с широкими красными полосами; большие и маленькие черепахи, которые там водятся тысячами и составляют значительную часть питания местных жителей, — все эти дары реки должны были разнообразить стол и хозяев и слуг.

Итак, каждый день при первой возможности путешественники будут заниматься охотой и рыбной ловлей.

Что касается питья, то был сделан добрый запас из всех лучших напитков, производимых в стране.

На плоту имелся особый погреб, он делал честь Бенито, который был главным распорядителем по этой части. Там стояло несколько сот бутылок хереса, сетюбаля и портвейна. И сверх того молодой виночерпий припас несколько громадных оплетенных бутылей, полных превосходной тафии, или сахарной водки.

Табак тоже не был забыт, но не грубые сорта, которыми довольствуются жители бассейна Амазонки. Он был получен прямо из Вилла-Белла да Императрис, стало быть, из той области, где собирают самый ценный табак во всей Центральной Америке.

Итак, на корме жангады установили главный дом со всеми службами: кухней, кладовыми, погребами — все это должно было служить членам семьи Гарраль и их слугам.

В центральной части плота построили жилища для индейцев и негров. Они могли жить там в таких же условиях, как и на фазенде в Икитосе, и работать под постоянным надзором лоцмана.

Но чтобы разместить весь этот народ, пришлось поставить немало жилищ, что придавало жангаде вид плавучей деревни. И в самом деле, плот был застроен и заселен гуще, чем многие поселки Верхней Амазонки.

Для индейцев Жоам Гарраль соорудил шалаши, или, вернее, навесы, у которых легкие подпорки поддерживали крыши из листьев. Воздух свободно гулял между этими подпорками и раскачивал висевшие под навесами гамаки. Здесь индейцы, среди которых имелось три-четыре семьи с женами и детьми, должны были жить не хуже, чем на суше.

Негры также получили на жангаде привычные для них «ажупы», которые отличались от индейских шалашей тем, что были плотно закрыты со всех сторон и только в одной стене оставалось отверстие для входа.

Индейцам, привыкшим жить на вольном воздухе и пользоваться полной свободой, жизнь в четырех стенах показалась бы заточением, а негры предпочитали свои хижины.

Наконец, на носу находились настоящие склады для товаров, которые Жоам Гарраль вез в Белен наряду с лесом. Там, под надзором Бенито, ценный груз был размещен в обширных кладовых так же тщательно, как в трюме корабля.

Самую важную часть этого груза составляли семь тысяч аробов[1] каучука, ибо фунт каучука стоил в ту пору три-четыре франка. На жангаду погрузили также пятьдесят центнеров сальсапареля — растения, которое представляет важную отрасль экспортной торговли во всем бассейне Амазонки и все реже встречается на берегах реки, так как местные жители во время сбора не заботятся о сохранении молодых побегов. Затем бобы, известные в Бразилии под названием «кумару», из которых жмут несколько сортов масла; сассафрас, из которого делают целебный бальзам для лечения ран; тюки красящих растений, ящики с разными смолами и, наконец, изрядное количество ценного дерева дополняло этот груз, продать который в провинции Пара можно было быстро и выгодно.

Быть может, читатель удивится, что число негров и индейцев ограничивалось лишь теми, кто был нужен для управления жангадой. Не лучше ли было бы взять с собой побольше людей на случай возможного нападения враждебных племен с берегов Амазонки?

Но это было излишне. Туземцев Центральной Америки опасаться нечего, давно прошло то время, когда приходилось принимать серьезные меры предосторожности против таких нападений. На берегах реки живут лишь мирные племена. Значит, нечего было ожидать какого-либо нападения. Подобная опасность не грозила нашим путешественникам.

[1] Мера веса, равная примерно 12–13 кг.

Чтобы закончить описание жангады, остается только упомянуть две или три постройки совсем другого типа, которые придавали ей очень живописный вид.

На носу возвышалась будка лоцмана. Именно на носу, а не на корме, где обыкновенно помещается рулевой. Дело в том, что при таких условиях плавания руль не нужен. Плот был так велик, что даже длинные весла в сотне сильных рук не могли бы изменить его направление. Жангадой управляли с помощью длинных шестов или багров, которыми упирались в дно и таким образом удерживали ее в фарватере или выправляли ее курс, когда она от него отклонялась. Таким же способом ее подводили к пристани или к берегу, когда по каким-либо соображениям хотели остановиться. Три-четыре «убы» и две пироги со всей оснасткой, взятые на жангаду, позволяли без труда держать связь с берегом. Следовательно, роль лоцмана сводилась к тому, что он наблюдал за фарватером реки, за изменчивым течением, за водоворотами, которых надо было избегать, и высматривал удобные для стоянки бухты, для чего ему и надлежало быть на носу.

Если лоцман руководил всей материальной частью этой плавучей махины, то глава икитосской миссии.

Такая религиозная семья, как Гаррали, конечно, с радостью воспользовалась возможностью увезти с собой старого священника, которого все уважали.

Отец Пассанья, семидесятилетний старик, был человек почтенный, верный заветам евангелия, сострадательный и добрый; в этих странах, где далеко не все служители церкви подают пример добродетели, он был ярким образцом благородного миссионера, из тех, кто так много сделал для внедрения культуры в самых диких уголках земли.

Вот уже пятьдесят лет отец Пассанья жил в Икитосе и был главой тамошней миссии. Он пользовался всеобщей и заслуженной любовью. В семье Гарраля его очень уважали. Это он обвенчал когда-то дочь Магальянса с его молодым помощником, нашедшим приют на фазенде. При нем родились дети Гарралей, он их крестил, учил и теперь надеялся благословить их брак.

Почтенный возраст отца Пассаньи уже не позволял ему выполнять все его многочисленные обязанности. Пришло время уйти на покой. Недавно в Икитосе его заменил миссионер помоложе, и он решил вернуться в провинцию Пара, чтобы окончить свои дни в одном из монастырей, предназначенных для престарелых служителей божьих.

Мог ли он ожидать более счастливого случая спуститься вниз по реке, чем с семьей, которая стала для него почти родной? Ему предложили принять участие в этом путешествии, и он согласился, радуясь, что по прибытии в Белен сам обвенчает молодую пару: Минью и Маноэля.

Разумеется, во время путешествия отец Пассанья обедал за общим столом, и для его удобства Жоам Гарраль решил построить ему отдельное жилище, а Якита с дочерью приложили все старания, чтобы сделать это жилище как можно удобнее. Конечно, добрый старый священник никогда не был так хорошо устроен в своей скромной хижине при церкви.

Однако отцу Пассанье одной комнаты было недостаточно, ему хотелось иметь и часовню.

И вот на самой середине жангады воздвигли часовенку, а над ней возвышалась небольшая колокольня.

Правда, часовня была тесновата и не могла вместить всех пассажиров жангады, но зато ее богато украсили. И если Жоам Гарраль обрел на плоту свое прежнее жилище, то отцу Пассанье тоже не приходилось жалеть о своей бедной церковке в Икитосе.

Таково было чудесное сооружение, которому предстояло спуститься по течению Амазонки. Оно оставалось на берегу, ожидая, когда река сама поднимет его. А по подсчетам и наблюдениям за подъемом воды это должно было произойти очень скоро.

Все было готово к 5 июня.

Прибывший накануне лоцман, человек лет пятидесяти, прекрасно знал свое ремесло, но любил выпить. Однако, несмотря ни на что,

Жоам Гарраль высоко ценил его и не раз посылал с плотами в Белен, в чем никогда не раскаивался.

К тому же следует добавить, что Араужо — так звали лоцмана — становился особенно зорким, пропустив стаканчик-другой крепкой тафии — водки из сахарного тростника, от которой у него «светлело в глазах». Поэтому он никогда не пускался в плавание, не захватив с собой бутылки с этим напитком, и не забывал к ней прикладываться.

Вот уже несколько дней вода в реке заметно прибывала. Каждую минуту уровень реки все повышался, и за двое суток до того, как он достиг высшей точки, река вздулась и залила берег перед фазендой; однако она была еще не в силах поднять плот.

Хотя всем было ясно, что вода неуклонно прибывает и вскоре достигнет нужного уровня, участники путешествия с некоторым волнением ждали решающего часа. И не мудрено: ведь если по какой-либо необъяснимой причине вода в Амазонке не поднимется достаточно высоко, чтобы сдвинуть с места жангаду, вся их громадная работа пропадет даром. После половодья вода обычно спадает очень быстро, значит, тогда им придется ждать подходящих условий еще несколько месяцев.

Итак, вечером 5 июня будущие пассажиры жангады собрались на площадке, возвышавшейся футов на сто над низким берегом, и с вполне понятной тревогой ждали, когда наступит знаменательный час.

Сюда пришли Якита, Минья, Маноэль Вальдес, отец Пассанья, Бенито, Лина, Фрагозо, Сибела и несколько индейцев и негров — работников фазенды.

Фрагозо не стоялось на месте — он ходил взад и вперед, спускался с откоса, снова взбирался на площадку, делал отметки на вехах и кричал «ура», когда поднимавшаяся вода покрывала их.

— Он поплывет, поплывет, наш плот! — кричал он. — И отвезет нас всех в Белен! Пусть даже разверзнутся хляби небесные, лишь бы Амазонка разлилась!

Жоам Гарраль остался на жангаде вместе с лоцманом и многочисленной командой. Он должен был всем распоряжаться в решительную минуту. Жангада была привязана к берегу крепкими канатами, и течение не могло унести ее, когда она всплывет на воду.

На берегу собралось человек двести индейцев из окрестностей Икитоса, не считая жителей деревни, — всем хотелось поглядеть на это интересное зрелище. Взволнованная толпа смотрела молча, почти не переговариваясь.

К пяти часам пополудни уровень воды поднялся больше чем на фут против вчерашнего, и низкий берег скрылся под водяным покровом.

Вдруг все громадное деревянное сооружение дрогнуло, но ему не хватало еще нескольких дюймов воды, чтобы оторваться от речного дна и всплыть.

В течение часа толчки становились все сильнее. Доски трещали со всех сторон. Вода делала свое дело, понемногу отрывая бревна от песчаной отмели.

В половине седьмого раздались восторженные крики. Жангада наконец всплыла, и течение повлекло ее на середину реки; но канаты крепко держали махину, она спокойно остановилась у берега, и отец Пассанья благословил ее, как благословил бы перед отплытием морское судно, судьба которого отныне в руках божьих.

10. От Икитоса до Певаса

Назавтра, 6 июня, Жоам Гарраль и его близкие простились с управляющим и со всеми рабочими, индейцами и неграми, остававшимися на фазенде. В шесть часов утра на жангаду поднялись все ее пассажиры, правильнее было бы сказать — ее жители, и каждый вошел в свою каюту, или, вернее, в свой дом.

Час отплытия наступил. Лоцман Араужо стал на носу, команда, вооружившись длинными баграми, заняла свои места.

Жоам Гарраль вместе с Бенито и Маноэлем следил за всеми маневрами, пока плот не отчалил.

По команде лоцмана канаты обрубили, багры уперлись в берег, отталкивая жангаду, и течение тотчас подхватило ее; она поплыла вдоль левого берега, оставив справа острова Икитос и Парианту.

Итак, путешествие началось. Где-то оно кончится? В провинции Пара, в Белене, за восемьсот лье от этой перуанской деревеньки, если ничто не изменит намеченного маршрута. И чем оно кончится? Пока это оставалось тайной.

Погода стояла чудесная. Легкий «памперо» смягчал солнечный жар. «Памперо» — летний ветер, дующий в июне и июле с Кордильер; он возникает за несколько сот лье и проносится над всей необъятной равниной Сакраменто. Если бы на жангаде подняли паруса, она сразу почувствовала бы его силу и движение ее заметно ускорилось бы; но, принимая во внимание извилистое русло реки и крутые повороты, опасные при большом разгоне, пришлось отказаться от этого двигателя.

В таком плоском бассейне, как бассейн Амазонки, который можно по праву назвать бескрайней равниной, русло реки имеет лишь едва заметный уклон. Расчеты показали, что от истока великой реки до Табатинги у бразильской границы уровень воды на каждое лье понижается лишь на один дециметр. Ни одна река в мире не имеет такого незначительного уклона.

Из этого следует, что скорость течения Амазонки при среднем уровне воды достигает не более двух лье в сутки, а порой, в периоды засухи, и того меньше. Однако в половодье скорость течения увеличивается до тридцати и даже до сорока километров.

К счастью, жангаде предстояло плыть именно в таких условиях, но она была слишком тяжела, чтобы двигаться с той же скоростью, что и течение, и отставала от него. Если учесть задержки из-за крутых поворотов реки, из-за необходимости огибать многочисленные острова, из-за мелей, которые следовало обходить, и добавить еще остановки в темные ночи, когда плыть небезопасно, то нечего было надеяться делать больше двадцати пяти километров в сутки.

К тому же поверхность реки в эту пору отнюдь нельзя назвать гладкой. Большие, еще зеленые деревья, обломки ветвей, глыбы земли, поросшие травой, постоянно отрывающейся от берегов, образуют целую флотилию, которая несется по течению и затрудняет быстрое движение по реке.

Вскоре жангада миновала устье Наней, и оно скрылось за выступом левого берега, покрытого ковром из опаленных солнцем, порыжевших злаков, которые как бы образовали теплый передний план в картине с уходящими за горизонт зелеными лесами.

Жангада скоро вышла на быстрину и понеслась по течению между живописными островами, которых от Икитоса до Пукальпы насчитывается не меньше дюжины.

Араужо, не забывавший просветлять себе зрение и память, прикладываясь к упомянутой бутылке, очень ловко маневрировал среди этого архипелага. По его команде с каждой стороны плота одновременно поднимались пятьдесят багров и размеренным движением опускались в воду. За ними было интересно наблюдать.

Тем временем Якита с помощью Лины и Сибелы наводила в доме порядок, а кухарка-индианка готовила завтрак. Минья и оба юноши прогуливались по плоту с отцом Пассаньей, и девушка порой останавливалась, чтобы полить из лейки цветы, посаженные перед домом.

— Скажите, отец Пассанья, — спросил Бенито, — знаете ли вы более приятный способ путешествия?

— Нет, милый сын мой. Право, можно сказать, что мы путешествуем, не выходя из дома.

— И ничуть не устаем! — добавил Маноэль. — Так можно проехать и сотни миль!

— Надеюсь, вы не пожалеете, что отправились в путешествие с нами! — сказала Минья. — Вам не кажется, что мы забрались на остров, а он оторвался от дна и со своими лужайками и деревьями спокойно поплыл по течению? Только…

— Только?.. — спросил отец Пассанья.

— Остров этот мы сделали сами, своими руками, он принадлежит нам, и нравится мне больше всех островов на Амазонке! И я имею право им гордиться!

— Да, дочь моя, — ответил отец Пассанья. — Я прощаю тебе твою гордость! К тому же я не позволил бы себе бранить тебя при Маноэле.

— Что вы, пожалуйста! — весело отозвалась девушка. — Надо научить Маноэля бранить меня, когда я того заслуживаю. Он слишком снисходителен к моей скромной особе, а у меня немало недостатков!

— Тогда, милая Минья, — проговорил Маноэль, — я воспользуюсь вашим позволением и напомню вам…

— О чем же?

— Что вы очень усердно занимались в библиотеке фазенды и обещали просветить меня и рассказать все, что знаете о Верхней Амазонке. Мы в Пара очень мало знаем о ваших краях, а теперь жангада миновала уже несколько островов, а вы и не подумали сказать мне, как они называются!

— А кто же их знает? — воскликнула Минья.

— Да, кто их знает? — повторил Бенито. — Кто может запомнить сотни названий, данных им на наречии тупи? В них слишком трудно разобраться! А вот американцы более практичны, острова на Миссисипи они просто перенумеровали…

— Как они нумеруют улицы в своих городах, — заметил Маноэль. — Откровенно говоря, мне не очень нравится эта цифровая система. Остров шестьдесят четвертый или остров шестьдесят пятый ничего не говорит нашему воображению, как и шестая улица, угол третьей авеню. Вы согласны со мной, Минья?

— Да, Маноэль, наперекор моему братцу, — ответила девушка. — Но хоть мы и не знаем, как называются острова на нашей великой реке, они все же очень красивы! Посмотрите, как они хороши под тенью громадных пальм с низко склонившейся листвой! Их окружает кольцом густой тростник, сквозь который едва проскользнет даже узкая пирога. А толстые корни высоких манглий, причудливо изгибаясь, выступают над берегом, словно лапы чудовищных крабов! Да, эти острова прекрасны, слов нет, но они неподвижны, не то что наш!

— Наша Минья сегодня в восторженном настроении, — заметил отец Пассанья.

— Ах, отец, я так счастлива, когда вижу, что все счастливы вокруг!

Тут послышался голос Якиты, звавшей Минью в дом, и девушка убежала, улыбаясь.

— У вас будет прелестная подруга, Маноэль! — сказал отец Пассанья. — С вами улетит самая большая радость этой семьи, друг мой!

— Милая моя сестренка! — воскликнул Бенито. — Отец Пассанья прав, нам будет очень недоставать ее. А может быть, ты раздумаешь жениться, Маноэль? Еще не поздно! И она останется с нами.

— Она и так останется с вами, Бенито, — ответил Маноэль. — Поверь мне, я предчувствую, что будущее нас всех соединит…

Первый день прошел отлично. Завтрак, обед, отдых, прогулки — все шло так, будто Жоам Гарраль с семьей по-прежнему жили в уютной икитосской фазенде.

За первые сутки жангада благополучно прошла мимо устья рек Бакали, Чочио, Пукальпа — на левом берегу Амазонки, Итиникари, Манити, Мойок и Туйука — на правом, а также мимо одноименных островов. Ночью ярко сияла луна, что позволило не делать остановки, и длинный плот спокойно скользил по глади великой реки.

Назавтра, 7 июня, жангада проплыла мимо деревни Пукальпа, которую называют также Новым Ораном. Старый Оран, расположенный на пятнадцать километров ниже по течению, на том же берегу, теперь заброшен, и его жители, индейцы племени майоруна и орехона, переселились в Новый Оран. Трудно найти более живописный уголок, чем это селение на высоком, словно разрисованном красным карандашом берегу, с недостроенной церковкой, с крытыми соломой хижинами под тенью высоких пальм и несколькими «убами», наполовину вытащенными из воды.

Весь день 7 июня жангада шла вдоль левого берега реки и проплыла мимо нескольких небольших и неизвестных притоков. Была минута, когда плот чуть не зацепился за далеко выступающий мыс острова Синикуро, но лоцману с его умелой командой удалось благополучно избежать опасности и выйти на середину реки.

Утром 8 июня путешественники проплыли мимо островка Манго, который разделяет приток Напо на два рукава, прежде чем он вольется в Амазонку.

Через несколько часов на невысоком берегу показались купы стройных деревьев, окружавших деревню Белла-Виста с крытыми соломой хижинами; невысокие бананы склоняли над ними свои широкие листья, похожие на струи воды, текущие из переполненной чаши.

Потом лоцман, следуя новому курсу, направил плот к правому берегу реки, к которому он раньше не приближался. Маневр этот был довольно труден, но лоцман успешно справился с ним, после того как несколько раз приложился к заветной бутылке.

Это позволило пассажирам поглядеть мимоходом на темные воды многочисленных лагун, которые тянутся вдоль всего течения Амазонки и часто даже не сообщаются с ней. В небольшую лагуну

Оран, однако, вода вливалась через широкий пролив; посреди ее водной глади виднелась живописная группа островов побольше и два-три совсем маленьких островка, а на дальнем берегу Бенито указал место, где прежде находился Старый Оран, от которого остались лишь едва заметные следы.

Следующие два дня, в зависимости от причуд течения, жангада плыла то вдоль правого, то вдоль левого берега, ни разу ни за что не зацепившись своим деревянным каркасом.

Пассажиры ее уже вполне освоились с новой жизнью. Жоам Гарраль предоставил сыну вести все коммерческие дела, связанные с этим путешествием, а сам чаще всего проводил время в своей комнате, где размышлял и писал. Он никому не говорил, что он пишет, даже Яките, между тем труд его все разрастался, превращаясь в целое исследование.

Бенито зорко следил за всем, толковал с лоцманом и проверял правильность взятого курса. Якита с дочерью и Маноэлем почти всегда держались вместе и либо обсуждали планы на будущее, либо прогуливались, как бывало, в парке фазенды. Право, жизнь у них нисколько не изменилась. И даже Бенито не упускал случая поохотиться. Если порой ему не хватало лесов Икитоса с их хищниками, агути, пекари, зато у берегов целыми стаями летали птицы и, случалось, даже садились прямо на жангаду. Когда они годились в пищу, Бенито стрелял, и тут уж Минья не возражала, ибо эту дичь подавали к столу пассажирам; но когда появлялись серые и желтые цапли или розовые и белые ибисы, которых так много водится на берегах реки, он щадил их ради сестры. Только одной птице из породы поганок[1], хотя она и несъедобна, молодой человек не давал пощады: птице «кайарара», которая одинаково ловко плавает, ныряет и летает; голос у нее пренеприятный, но зато она имеет очень ценный пух, которым торгуют на всех рынках в бассейне Амазонки.

Наконец, миновав деревню Омагуа и устье Амбиаку, жангада к вечеру 11 июня пришла в Певас и причалила к берегу.

---

[1] Разновидность утки-нырка.

До наступления темноты оставалось еще несколько часов, и Бенито, взяв с собой расторопного Фрагозо, вышел на берег и отправился поохотиться в чаще, неподалеку от селения. Один агути и один кабиэ [1], не считая дюжины куропаток, пополнили запасы путешественников после этой удачной вылазки.

С восходом солнца жангада снова двинулась в путь и вошла в небольшой архипелаг, образуемый между островами Ятио и Кошикинас, оставив справа деревеньку того же названия. Проплывая между островами, путешественники разглядели на правом берегу несколько безымянных притоков.

Один раз там ненадолго показалась кучка туземцев с бритыми головами, татуировкой на щеках и на лбу, с круглыми металлическими пластинками в ноздрях и в нижней губе. Они были вооружены стрелами и сарбаканами[2], но не пустили их в ход и даже не попытались войти в сношения с жангадой.

---

[1] Травоядное животное, грызун из самых крупных (1 м длины), водится у рек в Южной Америке.

[2] Духовое ружье.

11. От Певаса до границы

Прошло несколько дней, плавание продолжалось без всяких происшествий. Ночи стояли такие ясные, что длинный плот скользит по течению, нигде не причаливая. Казалось, живописные речные берега по обе стороны сами двигаются назад, как уходящие за кулисы театральные декорации. Глаз не мог противиться этому обману зрения, и всем чудилось, будто жангада стоит неподвижно между двумя уплывающими берегами.

Пока плот шел без остановок, Бенито, конечно, не мог охотиться на берегу, но тогда охоту вполне успешно заменяла рыбная ловля.

В реке водилось множество превосходной рыбы: «пако», «суруби», «гамитана», очень нежные на вкус; большие скаты «дуридари», с розовым брюхом и черной спиной, покрытой ядовитыми шипами; ловили тут и уйму мелких «кандиру», из породы сомовых, — они бывают микроскопически малы и густо облепляют ноги неосторожного купальщика, заплывшего в их стаю.

Воды Амазонки богаты и многими водяными животными, которые порой часами следовали за плотом. Среди них встречались гигантские пираруку длиной в десять — двенадцать футов, покрытые панцирем из широких чешуек с алой каймой, мясо которых ценят только туземцы. Поэтому путешественники их не ловили, так же как и грациозных речных дельфинов, сотни которых резвились вокруг жангады и порой даже били хвостом по бревнам; выскакивая то спереди, то позади нее, взметая фонтаны воды, они оживляли водную гладь, переливаясь на солнце, а солнечные лучи, преломляясь в брызгах, сверкали всеми цветами радуги.

16 июня жангада, приближаясь то к одному, то к другому берегу, благополучно миновала ряд мелей и прошла мимо большого острова Сан-Пабло, а вечером следующего дня остановилась у деревни Мороморос, на левом берегу Амазонки.

Сутки спустя она проплыла мимо устьев Атакоари и Коча, затем мимо «фуро», то есть канала, соединяющего реку с озером Кабелло-Коча на правом берегу, и вошла в гавань у миссии Коча.

Во главе миссии Коча стоял в ту пору францисканский монах, который посетил отца Пассанью. Жоам Гарраль очень радушно встретил гостя и пригласил его отобедать на жангаде.

В этот день как раз был обед, делавший честь индианке-поварихе.

Традиционный бульон, приправленный душистыми травами; лепешки, которые в Бразилии часто заменяют хлеб и делаются из маниоковой муки, пропитанной мясным соком и протертыми томатами; дичь с рисом под острым соусом из уксуса и «малагета»; овощное блюдо с перцем; холодный пирог, посыпанный корицей, — вот обед, который мог соблазнить бедного монаха, вынужденного сидеть на скудной монастырской пище. Все уговаривали его остаться. Якита вместе с дочерью прилагала все усилия, чтобы его удержать. Но францисканец должен был вечером навестить больного индейца в Коча. Он поблагодарил гостеприимных хозяев и ушел, унося с собой подарки, которые должны были прийтись по вкусу новообращенным членам миссии.

Два дня у лоцмана Араужо было очень много хлопот. Русло реки мало-помалу расширялось, но островов появлялось все больше, и течение, стесненное этими препятствиями, становилось все быстрее. Пришлось принимать большие предосторожности, чтобы пройти между островами Кабелло-Коча, Тарапот, Какао, и делать много остановок, высвобождая жангаду, которая не раз чуть не садилась на мель. В таких случаях вся команда дружно бралась за дело. После довольно беспокойного плавания, к вечеру 20 июня, вдали показалась Нуэстра Синьора-де-Лорето.

Лорето был последним перуанским городом на левом берегу реки, перед бразильской границей. В настоящее время это просто небольшая деревня с двумя десятками домов, расположенных на холмистом берегу, глинистые склоны которого как будто окрашены охрой.

В Лорето живет несколько перуанских солдат и два-три португальских купца, торгующих хлопчатобумажными тканями, соленой рыбой и сальсапарелью.

Бенито высадился на берег, чтобы купить несколько тюков сальсапарели, имеющей всегда большой спрос на рынках Амазонки.

Жоам Гарраль, по-прежнему поглощенный работой, занимавшей все его время, не сошел с жангады. Якита и Минья тоже остались на борту, в обществе Маноэля. Дело в том, что Лорето славится москитами, которые отпугивают всех приезжих, не желающих пожертвовать толику своей крови для насыщения этих двукрылых кровососов.

Маноэль только что рассказал собравшимся кое-что об этих насекомых, и никому не захотелось подвергаться их укусам.

— Говорят, — добавил Маноэль, — все десять пород москитов, которые отравляют берега Амазонки, устраивают слеты в Лорето. И я готов этому поверить, не проверяя на своей шкуре. Здесь, милая Минья, у вас будет богатейший выбор: москит серый, мохнатый, белоногий, карликовый, трубач, флейтист, жгучий нос, арлекин, большой негр, рыжий лесовик. Впрочем, выбирать будете не вы: они сами изберут вас своей жертвой, и вы вернетесь сюда неузнаваемой! Поистине эти злобные двукрылые охраняют бразильскую границу лучше, чем бедняги солдаты — несчастные заморыши, которых мы видим на берегу.

— Но если в природе все имеет назначение, — спросила девушка, — то для чего нужны москиты?

— Для счастья энтомологов, — ответил Маноэль. — Ей-богу, мне очень трудно найти лучшее объяснение!

Маноэль сказал о москитах истинную правду. И когда Бенито, окончив закупки, вернулся на жангаду, лицо и руки у него были покрыты тысячью красных волдырей, не говоря уж о том, что клещи, несмотря на кожаные сапоги, впились ему в ноги.

— Прочь, прочь отсюда, не медля ни минуты! — закричал Бенито. — Иначе полчища этих проклятых москитов налетят на жангаду, и жить в ней станет невозможно!

— И мы привезем их в провинцию Пара, — добавил Маноэль, — а там и своих предостаточно!

Итак, не задерживаясь на ночь у этих берегов, жангада отчалила и снова поплыла по течению.

От Лорето Амазонка слегка поворачивает на юго-восток и течет между островами Арава, Куяри, Урукутео. Жангада поплыла по темным водам Кажару, сливающимся со светлыми струями Амазонки. Вечером 23 июня, пройдя этот левый приток реки, она уже спокойно скользила вдоль большого острова Жахума.

Ясный закат на безоблачном небосводе предвещал дивную тропическую ночь, каких не знают в умеренном климате. Легкий ветерок освежал воздух. На небо скоро должна была взойти луна и заменить своим светом сумерки, — их не бывает на этих широтах. А пока, в темноте, звезды сияли необычайно ярко. Огромная равнина бассейна реки, казалось, уходит в безбрежную даль, словно море, и над ней, на высоте двести тысяч миллиардов лье, сверкал на севере единственный алмаз Полярной звезды, а на юге — четыре бриллианта Южного Креста.

На левом берегу острова Жахума выступали черные силуэты полуосвещенных деревьев. Их можно было узнать лишь по общим очертаниям. Вот стройные, как колонны, стволы копаюсов, с раскинувшимися, словно зонтики, вершинами; вот купы сандисов, из которых добывают густой и сладкий молочный сок, пьянящий, как вино; вот несколько винных деревьев высотой в восемнадцать футов, с трепещущей от малейшего ветерка листвой. Воистину можно сказать: «Какая прекрасная поэма эти амазонские леса!» И добавить: «Какой величественный гимн эти тропические ночи!»

Слышались последние вечерние песни лесных птиц: бентивисов, которые подвешивают свои гнезда на прибрежном камыше; местных куропаток «ниамбу», песенку которых, состоящую из четырех нот, повторяют многие пернатые подражатели; жалобный напев «камичи»;

крик зимородка, словно по сигналу отвечающего на последние выкрики собратьев; звонкие, как труба, голоса «каниндэ» и красных попугаев ара, прикорнувших в ветвях жакетибы, сложив крылья, яркие краски которых погасила спустившаяся ночь.

Команда жангады оставалась на своих местах, но отдыхала. Только лоцман стоял на носу, и его высокая фигура едва выделялась в сгустившейся темноте. Вахтенные, застывшие на борту с длинными баграми на плече, напоминали стан татарских всадников. Бразильский флаг на носу жангады неподвижно повис на древке, и у ветра не хватало силы его развернуть.

В восемь часов с колокольни маленькой часовни раздались первые три удара колокола, возвещавшие начало вечерней молитвы. Затем прозвучало еще два раза по три удара, и вскоре вечерня закончилась частым перезвоном.

Между тем семья Гарраля вышла на веранду подышать свежим воздухом после жаркого июльского дня. Так бывало всякий вечер. Жоам Гарраль обычно молчал, прислушиваясь к разговорам, а молодежь весело болтала, пока не наступало время ложиться спать.

— Ах, как хороша наша река, наша величавая Амазонка! — воскликнула Минья, которая не уставала восхищаться могучим водным потоком.

— И правда, несравненная река, — отозвался Маноэль, — я тоже оценил ее гордую красоту. Сейчас мы плывем по ней, как в прошлом веке Орельяна и Лакондамин, и я не удивляюсь, что они оставили нам такие восторженные описания.

— И притом не очень правдоподобные, — заметил Бенито.

— Брат, — строго остановила его Минья, — не говори дурно о нашей Амазонке!

— А я и не говорю, сестренка, я хочу только напомнить, что о ней сложили немало легенд.

— Да, много, и среди них есть чудесные!

— Какие легенды? — спросил Маноэль. — Должен признаться, они не дошли до Пара, во всяком случае, я их не слышал.

— Чему же тогда вас учат в беленских школах? — засмеялась Минья.

— Теперь я понимаю, что ничему! — ответил Маноэль.

— Как, сударь? — спросила Минья с шутливой строгостью. — Вы не знаете старых преданий? Например, о том, что на Амазонке время от времени появляется громадный змей Миньокао и что вода в реке поднимается или убывает, смотря по тому, ныряет ли этот змей или выходит из воды, до того он велик!

— А вы сами видели когда-нибудь этого диковинного Миньокао? — спросил Маноэль.

— Увы, нет! — вздохнула Лина.

— Какая досада! — сказал Фрагозо.

— Есть у нас еще Маэ д'Агуа, — продолжала Минья, — прекрасная, но страшная женщина: она завораживает взглядом и увлекает в реку неосторожных путников, вздумавших поглядеть на нее.

— О, Маэ д'Агуа в самом деле существует! — воскликнула простодушная Лина. — Говорят, она бродит по берегам реки, но стоит только к ней подойти, тотчас исчезает, как и русалки.

— Ну что ж, Лина, если ты ее увидишь, тотчас позови меня, — пошутил Бенито.

— Чтобы она вас схватила и утащила на дно? Ни за что!

— Да ведь она этому верит! — вскричала Минья.

— Что ж, многие верят и в ствол Манао, — заметил Фрагозо, всегда готовый вступиться за Лину.

— Ствол Манао? — спросил Маноэль. — А это что еще за штука?

— Господин Маноэль, — ответил Фрагозо с комической важностью, — говорят, что есть, или, вернее, был когда-то, ствол турумы, который каждый год в одно и то же время спускался вниз по Риу-Негру, останавливался на несколько дней в Манаусе и отправлялся дальше в провинцию Пара, заходя по пути в каждую гавань, где туземцы благоговейно украшали его флажками. Доплыв до

Белена, он останавливался, поворачивал назад, поднимался вверх по Амазонке, затем по Риу-Негру и возвращался в лес, откуда так таинственно приходил. Как-то раз его хотели вытащить на берег, но река забурлила, разлилась, и взять его не удалось. В другой раз капитан какого-то судна зацепил его багром и попытался тащить за собой на буксире. Но и на этот раз река разгневалась, оборвала канат, и ствол чудесным образом скрылся.

— А что с ним было потом? — спросила юная мулатка.

— Говорят, в последний раз он сбился с пути, — ответил Фрагозо, — и, вместо того чтобы подняться по Риу-Негру, поплыл дальше по Амазонке. С тех пор его больше не видели.

— Ах, как хотелось бы его встретить! — воскликнула Лина.

— Если мы его встретим, — сказал Бенито, — мы тебя, Лина, посадим на него; он увезет тебя в свой таинственный лес, и ты тоже сделаешься сказочной наядой.

— А почему бы и нет! — задорно ответила девушка.

— Вот сколько у вас легенд, — проговорил Маноэль, — и должен сказать, ваша река их вполне достойна. Но с ней связаны и правдивые истории, стоящие этих легенд. Я знаю одну такую быль, и если бы не боялся вас опечалить — ибо она в самом деле печальна, — я бы ее вам рассказал.

— Ох, расскажите, господин Маноэль! — вскричала Лина. — Я так люблю истории, от которых хочется плакать!

— А разве ты умеешь плакать, Лина? — спросил Бенито.

— Умею, но со смехом пополам.

— Ну, тогда рассказывай, Маноэль.

— Это история француженки, чьи несчастья прославили эти берега в восемнадцатом столетии.

— Мы вас слушаем, — сказала Минья.

— Итак, — начал Маноэль, — в 1741 году два французских ученых, Бугер и Лакондамин, были посланы в экспедицию для измерения дуги меридиана под экватором. А позже к ним прислали известного астронома, по имени Годен дез Одонэ.

Этот Годен дез Одонэ отправился в Новый Свет, но не один: он взял с собой молодую жену, детей, тестя и брата жены.

Путешественники прибыли в Кито[1] в добром здоровье. Но тут на семью дез Одонэ посыпались несчастья, и меньше чем за год они потеряли нескольких детей.

В конце 1759 года Годен дез Одонэ окончил работу, и ему пришлось переехать из Кито в Кайенну. Прибыв в этот город, он хотел вызвать к себе и свою семью, но тут началась война, и ему пришлось добиваться у португальского правительства пропуска на госпожу дез Одонэ со всеми домочадцами.

Трудно поверить, но проходили годы, а он все не мог добиться нужного разрешения.

В 1765 году Годен дез Одонэ, в отчаянии от этой задержки, решил подняться по Амазонке и взять семью из Кито. Но перед самым отъездом он внезапно заболел и не мог выполнить своего плана.

Однако в конце концов хлопоты его увенчались успехом, и португальский король дал госпоже дез Одонэ разрешение снарядить судно, чтоб спуститься по реке и соединиться с мужем. В то же время был отдан приказ, чтобы в миссиях Верхней Амазонки ее ждал конвой.

Госпожа дез Одонэ, как вы увидите дальше, была женщина необыкновенно отважная. Она, не колеблясь, отправилась в путь через весь континент, несмотря на опасности этого путешествия.

— Таков долг верной жены, Маноэль, — сказала Якита, — и я поступила бы так же на ее месте.

— Госпожа дез Одонэ, — продолжал Маноэль, — отправилась в Риобамба, к югу от Кито, взяв с собой детей, брата и француза-врача. Им надо было добраться до миссии на бразильской границе, где их ожидало судно и конвой.

Сначала путешествие шло благополучно; они спускались в лодке по притокам Амазонки. Но с каждым днем затруднений и опасностей

[1] Столица Эквадора.

становилось все больше, к тому же в этой местности свирепствовала оспа. Разные проводники, предлагавшие им свои услуги, через несколько дней сбегали, а последний, не покинувший их, погиб в реке, бросившись спасать тонувшего французского врача.

Скоро лодка, которая билась о скалы и сталкивалась с плывущими по реке бревнами, вышла из строя. Пришлось высадиться на берег, и там, на опушке непроходимого леса, путешественники построили себе шалаши из веток. Врач вызвался пойти вперед вместе с негром-слугой, который никогда не покидал госпожу дез Одонэ. Они отправились. Их ждали много дней... но напрасно! Так они и не вернулись!

Между тем запасы провизии иссякли. Всеми покинутые, путники попытались спуститься по реке на плоту, но потерпели неудачу. Они вернулись на берег, и им пришлось двинуться в путь пешком, сквозь почти непроходимую чащу.

Бедным, измученным людям это уже было не под силу. Они умирают один за другим, несмотря на все старания стойкой француженки их спасти. Проходит несколько дней, и погибают все — дети, родные, слуги!

— Несчастная женщина! — воскликнула Лина.

— Госпожа дез Одонэ осталась совсем одна, — продолжал Маноэль, — одна, за тысячу миль от океана, до которого ей надо было добраться. Теперь несчастную мать, своими руками похоронившую детей, вела вперед не материнская любовь... ее поддерживала только привязанность к мужу.

Она шла день и ночь и наконец вышла на берег Бобонаса. Здесь ее подобрали доброжелательные индейцы и вывели к миссии, где ее ждал конвой.

Но она пришла туда одна, а за ней остался путь, усеянный могилами.

Затем она попала в Лорето, где мы были несколько дней назад. Из этой перуанской деревни она спустилась по Амазонке, как мы спускаемся сейчас, и наконец встретилась с мужем после девятнадцати лет разлуки.

— Бедная женщина! — вздохнула Минья.

— Бедная мать прежде всего, — сказала Якита.

В эту минуту на корму пришел лоцман Араужо и доложил:

— Жоам Гарраль, мы подходим к Дозорному острову, где пересечем границу.

— Границу! — повторил Гарраль.

Он встал, подошел к борту жангады и долго смотрел на островок, о который разбивалось течение реки. Потом провел рукой по лбу, будто хотел прогнать какое-то воспоминание.

— Границу! — прошептал он и невольно опустил голову.

Но прошла минута, он снова выпрямился, и лицо его выражало решимость выполнить свой долг до конца.

12. Фрагозо за работой

«Braza», раскаленный уголь, — слово, вошедшее в испанский язык еще в XII веке. От него произошло слово «бразиль», обозначающее дерево, из которого добывают красную краску. Отсюда и название «Бразилия», данное обширному краю в Южной Америке, через который проходит экватор и где часто встречается это дерево. С давних времен с северянами велась торговля этим деревом. Хотя в местах, где оно растет, его называют «ибирапитунга», за ним сохранилось и название «бразиль», данное потом стране, которая под лучами тропического солнца пылает, как громадный раскаленный уголь.

Первыми заняли Бразилию португальцы. В начале XVI века лоцман Альварес Кобраль присоединил ее к португальским владениям. И хотя затем Франция и Голландия тоже кое-где водворились в этой стране, она все же осталась португальской и обладает всеми качествами, какими отличается этот небольшой, но мужественный народ. Теперь она стала одним из самых крупных государств Южной Америки, и во главе ее стоит умный и талантливый король Дон Педро.

Вечером 25 июня жангада остановилась перед Табатингой, первым бразильским городом на левом берегу Амазонки, у самого устья ее притока, от которого город и получил свое название. Жоам Гарраль решил провести здесь больше суток, чтобы дать отдохнуть всему экипажу. Итак, отъезд назначили на утро 27-го.

На этот раз Якита с дочерью, которым меньше угрожала опасность стать жертвами местных москитов, выразили желание сойти на берег и познакомиться с городком.

В Табатинге насчитывалось в то время четыреста жителей, почти одних индейцев, в том числе и кочевников, которые чаще бродили по берегу Амазонки и ее притоков, чем сидели на месте.

Уже несколько лет, как пост на острове Дозорном забросили и перенесли в Табатингу, так что теперь это гарнизонный городок. Однако гарнизон его состоит всего из девяти солдат-индейцев и одного сержанта, который и считается настоящим комендантом форта.

Берег высотой в тридцать футов, с кое-как вырубленными в нем ступенями осыпающейся лестницы, образует крепостной вал перед этим крошечным фортом. Помещением для коменданта служат две хижины, поставленные под прямым углом друг к другу, а солдаты занимают длинный барак в ста шагах от него, под высоким деревом.

Группа хижин на берегу как две капли воды похожа на все селения и деревушки, разбросанные по берегам Амазонки; ее отличает только бразильское знамя на длинном шесте, поднятое над вечно пустующей будкой часового, да еще четыре бронзовые камнеметные пушечки, готовые обстрелять всякое судно, приближающееся к берегу, не соблюдая правил.

Что касается самой деревни, то она разместилась внизу, по ту сторону «крепости». Дорога, или, вернее, овражек, затененный фикусами и миртами, приводит к ней через несколько минут. Там, на крутом растрескавшемся глинистом берегу, стоит вокруг сельской площади дюжина крытых пальмовыми листьями хижин.

Все это не очень интересно, но зато окрестности Табатинги очаровательны, особенно близ устья Жавари, которая здесь очень широка. На берегу растут прекрасные деревья, и среди них много пальм; из гибких пальмовых волокон плетут гамаки и рыболовные сети — предметы местной торговли. Это один из самых живописных уголков на Верхней Амазонке.

В недалеком будущем Табатинга должна стать довольно крупной гаванью и, наверно, начнет быстро развиваться. Тут будут останавливаться бразильские пароходы, идущие вверх по реке, и перуанские суда, спускающиеся в ее низовья. Здесь будут перегружаться товары и пересаживаться пассажиры. Для английской или американской деревни этого было бы достаточно, чтобы за несколько лет превратиться в крупный торговый центр.

На этом отрезке река очень красива. Разумеется, в Табатинге, расположенной более чем в шестистах лье от Атлантического океана, обычно не чувствуется морских приливов и отливов. Но «поророка» — громадный водяной вал сталкивается с течением реки и во время солнечного противостояния трое суток вздувает воды Амазонки и гонит их назад со скоростью семнадцати километров в час. Говорят, что в таких случаях уровень воды в реке поднимается от устья до самой бразильской границы.

На другой день, 26 июня, семья Гарраль собралась сойти на берег и осмотреть город.

Жоам, Бенито и Маноэль уже бывали во многих бразильских городах, а Якита и Минья — никогда. Для них это было первое знакомство с Бразилией. Не мудрено, что они придавали ему большое значение.

С другой стороны, если Фрагозо, как бродячий цирюльник, исколесил немало провинций в Центральной Америке, то Лина, как и ее юная хозяйка, еще не ступала на бразильскую землю.

Прежде чем сойти с жангады, Фрагозо зашел к Жоаму Гарралю, и между ними произошел следующий разговор.

— Господин Гарраль, — сказал Фрагозо, — с того дня, как вы приютили меня на фазенде, одевали, кормили, поили — словом, оказали редкое гостеприимство, я должен вам…

— Вы мне ровно ничего не должны, друг мой, — ответил Жоам Гарраль. — Так что не стоит и говорить…

— О, я не о том! — воскликнул Фрагозо. — Ведь я сейчас не в состоянии отблагодарить вас. Вдобавок ко всему вы еще взяли меня на жангаду и дали возможность спуститься вниз по реке. Но теперь мы на бразильской земле, которую мне никогда не довелось бы увидеть, кабы не та лиана…

— За это вам надо благодарить Лину, только Лину, — остановил его Жоам Гарраль.

— Да, я знаю, — ответил Фрагозо, — и никогда не забуду, чем я обязан и ей и вам…

— Можно подумать, Фрагозо, что вы пришли попрощаться со мной! — заметил Гарраль. — Разве вы собираетесь остаться в Табатинге?

— Ни за что, господин Гарраль, раз уж вы позволили мне ехать с вами до Белена, где я надеюсь снова заняться своим делом.

— А коли так, о чем же вы хотите меня просить, мой друг?

— Я хотел только спросить вас, разрешите ли вы мне заниматься моим ремеслом и по дороге? У меня уже чешутся руки, — ведь этак можно и сноровку потерять! К тому же несколько горсточек рейс так приятно звенят в кармане, особенно когда их честно заработаешь! Вы знаете, господин Гарраль, что цирюльник, он же и парикмахер, — я не смею сказать: он же и лекарь, из уважения к господину Маноэлю, — всегда находит себе клиентов в деревнях на Верхней Амазонке.

— Особенно среди бразильцев, — заметил Жоам Гарраль, — потому что туземцы…

— Прошу прощения, — возразил Фрагозо, — особенно среди туземцев! Правда, им не приходится брить бороду, ведь природа поскупилась и лишила их этого украшения, но всегда находятся головы, которые нужно причесать по последней моде. Туземцы очень это любят — и мужчины и женщины! Стоит мне только выйти на площадь в Табатинге с бильбоке в руках, — сначала их привлекает бильбоке: я очень недурно играю, — и не пройдет десяти минут, как меня со всех сторон обступят индейцы и индианки. Они ссорятся, добиваясь моего внимания. Останься я здесь на месяц, и все племя тикуна было бы причесано моими руками. Тотчас разнесся бы слух, что Горячие Щипцы — так они меня прозвали — снова в Табатинге. Я побывал тут уже два раза, и мои ножницы и гребенка, право, творили чудеса! Но только нельзя слишком часто возвращаться на то же место. Сеньоры индианки причесываются не каждый день, как наши модницы в бразильских городах. Нет! Уж если они причешутся, так не меньше чем на год, и целый год изо всех сил стараются не повредить сооружения, которые я строю из их волос, и довольно ловко, смею вас уверить! Вот уже скоро год, как я не был в Табатинге. Наверно, я найду все свои постройки в развалинах и, если вы ничего не имеете против, господин Гарраль, мне хотелось бы еще раз доказать, что я достоин репутации, которую заслужил в этих краях. Но для меня это прежде всего вопрос денег, а не самолюбия, уверяю вас!

— Действуйте, мой друг, — сказал, улыбаясь, Жоам Гарраль, — но действуйте быстро! Мы пробудем в Табатинге только один день, а завтра на рассвете отправимся дальше.

— Я не упущу ни минуты, — ответил Фрагозо. — Только захвачу свои инструменты — и бегу!

— Ступайте! И пусть деньги сыплются на вас дождем!

— Да, это благодатный дождь, но он никогда не баловал вашего преданного слугу!

С этими словами Фрагозо убежал.

Минуту спустя вся семья, кроме Жоама Гарраля, сошла на берег. Жангада смогла пристать к нему вплотную, так что это не представляло труда. Путешественники поднялись на площадку по ступеням изрядно разрушенной лестницы, вырубленной в высоком берегу.

Якиту и ее спутников встретил комендант форта, который хоть и был весьма небогат, однако знал законы гостеприимства и пригласил их позавтракать у него в доме. По площади ходили взад-вперед солдаты гарнизона, а из дверей казармы выглядывали их жены, из племени тикуна, с довольно невзрачными ребятишками.

Поблагодарив за приглашение, Якита сама пригласила коменданта с женой позавтракать на жангаде.

Он не заставил себя долго просить, и встреча была назначена на одиннадцать часов.

А пока Якита с дочерью, служанкой и, конечно, в сопровождении Маноэля отправилась погулять в окрестностях форта, оставив Бенито улаживать с комендантом дела по оплате стоянки в порту и таможенных сборов, так как сержант был одновременно и военачальником и начальником таможни.

Закончив дела, Бенито собирался, как всегда, поохотиться в окрестных лесах. Но на этот раз Маноэль отказался идти с ним.

Тем временем Фрагозо уже покинул жангаду. Но, вместо того чтобы подняться на сторожевой пост, он отправился в деревню через овражек, тянувшийся справа и выходивший прямо на площадь. Он вполне разумно рассчитывал больше на местное население Табатинги, чем на солдат гарнизона. Без сомнения, жены солдат были бы рады отдать свои головы в его ловкие руки, но их мужья не собирались попусту тратить рейсы на всякие причуды своих кокетливых подруг.

У туземцев же все было иначе. Веселый цирюльник прекрасно знал, что здесь и жены и мужья окажут ему самый радушный прием.

Итак, Фрагозо поднялся по затененной густыми фикусами дороге и вышел в самый центр Табатинги.

Едва знаменитый парикмахер появился на площади, как его тотчас заметили, узнали, окружили.

У Фрагозо не было ни барабана, ни бубна, ни трубы, чтобы сзывать клиентов, не было у него и фургона с блестящими медными украшениями, яркими фонарями и зеркалами, или громадного зонта — вообще ничего такого, чем привлекают толпу на ярмарках. Нет! У Фрагозо был только бильбоке, но зато как ловко плясала в его руке эта игрушка! С каким искусством он насаживал головку черепахи, привязанную на шнурке вместо шарика, на шпенек, торчащий из ручки! С каким изяществом он заставлял этот шарик лететь по точно рассчитанной кривой, которую, пожалуй, не могли бы вычислить даже математики, рассчитавшие знаменитую кривую, «по которой собака бежит за хозяином».

На площади собрались все местные жители: мужчины, женщины, старики и дети, в своей неприхотливой одежде; они смотрели во все глаза и слушали развесив уши. Веселый фокусник балагурил, как всегда, и нес всякий вздор, наполовину по-португальски, наполовину по-индейски, поглядывая на всех с самым разудалым видом.

Он говорил все, что кричат балаганные зазывалы, предлагая публике свои услуги — выступает ли испанский Фигаро или французский парикмахер. У него была та же самоуверенность, то же знание человеческих слабостей, те же затасканные остроты, то же забавное фиглярство и изворотливость, а туземцы слушали с таким же изумлением, любопытством и доверчивостью, что и зеваки цивилизованного мира.

Вот почему не прошло и десяти минут, как завороженные зрители столпились вокруг нашего Фигаро, устроившегося на площади в «ложе», то есть в лавчонке, служившей и кабаком.

Эта «ложа» принадлежала бразильцу, жителю Табатинги. Здесь за несколько ватемов (местная монета стоимостью в 20 рейсов или 6 сантимов) жители могли пить туземные напитки, чаще всего «ассаи». Это довольно густой ликер, изготовленный из пальмовых плодов, и пьют его из «куй», то есть из половинки выдолбленной тыквы, — такими сосудами широко пользуются в бассейне Амазонки.

Теперь мужчины и женщины спешили занять место на табуретке перед цирюльником, причем мужчины торопились не меньше, чем дамы. Ножницам Фрагозо приходилось бездействовать, ибо не могло быть и речи о том, чтобы остричь эти роскошные шапки волос, отличавшиеся тонкостью и густотой. Но зато его гребню и щипцам, которые уже накалялись на жаровне в углу, предстояла немалая работа.

А как наш мастер подзадоривал толпу!

— Глядите, глядите, друзья мои! — кричал он. — Вы увидите, как прочно будет держаться завивка, только не сомните ее, когда ляжете спать. Она продержится целый год, а ведь это самые модные прически в Белене и в Рио-де-Жанейро! Королевские фрейлины и те причесаны не лучше! И обратите внимание — я не жалею помады!

Что и говорить, помады он не жалел! Правда, он брал просто немного топленого сала и подмешивал к нему сок душистых цветов, но смесь эта застывала, как цемент!

Воистину сооружения, созданные рукой Фрагозо, можно было бы назвать волосяными дворцами, в которых сочетались все архитектурные стили. Локоны, кольца, завитки, косички, кудряшки, волны, штопоры, букли — всему находилось место. И никакой подделки: ни накладных волос, ни валиков, ни фальшивых шиньонов! Волосы у туземцев не какая-нибудь чахлая лесная поросль, истощенная частыми вырубками, это, скорее, густой лес во всей его девственной силе. Однако Фрагозо не пренебрегал и украшениями: он добавлял то несколько живых цветов, то две-три длинные рыбные кости, то кое-какие медные или костяные побрякушки, которые приносили ему местные щеголихи. Уж наверно щеголихи времен Директории [1], позавидовали бы изысканности этих причудливых причесок, уложенных в три, а то и в четыре яруса, и сам великий Леонар[2] пожалуй, преклонился бы перед своим заморским соперником.

Вот тут-то ватемы и рейсы — единственные деньги, на которые жители Амазонки обменивают свои товары, — потекли в карманы Фрагозо, который принимал их с явным удовольствием. Однако вскоре стало очевидно, что до наступления вечера он не успеет обслужить клиентов, которые все прибывали. У входа в «ложу» теперь толпились не только жители Табатинги. Весть о приезде Фрагозо мгновенно облетела округу. Туземцы стекались со всех сторон: индейцы Тикуна — с левого берега; Майоруна — с правого; пришли и те, кто жил на берегах Кажуру, и те, кто поселился в деревнях на Жавари.

На площади выстроился длинный хвост нетерпеливых клиентов. Счастливцы и счастливицы, побывавшие в руках у Фрагозо, гордо ходили из дома в дом, хвастаясь своей прической, но двигались с опаской, совсем как большие дети, какими они и были.

Понятно, что, когда пробило полдень, наш занятый по горло Фигаро не мог улучить минуту, чтобы сбегать позавтракать на жангаду, и ему пришлось ограничиться стаканчиком ассаи, горстью

---

[1] Директория — контрреволюционное правительство во Франции в 1795–1799 гг. в составе 5 директоров; буржуазные модницы того времени носили вычурные прически и одежду в античном стиле и получили прозвище «щеголих».

[2] Знаменитый парикмахер.

вареной тапиоки и черепашьими яйцами, которые он глотал между делом, продолжая орудовать щипцами.

Кабатчик тоже немало заработал, ведь каждая прическа обильно обмывалась напитками из погребов его «ложи». Воистину приезд знаменитого Фрагозо — штатного и сверхштатного парикмахера племен Верхней Амазонки — был для Табатинги крупным событием!

13. Торрес

В пять часов вечера Фрагозо трудился по-прежнему; он выбился из сил и боялся, как бы ему не пришлось провести здесь всю ночь, чтобы обслужить ожидающих клиентов.

В эту минуту на площадь вышел какой-то незнакомец и, увидев сборище туземцев, подошел к кабачку.

Несколько минут он внимательно и недоверчиво разглядывал Фрагозо. По-видимому, этот осмотр его удовлетворил, потому что он вошел в кабачок.

Незнакомцу было лет тридцать пять. Довольно изящный дорожный костюм подчеркивал статность его фигуры. Но густая черная борода, которой, как видно, давно не касались ножницы, и слишком длинные волосы настоятельно требовали вмешательства парикмахера.

— Здорово, приятель! — сказал он, слегка хлопнув Фрагозо по плечу.

Фрагозо обернулся, услышав эти слова, произнесенные на чистом бразильском языке, а не на смешанном местном наречии.

— Соотечественник? — спросил он, продолжая трудиться над непокорным завитком на голове индианки.

— Да, — ответил незнакомец, — соотечественник, который нуждается в ваших услугах.

— С моим удовольствием, сию минутку! — сказал Фрагозо. — Как только я обслужу эту даму.

И он закончил прическу двумя взмахами щипцов.

Хотя новоприбывший не имел права занять освободившееся место, он уселся на табуретку, что не вызвало возражений среди туземцев, вынужденных уступить ему очередь.

Фрагозо отложил щипцы и взялся за ножницы, спросив, по обычаю, своих собратьев:

— Что прикажете?

— Подстричь бороду и волосы, — ответил незнакомец.

— Слушаюсь. — И Фрагозо запустил гребень в густые волосы своего клиента.

Ножницы тотчас принялись за дело.

Фрагозо взялся за ножницы, спросив по обычаю своих собратьев:
— Что прикажете?

— Вы прибыли издалека? — заговорил Фрагозо, который не мог работать и не болтать.

— Из окрестностей Икитоса.

— Скажите, и я тоже! — воскликнул Фрагозо. — Я спустился по Амазонке от Икитоса до Табатинги. Разрешите узнать ваше имя?

— Пожалуйста, — ответил незнакомец. — Меня зовут Торрес.

Когда волосы клиента были острижены «по последней моде», Фрагозо перешел к его бороде, но, взглянув ему прямо в лицо, невольно остановился; однако он тут же снова заработал ножницами и наконец спросил:

— Послушайте, господин Торрес... ваше лицо мне знакомо! Не встречались ли мы где-нибудь с вами?

— Не думаю, — поспешно ответил Торрес.

— Стало быть, я ошибаюсь.

И Фрагозо снова углубился в работу.

Минуту спустя Торрес вернулся к разговору, прерванному вопросом Фрагозо.

— На чем вы ехали из Икитоса?

— От Икитоса до Табатинги?

— Да.

— На громадном деревянном плоту, по приглашению достойного хозяина фазенды, который плывет по Амазонке со всей своей семьей.

— Ах вот как! — откликнулся Торрес. — Вам повезло, приятель. Кабы ваш хозяин согласился взять и меня...

— А разве вы тоже собираетесь спуститься вниз по реке?

— Вот именно.

— До Пара?

— Нет, только до Манауса, там у меня дела.

— Ну что же, мой хозяин человек любезный. Я думаю, он охотно окажет вам эту услугу.

— Вы думаете?

— Могу сказать, я в этом уверен.

— А как зовут этого владельца фазенды? — небрежно спросил Торрес.

— Жоам Гарраль, — ответил Фрагозо и, отвернувшись, пробормотал про себя: — Ей-богу, я где-то видел это лицо!

Торрес был не из тех, кто прекращает разговор, который его интересует, да еще по серьезной причине.

— Значит, — продолжал он, — вы думаете, что Жоам Гарраль согласится взять меня с собой?

— Повторяю, я в этом не сомневаюсь. То, что он сделал для такого бездомного бродяги, как я, он, конечно, не откажется сделать и для вас, своего соотечественника.

— Он плывет один на своей жангаде?

— Нет, я же вам только что сказал — он плывет со всей своей семьей, и все они прекрасные люди, уверяю вас, а также с экипажем из индейцев и негров — рабочих фазенды.

— А он богат, этот Жоам Гарраль?

— Еще бы, даже очень. Строевой лес, из которого связана жангада, вместе с товарами, которые на ней везут, уже составят целое состояние.

— Значит, Жоам Гарраль только что пересек бразильскую границу вместе со всей своей семьей? — повторил Торрес.

— Ну да, — подтвердил Фрагозо, — с женой, сыном, дочерью и ее женихом.

— Так у него есть дочь?

— Да, и притом красавица.

— И она собирается замуж?

— За славного молодого человека, военного врача из Беленского гарнизона.

— Отлично! — сказал, улыбаясь, Торрес. — Значит, это почти что свадебное путешествие.

— Путешествие свадебное, увеселительное и деловое, — сказал Фрагозо. — Госпожа Якита Гарраль и ее дочь никогда не были на бразильской земле, а Жоам Гарраль первый раз пересек границу с тех пор, как поселился на ферме старого Магальянса.

— Я полагаю, что их сопровождает и кое-кто из прислуги?

— Разумеется. Старая Сибела — она пятьдесят лет прожила на ферме, и прелестная мулатка Лина — скорее подруга, чем горничная молодой хозяйки. Ах, что за милый характер! Какое сердце, какие глаза! И обо всем имеет собственное суждение — например, о лианах…

Сев на своего конька, Фрагозо, наверно, еще долго не мог бы остановиться, изливая свои восторги по адресу Лины, если бы Торрес не встал с табуретки, чтобы дать место следующему клиенту.

— Что я вам должен? — спросил он у цирюльника.

— Ничего, — ответил Фрагозо. — Какие могут быть счеты между земляками, встретившимися на границе?

— Однако я хотел бы… — возразил Торрес.

— Ладно, ладно, сосчитаемся потом, на жангаде.

— Не знаю, право, осмелюсь ли я просить Жоама Гарраля принять меня.

— Не робейте! Если хотите, я поговорю с ним, он наверное будет рад оказать вам услугу.

В эту минуту Маноэль и Бенито, отправившиеся после обеда в город, зашли посмотреть, как Фрагозо справляется с работой, и показались на пороге «ложи».

Торрес обернулся и вдруг воскликнул:

— Эге, вот два молодых человека, которых я знаю или, вернее, узнаю!

— Узнаете? — с удивлением спросил Фрагозо.

— Да, разумеется! С месяц тому назад, в лесу под Икитосом, они выручили меня из большой беды.

— Так ведь это как раз Бенито Гарраль и Маноэль Вальдес!

— Да, знаю. Они назвали себя, но я никак не ожидал встретиться с ними здесь.

И Торрес подошел к молодым людям, которые смотрели на него, не узнавая.

— Вы не припоминаете меня, господа? — спросил он.

— Погодите… — ответил Бенито. — Господин Торрес, если мне не изменяет память? Это у вас в икитосском лесу вышли неприятности с гуарибой?

— Вот-вот, именно у меня, — подтвердил Торрес. — Уже шесть недель, как я иду вдоль Амазонки и перешел границу в одно время с вами!

— Рад вас видеть, — сказал Бенито. — А вы не забыли, что я приглашал вас на фазенду моего отца?

— Нет, не забыл.

— Вам следовало принять мое приглашение, сударь. Вы могли бы подождать нашего отплытия, отдохнули бы после странствий и добрались бы с нами до границы. Вы избежали бы многих дней трудного пути.

— Ваша правда, — согласился Торрес.

— Наш земляк не задержится на границе, — заговорил Фрагозо. — Он направляется в Манаус.

— Ну что ж, — заметил Бенито, — если вы посетите жангаду, вы встретите радушный прием, и я уверен, что отец сочтет своим долгом предложить вам место на ней.

— Охотно приду! — ответил Торрес. — И позвольте заранее поблагодарить вас.

Маноэль не принимал участия в разговоре. Он не мешал великодушному Бенито предлагать свои услуги, а сам внимательно разглядывал Торреса, внешность которого ему не нравилась. В самом деле, во взгляде этого человека не чувствовалось никакой искренности — глаза его так и бегали, как будто боялись остановиться на собеседнике. Но Маноэль ничем не выдал своего впечатления, не желая повредить нуждающемуся в помощи соотечественнику.

— Господа, — сказал Торрес, — если вы согласны, я готов следовать за вами в гавань.

— Идемте! — ответил Бенито.

Четверть часа спустя Торрес был на жангаде. Бенито представил его Жоаму Гарралю, рассказал, при каких обстоятельствах произошла их первая встреча, и попросил разрешения довести Торреса на жангаде до Манауса.

— Я буду очень рад, сударь, оказать вам эту услугу, — ответил Жоам Гарраль.

— Благодарю вас, — проговорил Торрес и хотел было протянуть ему руку, но удержался как бы помимо своей воли.

— Мы отплываем завтра на рассвете, — добавил Жоам Гарраль, — и вы можете сейчас же устроиться на борту…

— О, устроиться мне недолго, — ответил Торрес. — Я налегке, у меня с собой ничего нет.

— Ну что ж, будьте как дома, — сказал Жоам Гарраль.

В тот же вечер Торрес занял комнату неподалеку от цирюльника.

А Фрагозо, только в восемь часов вернувшись на жангаду, подробно рассказал юной мулатке о своих подвигах и не без гордости повторял, что его слава знаменитого цирюльника еще возросла в бассейне Верхней Амазонки.

14. Вниз по реке

На рассвете 27 июня концы были отданы, и жангада вновь заскользила вниз по реке.

Теперь на борту стало одним пассажиром больше. Но откуда взялся этот человек? Никто не знал. Куда он направлялся? По его словам, в Манаус. Однако Торрес тщательно скрывал все, что относилось к его прежней жизни, помалкивал о своей профессии, которую бросил всего два месяца назад, и никто не подозревал, что на жангаде нашел себе приют бывший лесной стражник. А Жоам Гарраль не хотел отравлять назойливыми расспросами услугу, оказанную им Торресу.

Приняв путника на борт, Жоам Гарраль действовал из гуманных побуждений. На безлюдных просторах Амазонки, особенно в ту пору, когда большие пароходы еще не бороздили ее воды, было очень трудно найти быстрый и надежный способ передвижения. Суда ходили нерегулярно, и путешественникам чаще всего приходилось пробираться пешком сквозь леса. Так странствовал и продолжал бы странствовать и Торрес, если бы счастливый случай не привел его на жангаду.

Теперь, когда Бенито представил Торреса отцу и рассказал, при каких обстоятельствах повстречался с ним, Торрес мог считать себя полноправным пассажиром и вести себя как на большом пароходе: участвовать в общей жизни, если ему захочется, или держаться особняком, коли у него необщительный нрав.

Торрес ни с кем не пытался сближаться, особенно в первые дни. Он вел себя очень сдержанно, отвечал, когда к нему обращались, но сам ни о чем не спрашивал.

Если он и бывал разговорчив, то лишь с Фрагозо. Быть может, потому, что тот подал ему счастливую мысль пуститься в путь на жангаде? Порой он расспрашивал своего веселого спутника о положении семейства Гарраль в Икитосе, о чувствах дочери хозяина к Маноэлю Вальдесу, но и тут говорил с осторожностью. Чаще всего он либо прогуливался в одиночестве на носу жангады, либо сидел в своей комнате.

Завтракал и обедал он вместе с Жоамом Гарралем и его семьей, но почти не принимал участия в общей беседе и по окончании трапезы тотчас удалялся.

Все утро жангада плыла среди живописной группы островов, расположенных в широком лимане Жавари. Этот крупный приток Амазонки течет к юго-западу, и на всем его пути от истоков до устья не встречается ни острова, ни порога. Его устье шириной около трех тысяч футов начинается на несколько миль выше места, где прежде стоял город Жавари, право владеть которым долго оспаривали испанцы и португальцы.

До утра 30 июня путешествие продолжалось без всяких происшествий. Порой навстречу жангаде попадалась вереница скользивших вдоль берега лодок, связанных цепочкой, так что один туземец мог управлять всеми сразу.

Вскоре позади остались острова Арариа, архипелаг Кальдерон, остров Капиату и многие другие, еще неизвестные географам. 30 июня лоцман указал на правом берегу реки деревушку Журупари-Тапера, где решено было сделать остановку на два-три часа.

Маноэль и Бенито отправились поохотиться в окрестностях и принесли кое-какую пернатую дичь, которой оказали радушный прием на кухне. Молодым людям удалось также убить и зверя, но он представлял больший интерес для естествоиспытателя, чем для кухарки на жангаде.

Это было четвероногое с темной шерстью, чем-то напоминавшее большого ньюфаундленда.

— Вот муравьед редкой породы! — провозгласил Бенито, бросая его на палубу жангады.

— И прекрасный экземпляр, который послужил бы украшением коллекции в музее, — добавил Маноэль.

— Наверно, нелегко словить этого диковинного зверя? — спросила Минья.

— Еще бы, сестренка! — ответил Бенито. — К счастью, тебя с нами не было, чтобы вымолить ему пощаду. Ох и живучи же эти твари! Я истратил не меньше трех пуль, пока не уложил его.

Это был в самом деле великолепный муравьед, с длинным седоватым хвостом, узкой мордой, которую он засовывает в муравейник, — главной пищей служат ему муравьи, — и длинными худыми лапами с острыми пятидюймовыми когтями, которые сжимаются как пальцы на руке. Но что это за рука! Если муравьед что-нибудь схватит, то уж не выпустит — остается только отрубить ему лапу! А сила у нее такая, что путешественник Эмиль Каррей справедливо заметил: «Хватка у него железная, даже тигр не может вырваться из его когтей».

Утром 2 июля жангада подошла к Сан-Паулу-ди-Оливенса, проскользнув среди множества островов, круглый год покрытых зеленью и затененных величественными деревьями; самые крупные из этих островов называются Журупари, Рита, Мараканатена и Куруру-Сапо. Несколько раз жангада проплывала и мимо устьев небольших притоков с черной водой, так называемых «игуарапе».

Цвет этих вод — любопытное явление, свойственное многим притокам Амазонки, и малым и большим.

Маноэль обратил внимание на то, как темен этот цвет и как резко выделяются темные струи на белесоватой поверхности реки.

— Ученые по-разному объясняют причины такой окраски, — сказал он, — но, кажется, ни один не нашел достаточно убедительного объяснения.

— Вода тут совсем темная, с чудесным золотистым отливом, — заметила Минья, указывая на переливающуюся водную гладь вокруг жангады.

— Да, — согласился Маноэль. — Еще Гумбольдт, как и вы, дорогая, наблюдал этот странный оттенок. Но, присмотревшись внимательнее, вы увидите, что среди многих цветов здесь преобладает цвет сепии[1].

— Вот вам еще явление, — вскричал Бенито, — о котором ученые спорят и не могут прийти к соглашению!

— Быть может, стоило бы спросить мнение кайманов, дельфинов и ламантинов, — заметил Фрагозо, — потому что они выбирают именно темные воды для своих игр.

— Несомненно, темная вода особенно привлекает этих животных, — подтвердил Маноэль. — Но почему? На это очень трудно ответить! Обязана ли вода своим цветом содержащемуся в ней раствору углерода, или она темнеет, протекая по торфяному руслу, пробиваясь сквозь слои каменного угля и антрацита, или ее окрашивает множество мельчайших растений, которые она уносит своим течением? Тут нельзя сказать ничего определенного[2]. Во всяком случае, это превосходная питьевая вода, она отличается редкой в этом климате свежестью, не имеет никакого привкуса и совершенно безвредна. Зачерпните немного воды, милая Минья, и попробуйте — вы можете пить ее без всяких опасений.

И правда, вода была свежая и прозрачная. Она вполне могла бы поспорить с водой, подаваемой к столу в Европе. На жангаде ею наполнили несколько бутылей для нужд кухни.

Как сказано выше, утром 2 июля жангада прибыла в Сан-Паулу-ди-Оливенса, где изготовляют четки[3] из скорлупы кокосовых орехов и затем нанизывают на тысячи длинных нитей. Эти четки — очень ходкий товар. Быть может, покажется странным, что прежние хозяева страны, тупинамбы и тупиники, теперь более всего занимаются изготовлением предметов католического культа. А впрочем, почему бы и нет? Ведь нынешние индейцы не то что прежние. Они сменили свои национальные костюмы, головные уборы из перьев ара, луки и

---

[1] Темно-коричневая краска или тушь.

[2] Многочисленные наблюдения современных путешественников расходятся с наблюдениями Гумбольдта (прим. авт.).

[3] Четки (от «считать», «счесть») — нитка бус для счета молитв и поклонов.

сарбаканы на американскую одежду — белые штаны и пуншо из полотна, вытканного их женами, которые стали мастерицами в этом деле.

Сан-Паулу-ди-Оливенса — довольно значительный город, в нем не меньше двух тысяч жителей, выходцев из всех соседних племен. Теперешняя столица Верхней Амазонки когда-то была просто миссией, основанной в 1692 году португальскими кармелитами[1], а затем перешедшей в руки миссионеров-иезуитов[2].

В былые времена вся страна принадлежала племени омагуа, что по-индейски означает «плоскоголовые». Название это произошло от варварского обычая сдавливать головку новорожденного между двумя дощечками, чтобы придать ей удлиненную форму, что считалось в ту пору очень модным. Но как всякая мода — эта тоже прошла; головы у омагуа теперь естественной формы, и среди местных ремесленников, делающих четки, вы уже не встретите никого с таким изуродованным черепом.

Вся семья, за исключением Жоама Гарраля, сошла на берег. Торрес предпочел остаться на борту и не выразил никакого желания познакомиться с Сан-Паулу-ди-Оливенса, хотя, по-видимому, не знал этого города.

Надо признать, что этот авантюрист был не только молчалив, но и не любопытен.

Бенито без труда произвел обмен товарами и пополнил груз на жангаде. Вместе со всей семьей он встретил самый радушный прием у городских властей — коменданта крепости и начальника таможни, которым их должность нисколько не мешала заниматься торговлей.

---

[1] Монахи, члены католического духовного ордена общины, которая получила свое название от горы Кармель (в Ливанском хребте).

[2] Монахи, члены воинствующего католического духовного ордена; на протяжении многих веков иезуиты, считая, что «цель оправдывает средства», пользовались самыми аморальными способами борьбы против прогрессивных общественных сил, чтобы утвердить власть церкви.

Они даже передали молодому человеку кое-какие местные товары, поручив ему продать их в Манаусе или Белене.

Город состоял из шестидесяти домиков, разбросанных на небольшом плато, возвышавшемся над берегом реки. Некоторые были крыты черепицей, что встречается довольно редко в здешних краях, и даже скромная церковь, посвященная святым Петру и Павлу, стояла под соломенной крышей.

Комендант, его адъютант и начальник полиции приняли приглашение отобедать на жангаде, и Жоам Гарраль принял их с подобающей их званию учтивостью.

Во время обеда Торрес был разговорчивее, чем обычно. Он рассказывал о своих путешествиях в глубь Бразилии, как человек, знающий эту страну.

Но говоря об этих путешествиях, Торрес в то же время выспрашивал у коменданта, знает ли он Манаус, там ли сейчас комендант города, не отлучается ли в жаркое время года главный судья. Задавая все эти вопросы, Торрес украдкой поглядывал на Жоама Гарраля. Это было так видно со стороны, что Бенито, с удивлением наблюдавший за ним, отметил про себя, как внимательно его отец прислушивается к странным вопросам Торреса.

Комендант Сан-Паулу-ди-Оливенса заверил Торреса, что власти в Манаусе находятся на своих местах, и даже попросил Жоама Гарраля передать им поклон. По всей вероятности, жангада прибудет в этот город самое позднее недель через семь, между 20 и 25 августа.

Вечером гости простились с семьей Гарралей, а наутро 3 июля жангада снова двинулась вниз по течению.

В полдень она проплыла мимо устья Якурупы, оставив его влево от себя. Этот приток, напоминающий просто канал, соединяется с Исой, которая сама представляет собой левый приток Амазонки. Любопытное явление: в некоторых местах река питает собственные притоки!

К трем часам пополудни жангада прошла мимо устья Жандиатубы, которая катит с юго-запада свои могучие черные воды и, оросив земли индейцев Кулино, вливается в великую водную артерию, образуя устье шириной в четыреста метров.

Жангада миновала множество островов: Пиматикайра, Катурия, Чико, Мотачина; одни были населены, другие необитаемы, но все покрыты роскошной растительностью, которая тянется сплошной зеленой каймой вдоль всей Амазонки.

15. Все еще вниз по реке

Наступил вечер 5 июля. Со вчерашнего дня воздух стал душным и тяжелым, предвещая грозу. Крупные рыжеватые летучие мыши носились над самой водой, широко взмахивая крыльями. Среди них попадались темно-коричневые «перро воладоры» со светлым брюшком, к которым Минья, а еще больше Лина чувствовали инстинктивное отвращение. Это действительно мерзкие вампиры: они высасывают кровь у скота и порой нападают даже на человека, когда его сморит сон на равнине.

— Ох какие гнусные твари! — вскрикнула Лина, закрывая руками глаза. — Я их боюсь!

— Они и в самом деле опасны, — заметила Минья. — Верно, Маноэль?

— Да, очень опасны, — ответил он. — У этих вампиров особое чутье: они как будто знают, где легче высасывать кровь — например, за ухом. При этом они не перестают махать крыльями, навевая приятную прохладу, и уснувший продолжает крепко спать. Я слышал про людей, которые, не почувствовав боли, несколько часов подвергались такому кровопусканию и уже больше не проснулись!

— Не рассказывайте нам таких ужасов, Маноэль, — сказала Якита, — а то Минья и Лина всю ночь не сомкнут глаз!

— Не бойтесь, — ответил Маноэль. — Если понадобится, мы будем охранять их сон...

— Тише! — вдруг перебил его Бенито.

— В чем дело? — спросил Маноэль.

— Разве вы не слышите какой-то странный шум оттуда? — И Бенито указал на правый берег.

— А ведь и в самом деле, — заметила Якита.

— Что это за шум? — спросила Минья. — Кажется, будто по берегу перекатывают гальку!

— Понял! Я знаю в чем дело! — вскричал Бенито. — Завтра на рассвете любители черепашьих яиц и маленьких свежих черепах найдут на берегу богатое угощение!

Он не ошибся. Шум производило бесчисленное множество черепах всевозможной величины, выползавших на берег для кладки яиц. Эти пресмыкающиеся выбирают себе подходящее место в песке на берегу и закапывают туда яйца. Начинают они на закате солнца и кончают на рассвете.

В эту минуту черепаха-вожак уже вышла из воды, чтобы найти удобное место. Тысячные стаи черепах вылезли следом за ней и принялись рыть лапами ямки. Проделав эту работу, черепахи откладывают туда яйца, а затем им остается только засыпать ямки песком и хорошенько утрамбовать своим брюхом.

Для индейцев, живущих на берегах Амазонки и ее притоков, кладка черепахами яиц очень важное событие. Они подкарауливают черепах, сзывают племя барабанным боем, выкатывают яйца и делят добычу на три части: одну для караульщиков, другую для всего племени, а третью для береговой охраны, которая наряду с полицией собирает дань с местных жителей.

Те отмели, что обнажаются во время спада воды и привлекают наибольшее количество черепах, называются «королевскими пляжами». Конец сбора черепашьих яиц — праздник для индейцев: начинаются игры, пляски, пиршества; это праздник и для кайманов, которые пожирают объедки.

Черепахи и черепашьи яйца занимают очень значительное место в торговле по всему бассейну Амазонки. Когда черепахи возвращаются к реке после кладки яиц, их ловят, переворачивая на спину, а затем сохраняют живыми, либо помещая в огороженные садки вроде садков для рыбы, либо привязывая к колышкам на веревке такой длины, чтобы они могли бродить по берегу и плавать в реке. Таким образом, можно всегда иметь свежее черепашье мясо.

Иначе поступают с маленькими, только что вылупившимися черепашками. Их не надо ни сажать в садки, ни привязывать. Панцирь у них еще совсем мягкий, а мясо чрезвычайно нежное, и их едят точно так же, как устриц, но только вареными. В таком виде их поглощают в больших количествах.

Однако в провинциях Амазонки и Пара чрезвычайно распространен еще один способ употребления черепашьих яиц. Из них изготовляют так называемое «черепаховое масло», которое не уступает лучшему маслу Нормандии или Бретани; на это уходит от двухсот пятидесяти до трехсот миллионов яиц в год. Но в водах бассейна Амазонки бессчетное количество черепах, и они закапывают в песчаные берега несметное количество яиц.

И все же, вследствие того, что за черепахами охотятся не только местные жители, но также береговые птицы из отряда голенастых, пернатые хищники урубу и речные кайманы, число их значительно уменьшилось и цены на них все растут.

Наутро, чуть свет, Бенито, Фрагозо и несколько индейцев сели в пирогу и отправились на один из больших островов, мимо которых они проплыли ночью. Жангаду незачем было останавливать, им будет легко ее догнать.

На берегу виднелись небольшие холмики, указывавшие, где этой ночью были зарыты кучки яиц; под каждым холмиком их лежало от сорока до шестидесяти штук. Однако охотники не собирались их откапывать. Два месяца назад здесь была заложена первая кладка, и в горячем песке из яиц вылупились тысячи маленьких черепашек, бежавших теперь по берегу к воде.

Охота была удачная. Пирога быстро наполнилась забавными животными, которые прибыли на жангаду как раз к завтраку. Добычу разделили между пассажирами и командой, и к вечеру от нее уже ничего не осталось.

К утру 7 июля жангада подошла к Сан-Хозе-де-Матура — поселку, расположенному у маленькой речки, заросшей высоким камышом, а утром 8 июля путешественники увидели деревню Сан-Антонио — всего два-три домика, прятавшихся за высокими деревьями, — и вышли к устью Исы, или Путумайо, шириной в девятьсот метров.

Путумайо — один из самых крупных притоков Амазонки. Эта река течет к востоку с гор Пасто, на северо-восток от Кито, сквозь прекрасные леса диких какаовых деревьев. Она судоходна на протяжении ста сорока лье для пароходов с осадкой не более шести футов и со временем должна стать одним из главных водных путей Западной Америки.

Между тем настала плохая погода. Пока не было длительных дождей, но порой налетала гроза. Эти атмосферные явления не могли замедлить ход жангады, которая не зависела от ветра и благодаря своей длине не поддавалась качке, даже когда на реке вздымались волны; но во время коротких ливней семье Гарраль приходилось прятаться в дом. Тогда, чтобы заполнить часы досуга, заводили беседы, делились впечатлениями, и языки всегда находили себе работу.

Вот когда Торрес начал понемногу принимать все больше участия в разговорах. Разные случаи из его многочисленных путешествий по Северной Бразилии служили ему темой для рассказов. Этот человек несомненно много повидал, но рассуждения его были так циничны, что чаще всего коробили слушавших его прямодушных людей. Надо сказать, что он оказывал особое внимание Минье. Однако не так назойливо, чтобы Маноэль, которому это совсем не нравилось, счел себя вправе вмешаться. К тому же девушка испытывала к Торресу инстинктивную неприязнь и отнюдь не пыталась ее скрывать.

9 июля на левом берегу реки показалось устье Тунантина; этот приток, текущий с запада-северо-запада, орошает земли индейцев Касена и вливает свои черные воды в Амазонку, образуя лиман шириной в четыреста футов.

В этом месте Амазонка становится поистине величественной, но русло ее все больше загромождают всевозможные острова и островки. Лоцману пришлось приложить все свое искусство, чтобы вести жангаду сквозь этот архипелаг, лавировать между берегами, избегать мелей, обходить водовороты и не терять главного направления.

Он мог бы войти в Агуати-Парана, своеобразный естественный канал, который отходит от Амазонки чуть повыше устья Тонантина и позволяет вернуться в нее на сто двадцать миль ниже по течению, через устье реки Япуры. Но если этот канал в самом широком месте достигает ста пятидесяти футов, то в самом узком не превышает шестидесяти, и жангаде там было бы трудно пройти.

Короче говоря, 13 июля, миновав остров Капуро и устье Жутаи, которая течет с юго-запада и вливает в Амазонку свои темные воды, образуя бухту в тысяча пятьсот футов шириной, наши путешественники продолжали путь. Наглядевшись на полчища премилых светло-серых обезьян с красными, словно киноварь, мордочками, которые жадно уничтожали орехи с пальм, давших название реке Жутаи, они причалили у маленького городка Фонти-Боа[1].

Здесь жангада сделала остановку на двенадцать часов, чтобы дать отдохнуть экипажу.

Фонти-Боа, как и большинство поселков-миссий на Амазонке, не раз перекочевывал с места на место по воле его непостоянных жителей. Однако возможно, что этот городок уже покончил с кочевой жизнью и впредь станет оседлым. Тем лучше для него, потому что у него прелестный вид: три десятка крытых листьями хижин разбросаны вокруг церкви Гвадалупской божьей матери — темнолицей мексиканской богородицы. В Фонти-Боа насчитывается около тысячи жителей — индейцев с обеих берегов реки, которые выращивают большие стада скота на богатых окрестных пастбищах. Но этим их занятия не ограничиваются: они еще и бесстрашные охотники, или, вернее, бесстрашные ловцы ламантинов.

В тот же вечер молодые люди присутствовали при очень интересной ловле ламантинов.

Два этих животных были недавно замечены в темных водах реки Кайарату, впадающей в Фонти-Боа. На ее поверхности двигалось

[1] В наше время довольно крупный бразильский город.

шесть бурых точек. То были две острые морды и четыре плавника ламантинов.

Неопытные рыбаки приняли бы эти точки за плывущие по течению обломки дерева, но жители Фонти-Боа не могли ошибиться. Действительно, вскоре ламантинов выдало громкое фырканье: животные шумно выдыхали застоявшийся в легких воздух.

Две убы, с тремя ловцами на каждой, отошли от берега и приблизились к ламантинам, но те тотчас обратились в бегство. Бурые точки прочертили длинный след на поверхности воды и разом исчезли.

Ловцы осторожно двигались вперед. Один из них, вооруженный самым примитивным гарпуном — палкой с длинным гвоздем на конце, — стоял на носу пироги, а два других гребли, бесшумно опуская весла. Они ждали, когда необходимость набрать воздуха выгонит ламантинов на поверхность. Пройдет минут десять, и животные снова вынырнут на сравнительно небольшом расстоянии.

Так и случилось: едва истекло это время, как невдалеке вновь появились бурые точки, и кверху с шумом взметнулись два фонтана смешанной с воздухом воды.

Убы подошли ближе, разом взвились два гарпуна; один пролетел мимо, но другой вонзился в хвостовой позвонок ламантина.

Этого было достаточно, чтобы парализовать животное, которое теряет способность защищаться, как только его ранит гарпун. Ламантина мало-помалу подтянули за веревку к убе, а потом подтащили к берегу у самой деревни.

Это оказался маленький ламантин, не больше трех футов длины. Этих бедняг так беспощадно истребляют, что в водах Амазонки и ее притоков они встречаются все реже; им не дают времени вырасти, и теперь эти водяные великаны достигают здесь не более семи футов. Разве можно сравнить их с двенадцати — и пятнадцатифутовыми ламантинами, которых еще так много в реках и озерах Африки!

Однако помешать их истреблению очень трудно. Мясо ламантинов превосходно на вкус, лучше даже свинины, а из его сала — в три дюйма толщиной — вытапливают жир, который ценится очень высоко. В копченом виде мясо их сохраняется очень долго и служит здоровой пищей. К тому же выловить ламантина довольно легко, поэтому нечего удивляться, если этот вид животных будет скоро уничтожен.

В наши дни взрослый ламантин, который прежде «приносил» два чана жира по сто восемьдесят фунтов, теперь дает только четыре испанских арроба, то есть всего двести фунтов.

19 июля на рассвете жангада покинула Фонти-Боа и поплыла между пустынными берегами вдоль очень живописных островов, поросших какаовыми деревьями. Небо было по-прежнему обложено тяжелыми, насыщенными электричеством тучами, которые предвещали новые грозы.

Вскоре на правом берегу показалась река Журуа, текущая с юго-запада. Если подняться вверх по этому чистому потоку, питаемому множеством родников, то можно добраться до самого Перу, не встретив непреодолимых препятствий.

— Быть может, — заметил Маноэль, — именно в этих краях следует искать потомков воинственных амазонок, которыми так восхищался Орельяна. Однако надо сказать, что теперь здешние женщины не живут обособленно, по примеру своих прародительниц. Они попросту жены своих мужей, сражаются бок о бок с ними и славятся своей храбростью.

Жангада продолжала плыть вниз по течению; но теперь Амазонка представляла собой настоящий лабиринт! Река Япура, один из самых крупных притоков Амазонки, устье которого было на восемьдесят километров ниже, текла почти параллельно великой реке.

Между ними образовались каналы, протоки, лагуны, временные озера — запутанная сеть водных дорог, что очень усложняло гидрографию местности.

Но хотя у Араужо и не было гидрографической карты, вернее всякой карты служил ему опыт, и можно было залюбоваться, как ловко он маневрирует в этом лабиринте, никогда не сбиваясь и не теряя основного русла.

Итак, благодаря его стараниям 25 июля после полудня, пройдя мимо деревни Парани-Тапера, жангада остановилась у входа в озеро Эга, или Фетте, куда не имело смысла заходить, иначе пришлось бы возвращаться обратно, чтобы продолжать путь по Амазонке.

Но город Эга довольно интересен. Стоило остановиться, чтобы его осмотреть. Поэтому решили, что жангада пробудет здесь до 27 июля, а завтра, 26-го, вся семья отправится на берег в большой пироге. Таким образом усердный экипаж жангады получит заслуженный отдых.

Ночь провели на якоре возле довольно высокого берега, и ничто не нарушило покоя путешественников. Кое-где на горизонте вспыхивали зарницы, но гроза прошла стороной, миновав озеро.

16. Эга

26 июля, в шесть часов утра, Якита, Минья, Лина и двое молодых людей готовились сойти на берег.

Жоам Гарраль, вначале не выражавший желания покидать жангаду, на этот раз, по настоятельной просьбе жены и дочери, решил отложить свою ежедневную изнурительную работу и сопровождать их во время прогулки.

А Торрес не собирался осматривать Эгу, к великому удовольствию Маноэля, который чувствовал к нему отвращение и ждал только случая, чтобы его выказать.

Что касается Фрагозо, то он был больше заинтересован в посещении Эги, чем Табатинги, которая по сравнению с Эгой была лишь бедным поселком.

Эга, главный город округа, насчитывает полторы тысячи жителей, в нем находятся все власти, представляющие администрацию такого значительного, по местным масштабам, города: военный комендант, начальник полиции, мировой судья, начальник таможни, школьный учитель и воинская часть под командой офицеров разных чинов.

Если в городе живет столько должностных лиц с женами и детьми, то, надо думать, там нет недостатка в цирюльниках и парикмахерах. Поэтому Фрагозо не ожидал там для себя никакой поживы.

Хотя наш Фигаро и не собирался заниматься в Эге своим ремеслом, он, разумеется, хотел участвовать в общей прогулке, потому что Лина сопровождала свою молодую хозяйку; но когда все общество покидало жангаду, он остался по просьбе Лины.

— Господин Фрагозо, — сказала она, отведя его в сторону.

— Что, сударыня? — спросил Фрагозо.

— Кажется, ваш друг Торрес не собирается идти с нами в Эгу?

— Да, он и впрямь остается на жангаде; но я вас очень прошу — не называйте его моим другом!

— А разве не вы надоумили его попроситься на жангаду? Ведь сам бы он не додумался.

— Да, боюсь, что в тот день, если говорить начистоту, я сделал большую глупость.

— Если говорить начистоту, этот человек мне совсем не нравится.

— А мне и того меньше! Притом мне все время кажется, что я его уже где-то видел. Но у меня осталось лишь смутное воспоминание, и ясно только одно — впечатление было неприятное!

— Где и когда вы могли встретить этого Торреса? Неужели вы не можете вспомнить? А ведь было бы неплохо узнать, кто он, особенно — кем он был!

— Нет... Как я ни стараюсь... Когда это было?.. В каких краях, при каких обстоятельствах?.. Никак не могу припомнить!

— Господин Фрагозо!

— Что, сударыня?

— Вам надо остаться на жангаде, чтобы следить за Торресом, пока нас не будет.

— Что?! Не идти с вами в Эгу и целый день вас не видеть?

— Я вас прошу!

— Это приказ?

— Нет, просьба.

— Я остаюсь.

— Господин Фрагозо!

— Что, сударыня?

— Благодарю вас!

— В благодарность пожмите мне покрепче руку, — ответил Фрагозо. — Я, право, заслужил.

Лина протянула руку доброму малому, и тот на минуту удержал ее в своей, любуясь прелестным личиком девушки. Вот почему Фрагозо не отправился со всеми и принялся украдкой следить за Торресом. Чувствовал ли Торрес, что возбуждает всеобщую неприязнь?

Возможно, но, по-видимому, у него были веские причины не обращать на это внимания.

От места стоянки жангады до Эги было четыре лье. Чтобы пройти туда и обратно, то есть восемь лье, в пироге с двумя гребцами и шестью пассажирами, потребовалось бы несколько часов, не говоря о том, как утомительно путешествие по такой жаре, хотя небо и было покрыто легкими облаками.

Но, к счастью, с северо-запада задул свежий попутный ветер, так что пирога могла пройти под парусом по озеру Теффе до Эги даже не лавируя, а если ветер не переменится, то быстро вернуться обратно.

Итак, на пироге подняли парус. Бенито сел за руль, Лина махнула рукой, напоминая Фрагозо, чтобы он хорошенько караулил, и лодка отчалила.

Путь к Эге лежал вдоль южного берега озера. Два часа спустя пирога вошла в гавань этой основанной кармелитами миссии, которая в 1759 году стала городом и отошла к Бразилии.

Пассажиры вышли на плоский берег, возле которого выстроились не только местные суденышки, но и несколько небольших шхун, ведущих каботажное плавание вдоль Атлантического побережья.

Все удивляло девушек, когда они высадились в Эге.

— Какой большой город! — вскричала Минья.

— Сколько домов! Сколько людей! — вторила ей Лина, у которой просто глаза разбегались.

— Еще бы! — смеясь, подхватил Бенито. — Полторы тысячи жителей, не меньше двухсот домов, есть даже двухэтажные, и две-три настоящие улицы!

— Милый Маноэль, — сказала Минья, — защитите нас от моего брата! Он смеется над нами только потому, что сам уже побывал в самых красивых городах на Амазонке!

— Значит, он смеется и над своей матерью, — добавила Якита. — Признаюсь, я тоже никогда не видела ничего подобного.

— Тогда, матушка и сестра, берегитесь обе, — заявил Бенито, — вы придете в восторг, увидев Манаус, а приехав в Белен, упадете в обморок!

— Не беспокойся, — сказал, улыбаясь, Маноэль, — наши дамы понемногу привыкнут восхищаться, побывав в первых городах Верхней Амазонки.

— Как, и вы, Маноэль? — воскликнула Минья. — Вы заодно с Бенито? Вы тоже насмехаетесь?..

— Нет, Минья! Клянусь...

— Пускай эти насмешники смеются, — перебила его Лина, — а мы с вами будем смотреть во все глаза, тут так красиво!

Красиво! И всего-то куча глинобитных или побеленных известью домиков, крытых чаще всего соломой или пальмовыми листьями, и лишь кое-где — каменная или деревянная постройка с верандой, ярко-зелеными дверьми и ставнями, окруженная садиком с цветущими апельсинами. Было там, правда, и два-три учреждения, одна казарма и церковь Святой Терезы, которая по сравнению с икитосской часовней казалась собором.

А оглянувшись на озеро, можно было увидеть красивую панораму, обрамленную каймой кокосовых пальм, подступавших вплотную к водной глади, а в трех милях подальше, на другом берегу, — живописную деревню Ногейра, домишки которой выглядывали из густой листвы старых олив.

Но восхищение обеих девушек вызвало иное зрелище — зрелище, особенно интересное для женщин: они залюбовались нарядами местных щеголих, носивших не простенькие платья уроженок племени мурас, а одетых, как настоящие бразильские горожанки. Да, жены и дочери здешних чиновников и крупных торговцев гордо носили парижские туалеты, правда, довольно старомодные, но ведь Эга находится за пятьсот лье от Пара, а Пара — за несколько тысяч лье от Парижа.

— Глядите, глядите скорей, до чего же красивые дамы и какие на них прелестные платья!

— Боюсь, они сведут нашу Лину с ума! — засмеялся Бенито.

— Если б эти дамы умели носить свои красивые платья, — заметила Минья, — они, может, не казались бы такими смешными.

— Поверьте, дорогая, — сказал Маноэль, — в вашем скромном ситцевом платье и соломенной шляпке вы куда изящнее всех этих дам в высоченных токах и юбках с воланами, которые чужды и их стране, и их народу.

— Если я вам нравлюсь и так, — ответила девушка, — то мне некому и не в чем завидовать!

Но ведь они пришли сюда, чтобы все осмотреть. Поэтому они побродили по улицам, где оказалось больше ларьков, чем магазинов; погуляли по площади, где встречались местные франты и франтихи, задыхавшиеся в своих европейских костюмах; и даже позавтракали в гостинице, смахивавшей на постоялый двор, где они пожалели о вкусных блюдах, подаваемых каждый день на жангаде.

После обеда, состоявшего исключительно из черепашьего мяса в разных видах, Гаррали отправились еще раз полюбоваться озером, сверкавшим в лучах заходящего солнца, и вернулись на пирогу, пожалуй, немного разочарованные в красоте города, который можно было осмотреть за один час, и немного уставшие от прогулки по раскаленным улицам, таким непохожим на тенистые тропинки Икитоса. И даже восторг любопытной Лины немного поостыл.

Каждый занял свое место в пироге. Ветер по-прежнему дул с северо-запада и к вечеру немного посвежел. Подняли парус и пустились в обратный путь по озеру, питаемому темными водами реки Тефе, по которой, как говорят индейцы, можно сорок дней плыть на юго-запад, и она все будет судоходна. В восемь часов вечера пирога вернулась домой и пристала к жангаде.

Как только Лина улучила минуту, она отозвала Фрагозо в сторону.

— Ну как, заметили вы что-нибудь подозрительное? — спросила она.

— Нет, ничего. Торрес почти не выходил из своей комнаты, он все время что-то читал и писал.

— А он не входил в дом, не заходил в столовую, как я опасалась?

— Нет, только иногда прогуливался на носу жангады.

— И что он делал?

— Держал в руке какую-то старую бумагу, как будто изучая ее, да бормотал под нос что-то непонятное.

— Все это, может быть, совсем не так просто, как вы думаете, господин Фрагозо! И чтение, и писание, и старые бумаги — что-то за этим кроется! Ведь этот буквоед и писака — не учитель и не адвокат!

— Ваша правда!

— Последим еще, господин Фрагозо.

— Будем следить, сударыня.

Назавтра, 27 июля, как только рассвело, Бенито дал лоцману приказ отчаливать. Между островами, разбросанными по всему заливу Арепано, на минуту показалось устье Япуры шириной в шесть тысяч шестьсот футов. Этот могучий приток разветвляется на несколько рукавов и вливается через восемь устьев в Амазонку, раскинувшуюся здесь как море или морской залив. Япура бежит издалека, с высоких гор Колумбии, и течение ее лишь один раз преграждают водопады, в двухстах десяти лье от впадения в Амазонку.

Жангада плыла весь день и к вечеру поравнялась с островом Япура, после которого островов стало меньше и плыть было значительно легче. К тому же довольно медленное течение позволяло без труда обходить островки, и жангада ни разу не ткнулась в берег и не села на мель.

На другой день жангада плыла мимо широких, покрытых высокими дюнами берегов, образующих песчаный вал, за которым тянутся огромные пастбища, где можно было бы вырастить и откормить скот со всей Европы. Считается, что это самые богатые черепахами берега во всем бассейне Верхней Амазонки.

Вечером 29 июля жангада крепко пришвартовалась у острова Катуа; здесь решили провести ночь, которая обещала быть очень темной.

Солнце еще не зашло, когда на острове показалась толпа индейцев Мурас, потомков древнего и могучего племени, которое занимало когда-то более ста лье вдоль побережья, между Тефе и Мадейрой.

Индейцы расхаживали взад и вперед по берегу, рассматривая стоявший неподвижно плот. Их было около сотни человек, вооруженных сарбаканами из местного тростника, вставленного для прочности в полый ствол карликовой пальмы.

Жоам Гарраль, оторвавшись на минуту от работы, занимавшей все его время, приказал хорошенько следить за этими индейцами и не раздражать их. В самом деле, борьба с ними была бы неравной. Индейцы необыкновенно ловко мечут из сарбаканов отравленные ядом стрелы, которые летят на триста шагов и наносят неизлечимые раны.

К счастью, индейцы не предприняли никаких враждебных действий, хотя известно, что они ненавидят белых. Правда, они не так воинственны, как были их предки.

Когда стемнело, на острове за деревьями послышались звуки дудочки, наигрывавшей печальную мелодию. Ей ответила другая дудочка. Эта музыкальная перекличка длилась две-три минуты, а затем индейцы исчезли.

Фрагозо, развеселившись, решил спеть им в ответ песню на свой лад, но Лина вовремя остановила его, прикрыв ему рот рукой, и не дала блеснуть своими певческими талантами.

2 августа, в три часа пополудни, пройдя еще двадцать лье, жангада подошла к озеру Апоара, из которого вытекает река того же названия, а два дня спустя остановилась около пяти часов у озера Куари.

Это одно из самых больших озер, сообщающихся с Амазонкой, оно служит водоемом для нескольких рек. В него впадают пять или шесть потоков, там они смешивают свои воды и через узкий проток вливаются в главную водную артерию.

Путешественники издали посмотрели на высокие домики деревни Такуа-Мири, стоящие на сваях, как на ходулях, чтобы спастись от наводнений при половодье, часто заливающем эти низкие места, и вскоре жангада пристала на ночь к берегу.

Плот остановился против селения Куари, состоящего из дюжины довольно ветхих хижин, которые прячутся в густой чаще апельсиновых и тыквенных деревьев. Вид этой деревушки очень часто меняется в зависимости от подъема или спада воды: порой озеро представляет собой обширный водоем, порой превращается в узкую протоку, такую мелкую, что даже перестает сообщаться с Амазонкой.

На рассвете 5 августа жангада снова пустилась в путь, прошла мимо протока Юкуры, входящего в запутанную сеть озер и рукавов, и утром 6 августа подошла к озеру Миана.

За это время на плоту не случилось ничего нового, жизнь там текла с почти методичной размеренностью.

Фрагозо, по настоянию Лины, не переставал следить за Торресом. Несколько раз он пытался выведать у него что-нибудь о его прошлом, но авантюрист упорно уклонялся от таких разговоров и в конце концов замкнулся и стал чрезвычайно осторожен с цирюльником.

Но с семейством Гарраль его отношения не изменились. С Жоамом он говорил мало, зато охотно обращался к Яките и ее дочери, делая вид, что не замечает их явной холодности. Впрочем, обе утешали себя тем, что по прибытии жангады в Манаус Торрес уйдет, и они никогда больше о нем не услышат. Якита следовала советам отца Пассаньи, который уговаривал ее набраться терпения; но доброму пастырю было труднее удержать Маноэля, решительно желавшего поставить на место втершегося к ним наглеца, которого незачем было пускать на жангаду.

В тот вечер случилось лишь одно небольшое происшествие.

Спускавшаяся вниз по течению пирога, по приглашению Жоама Гарраля, пристала к жангаде.

— Ты плывешь в Манаус? — спросил он индейца, стоявшего в пироге с веслом.

— Да, — ответил индеец.

— Когда ты там будешь?

— Через неделю.

— Значит, ты попадешь туда гораздо раньше нас. Не передашь ли ты это письмо по адресу?

— Охотно.

— Возьми же его, мой друг, и отвези в Манаус.

Индеец взял протянутое ему Гарралем письмо вместе с горстью рейс в награду за услугу.

Никто из членов семьи Гарраля, уже ушедших в дом, не узнал об этом случае. Свидетелем его был только Торрес. Он даже слышал разговор Жоама Гарраля с индейцем, и по его нахмурившемуся лицу было нетрудно понять, что отправка письма неприятно удивила его.

17. Нападение

Между тем Маноэль, так ничего и не сказав Торресу, чтобы избежать какой-нибудь бурной сцены на жангаде, решил на другой день поговорить о нем с Бенито.

— Бенито, — начал он, уведя его на нос жангады, — мне надо с тобой потолковать.

Бенито, всегда такой веселый, взглянув на Маноэля, остановился, и лицо его омрачилось.

— Я знаю о чем. О Торресе?

— Да!

— Я тоже собирался поговорить с тобой, Маноэль.

— Значит, и ты заметил, что он волочится за Миньей? — воскликнул Маноэль, бледнея.

— Надеюсь, ты не станешь ревновать ее к подобному человеку? — вспыхнул Бенито.

— Конечно, нет! Боже меня упаси нанести такое оскорбление девушке, которая скоро будет моей женой! Нет, Бенито! Она сама не выносит этого проходимца! Дело совсем не в этом, но мне противно смотреть, как этот пройдоха навязывает свое общество твоей матери и сестре, как он старается втереться в вашу семью, которую я считаю и своей.

— Маноэль, я разделяю твое отвращение к этому подозрительному субъекту, — мрачно сказал Бенито, — и если бы считался только со своими чувствами, я бы давно выгнал его с жангады! Но я не смею.

— Не смеешь? — вскричал Маноэль, схватив Бенито за руку. — Как, не смеешь?..

— Послушай, Маноэль, — продолжал Бенито, — ты хорошо присмотрелся к Торресу, правда? Ты заметил, что он увивается за моей сестрой. Да, в этом нет сомненья! Но ты увидел одно, а другое проглядел: этот подозрительный человек глаз не сводит с моего отца, следит за ним с непонятным упорством, как будто замышляет против него что-то злое.

— Что ты говоришь, Бенито! Разве у тебя есть основания думать, что Торрес желает зла твоему отцу?

— Никаких... Ничего такого я не думаю. Это только предчувствие. Но понаблюдай хорошенько за Торресом, за выражением его лица, и ты увидишь, как он злобно усмехается, стоит ему только взглянуть на отца.

— Тогда тем больше причин его прогнать!

— Тем больше... или тем меньше... Я боюсь, Маноэль... Чего? И сам не знаю. Но убедить отца высадить Торреса... быть может, неблагоразумно! Повторяю тебе — я боюсь, хотя у меня нет ни одного факта, который объяснил бы мой страх.

Произнося эти слова, Бенито весь дрожал от гнева.

— Значит, ты думаешь, — проговорил Маноэль, — что надо выждать?

— Да, выждать и пока не принимать решений, а главное — быть все время начеку!

— В конце концов дней через двадцать мы будем в Манаусе, — заметил Маноэль. — Там Торрес должен остаться. Он нас покинет, и мы навсегда от него избавимся. А до тех пор не будем спускать с него глаз.

— Ты понимаешь меня, Маноэль?

— Конечно, понимаю, мой друг, мой брат! Хоть и не разделяю, не могу пока разделять твоих опасений. Какая может быть связь между твоим отцом и этим проходимцем? Твой отец, несомненно, никогда его и не видел!

— Я не говорю, что отец знает Торреса, — ответил Бенито, — но мне кажется, Торрес что-то знает об отце... Что делал этот человек возле нашей фазенды, когда мы встретили его в лесу? Почему он отказался тогда от предложенного ему гостеприимства, а потом все так подстроил, чтобы мы взяли его на плот? Мы прибываем в Табатингу, а он уже тут как тут, словно дожидался нас! Случайны ли эти встречи или они произошли по заранее обдуманному плану? Наблюдая упорный и в то же время ускользающий взгляд Торреса, я снова вспоминаю эти странные совпадения. Не знаю... Я теряюсь и ничего не могу объяснить! И как это пришло мне в голову пригласить его на нашу жангаду!

— Успокойся, Бенито, прошу тебя!

— Маноэль! — воскликнул Бенито, не в силах справиться с волнением. — Поверь, если б дело шло обо мне, я не раздумывая выкинул бы за борт этого человека, который внушает нам такое отвращение. Но, если и правда дело идет об отце, я боюсь, что, поддавшись своим чувствам, только напорчу. Внутреннее чутье говорит мне, что опасно действовать против этого коварного врага, пока он сам себя не выдаст. А тогда это уже будет наше право... и долг! В сущности, на жангаде он всегда на виду, и если мы будем оба оберегать отца, мы рано или поздно заставим Торреса сбросить личину и выдать себя, как бы искусно он ни вел игру. Значит, надо подождать!

Появление на палубе Торреса прервало этот разговор. Тот искоса поглядел на молодых людей, но не сказал им ни слова.

Бенито не ошибался, говоря, что Торрес не спускал глаз с Жоама Гарраля, когда думал, что за ним никто не наблюдает.

Нет, Бенито не ошибался, уверяя, что лицо Торреса становится зловещим, когда он смотрит на его отца.

Какая же таинственная связь соединяла двух этих людей, как мог один — воплощенное благородство — быть связанным с другим, разумеется, сам того не зная?

При таком положении вещей, когда молодые люди объяснились и за Торресом стали следить с одной стороны Бенито и Маноэль, а с другой Лина и Фрагозо, вряд ли ему удалось бы сделать какой-нибудь ход, который они бы тотчас не пресекли. Быть может, Торрес это понял. Но так или иначе, он этого не показал и ни в чем не изменил своего поведения.

Довольные тем, что объяснились, Маноэль и Бенито дали друг другу слово неотступно следить за Торресом, стараясь, однако, не вызвать у него подозрений.

В следующие дни жангада прошла мимо рек Камара, Ару, Журипари, которые текут параллельно правому берегу Амазонки, но не втекают в нее, а убегают на юг, где сбрасывают свои воды в реку Пурус и уже вместе с ней вливаются в великую реку. 10 августа, в пять часов вечера, жангада стала на якорь у Кокосового острова.

Здесь находился поселок серингейро, или заготовителей каучука; добывается он из дерева серингера, которое ученые называют «сифония эластика»[1].

Говорят, что вследствие плохого ухода за деревьями и неумелой эксплуатации число их в бассейне Амазонки уменьшается, но все же леса каучуковых деревьев на берегах Мадейры, Пуруса и других притоков великой реки еще очень обширны.

На Кокосовом острове десятка два индейцев добывали и обрабатывали каучук, что делается чаще всего в мае, июне и июле.

Убедившись, что стволы деревьев, которые во время половодья фута на четыре погружаются в воду, уже вполне пригодны для добычи каучука, индейцы принимаются за дело.

Сделав глубокий надрез в заболони дерева, они привязывают под ним небольшие горшочки, которые за сутки наполняются густым млечным соком; этот сок можно собирать и с помощью бамбуковой трубочки, опущенной в стоящий под деревом сосуд.

Добытый сок индейцы окуривают на костре, чтобы сохранить содержащееся в нем смолистое вещество. Набрав сок деревянным совком, его держат в дыму, отчего сок почти сразу густеет, принимает желтовато-серую окраску и понемногу затвердевает. Образующийся каучук снимают с совка слой за слоем и сушат на солнце, после чего

---

[1] Старое название бразильской гевеи.

он еще твердеет и становится обычного, коричневого цвета. Тогда каучук готов.

Бенито, воспользовавшись случаем, скупил у индейцев весь каучук, хранившийся в их стоявших на сваях хижинах. Назначенная им цена была достаточно высока, и они остались очень довольны.

Спустя четыре дня, 14 августа, жангада подошла к устью Пуруса. Эта река — еще один из самых больших притоков на правом берегу Амазонки — судоходна даже для крупных судов на протяжении свыше пятисот лье. Она течет с юго-запада, и устье ее достигает четырех тысяч футов ширины. Течение ее затеняют фикусы, тахуарисы, пальмы «нипа», цекропии; при впадении в Амазонку она разделяется на пять рукавов.

В этом месте лоцману Араужо было легко управлять жангадой. В реке было значительно меньше островов, к тому же ширина ее достигала тут не менее двух миль.

Поэтому течение спокойно несло жангаду, и 18 августа она остановилась на ночь у деревни Пескейро.

Солнце уже стояло совсем низко над горизонтом и с быстротой, присущей ему на этих широтах, скатилось вниз почти отвесно, словно громадный огненный шар. Ночь здесь сменяет день почти без сумерек, как в театре, где, изображая ночь, сразу гасят огни рампы.

Жоам Гарраль с женой, Линой и старой Сибелой сидели перед домом.

Торрес сначала вертелся около Жоама Гарраля, как будто хотел поговорить с ним наедине, но, должно быть, ему помешал отец Пассанья, который подошел пожелать всем доброй ночи, и Торрес отправился восвояси.

Индейцы и негры лежали у бортов жангады, на своих местах; Араужо, сидя на носу, наблюдал за течением, которое убегало прямо вперед.

Маноэль и Бенито с беспечным видом болтали и курили, прогуливаясь посреди палубы перед сном, но зорко следили за всем.

Вдруг Маноэль, протянув руку, остановил Бенито и сказал:

— Что за странный запах? А может, мне кажется? Ты не чувствуешь? Пахнет как будто…

— Как будто мускусом! — ответил Бенито. — Здесь, должно быть, на берегу спят кайманы.

— Вот как! Природа мудро распорядилась, наделив их запахом, который их выдает.

— Да, это большое счастье, потому что они довольно опасны.

Чаще всего, когда наступает вечер, эти крокодилы выходят на берег, чтобы с удобством провести ночь. Там, пятясь задом, они заползают в ямы и засыпают, выставив голову с широко разинутой пастью, если только не подстерегают какую-нибудь добычу. Этим хищникам ничего не стоит броситься за своей жертвой либо вплавь под водой, работая одним хвостом, либо бегом по берегу, и притом с такой быстротой, что человеку от них не спастись.

Тут, на этих широких берегах, кайманы рождаются, живут и умирают, отличаясь необыкновенным долголетием. Старых, столетних кайманов можно узнать не только по зеленоватому мху, покрывающему их спину, и бородавкам, усеявшим кожу, но и по кровожадности, которая с возрастом все усиливается. Как правильно сказал Бенито, эти животные бывают очень опасны и нужно остерегаться их нападения.

Вдруг впереди раздались крики:

— Кайманы! Кайманы!

Маноэль и Бенито вздрогнули и посмотрели вперед.

Трем большим кайманам, длиной от десяти до двенадцати футов, удалось взобраться на жангаду.

— Хватайте ружья! Хватайте ружья! — закричал Бенито, делая знак индейцам и неграм, чтобы они отошли назад.

— Бегите домой! — подхватил Маноэль. — Прячьтесь скорей!

В самом деле, нечего было и пытаться сразу напасть на кайманов — значит, прежде всего следовало укрыться от них.

В одно мгновение все разбежались. Семья Гарралей скрылась в доме, к ней тотчас присоединились и двое молодых людей. Индейцы и негры попрятались в своих шалашах и хижинах.

Запирая двери дома, Маноэль спросил:

— А где Минья?

— Ее здесь нет! — ответила Лина, выбегая из комнаты своей хозяйки.

— Великий боже! Где же она? — ужаснулась мать.

И все принялись громко звать:

— Минья! Минья!

Никакого ответа.

— Неужели она на носу жангады? — спросил Бенито.

— Минья! — крикнул Маноэль.

Оба юноши, Фрагозо, Жоам Гарраль, не думая об опасности, бросились из дома с ружьями в руках.

Не успели они выйти на палубу, как два каймана повернулись и побежали им навстречу.

Меткая пуля Бенито попала в глаз одному из чудовищ, и смертельно раненный кайман, опрокинувшись на бок, забился в предсмертных судорогах.

Но тут подоспел второй, он несся вперед, и удержать его было невозможно.

Громадный хищник бросился на Жоама Гарраля, сбил его с ног ударом хвоста и прыгнул на него, разинув пасть.

В эту минуту из каюты выскочил Торрес с топором в руке и нанес такой ловкий удар, что топор вонзился по самую рукоятку в челюсть каймана, где и застрял. Кровь заливала зверю глаза, он бросился в сторону, свалился в реку и исчез.

— Минья! Минья! — вне себя звал Маноэль, прибежавший на нос жангады.

Вдруг девушка появилась. Сначала она спряталась в будке Араужо, но третий кайман опрокинул будку мощным ударом хвоста, и теперь

Минья бежала к корме, преследуемая по пятам чудовищем, которое уже было от нее шагах в шести.

Минья упала.

Второй выстрел Бенито не остановил каймана! Пуля скользнула по шкуре животного, не пробив ее.

Маноэль кинулся к девушке, чтобы подхватить, унести, вырвать ее у смерти... но сильный удар хвоста сбил с ног и его.

Минья потеряла сознание. Казалось, она погибла, пасть каймана уже раскрылась над ней...

Но тут на него ринулся Фрагозо и вонзил ему кинжал в самую глотку, рискуя, что кайман откусит ему руку, если вдруг сомкнет свои страшные челюсти.

Фрагозо вовремя отдернул руку, но не успел увернуться, и кайман, падая, сбросил его в воду, на которой расплывались большие красные пятна.

— Фрагозо! Фрагозо! — закричала Лина, упав на колени у борта жангады.

Минуту спустя Фрагозо показался на поверхности реки. Он был цел и невредим.

С опасностью для жизни спас он девушку, которая уже понемногу приходила в себя; теперь все протягивали ему руки — Маноэль, Якита, Минья, Лина, — так что Фрагозо растерялся и в конце концов пожал руку юной мулатке.

Однако если Фрагозо спас Минью, то Жоам Гарраль был несомненно обязан своим спасением Торресу.

Значит, авантюрист не желал смерти Гарраля. Приходилось признать этот очевидный факт.

Маноэль шепнул об этом на ухо Бенито.

— Верно, — в замешательстве согласился Бенито, — ты прав, теперь у нас будет одной тяжелой заботой меньше. И все же, Маноэль, мои подозрения не прошли. Ведь можно быть злейшим врагом человека, но не желать его смерти.

Между тем Жоам Гарраль подошел к Торресу.

— Спасибо, Торрес, — сказал он, протягивая ему руку.

Ничего не отвечая, Торрес отступил на несколько шагов.

— Торрес, — продолжал Гарраль, — я сожалею, что ваше путешествие скоро окончится и через несколько дней нам придется расстаться. Я вам обязан…

— Вы мне ничем не обязаны, Жоам Гарраль, — перебил его Торрес. — Ничьей жизнью я так не дорожу, как вашей. Но если вы позволите… Я передумал… я не хочу сходить на берег в Манаусе, а предпочел бы доплыть до Белена. Вы согласны взять меня с собой?

Жоам Гарраль кивнул головой.

Услышав просьбу Торреса, Бенито в невольном порыве хотел было вмешаться, но Маноэль остановил его, и молодой человек удержался, хотя это и стоило ему большого труда.

18. Праздничный обед

Наутро, после ночи, которой едва хватило, чтобы успокоить людей, перенесших столько волнений, жангада отчалила от этого кишевшего кайманами берега и двинулась дальше. Если в пути не встретится никаких препятствий, она должна дней через пять войти в гавань Манаус.

Теперь Минья совсем оправилась от пережитого испуга; ее глаза и улыбка благодарили всех, кто рисковал жизнью, стараясь ее спасти.

Лина же, казалось, была еще более признательна храброму Фрагозо, чем если б он спас жизнь ей самой.

— Я отблагодарю вас, Фрагозо, рано или поздно, вот увидите! — сказала она ему, улыбаясь.

— А как, позвольте вас спросить?

— О, вы сами знаете как!

— Тогда, раз уж я знаю, сделайте это рано, а не поздно!

С этого дня было решено, что прелестная Лина — невеста Фрагозо, что они отпразднуют свадьбу вместе с Миньей и Маноэлем и останутся жить у них в Белене.

— Как хорошо все сложилось! — твердил Фрагозо. — Но я, право, не думал, что Пара так далеко!

Маноэль и Бенито долго обсуждали вдвоем последние события. Нечего было и пытаться уговорить Жоама Гарраля высадить с жангады его спасителя.

«Ничьей жизнью я так не дорожу, как вашей», — сказал Торрес.

Этот вырвавшийся у авантюриста слишком пылкий и загадочный ответ Бенито услышал и запомнил.

Итак, молодые люди пока ничего не могли предпринять. Теперь им тем более оставалось только ждать, и ждать уже не четыре-пять дней, а еще семь-восемь недель, то есть пока жангада не приплывет в Белен.

— За всем этим кроется какая-то тайна, но разгадать ее я не могу, — заметил Бенито.

— Да, но мы избавились хоть от одной тревоги, — ответил Маноэль. — Теперь нам ясно, Бенито, что Торрес не хочет смерти твоего отца. К тому же мы будем по-прежнему следить!

С этого дня Торрес как будто стал вести себя более сдержанно. Он не навязывал Гарралям свое общество и даже менее настойчиво ухаживал за Миньей. Словом, напряженная обстановка, которую чувствовали все, за исключением, быть может, одного Жоама Гарраля, немного разрядилась.

К вечеру жангада обошла справа остров Барозо, расположенный в устье одноименной реки, и миновала озеро Манаоари, питаемое множеством небольших притоков.

Ночь прошла без происшествий, но Жоам Гарраль велел всем быть настороже.

Назавтра, 20 августа, лоцман, державшийся ближе к правому берегу Амазонки, так как у левого были водовороты, повел жангаду между правым берегом и островами.

Здесь простиралась территория, усыпанная большими и малыми озерами с темной водой, такими, как Кальдерон, Гуарандейна, и многими другими. Этот озерный край указывал на близость Риу-Негру, самого значительного из притоков Амазонки. До этого места великая река еще называлась Солимоенс, но после впадения в нее Риу-Негру она обретала то название, под которым известна как самая крупная река на свете.

В этот день жангаде пришлось плыть в очень своеобразных условиях.

Рукав, выбранный лоцманом между островом Кальдерон и берегом, был очень узок, хотя издали и казался широким. Дело в том, что часть острова лишь чуть-чуть поднималась над водой и была еще затоплена после половодья.

По обеим сторонам протоки стояли рощи исполинских деревьев, кроны которых уходили ввысь на пятьдесят футов, а широко раскинутые ветви сплетались над водой, образуя своды громадной зеленой аркады.

Трудно себе представить что-нибудь более живописное, чем этот затопленный лес на левом берегу, как будто посаженный посреди озера. Могучие стволы вставали из спокойной и прозрачной воды, в которой сложное переплетение ветвей отражалось с необыкновенной четкостью. Отражение деревьев не могло бы быть совершенней, даже если б они были вставлены в огромное зеркало, наподобие тех миниатюрных клумб, какими украшают праздничные столы. И никто бы не уловил разницы между отражением и реальностью. Казалось, деревья стали вдвое длиннее и заканчивались и внизу и наверху широким зеленым шатром, образуя как бы два полушария, между которыми плыла жангада.

Лоцману пришлось пустить плот под эти аркады, о которые тихо плескалась вода. Отступать было поздно. Но лоцман маневрировал с большой осторожностью, чтобы избежать толчков и слева и справа.

Тут Араужо показал все свое искусство, причем ему отлично помогала его команда. Деревья служили прочной опорой их длинным баграм, и плот не терял нужного направления. Малейший толчок мог повернуть жангаду, и, наскочив на деревья, эта махина развалилась бы на куски, а тогда погиб бы если не экипаж, то по меньшей мере ценный груз.

— Как здесь красиво, — сказала Минья, — и как было бы приятно всегда плыть вот так, по спокойной воде, под защитой от солнечных лучей!

— Это было бы приятно, но опасно, милая Минья, — ответил Маноэль. — В пироге здесь, конечно, нечего опасаться, но длинному плоту гораздо спокойнее плыть по широкой водной глади реки.

— Не пройдет и двух часов, как этот лес останется позади, — сказал лоцман.

— Тогда давайте смотреть во все глаза! — воскликнула Лина. — Ведь эта красота так быстро промелькнет! Ах, поглядите — вон стаи обезьян, они резвятся на верхушках деревьев, а вон птицы, они отражаются в прозрачной воде!

— А цветы распускаются на самой поверхности реки, и течение колышет их, словно ветерок, — подхватила Минья.

— А длинные лианы, причудливо извиваясь, перекидываются с дерева на дерево, — прибавила юная мулатка.

— Но на конце лианы не висит Фрагозо! — откликнулся ее жених. — Признайтесь, Лина, в икитосском лесу вы сорвали редкий цветок!

— Полюбуйтесь-ка на этот цветок, другого такого не найдешь! — насмешливо ответила Лина. — Ах, посмотрите сюда, какие чудесные растения!

И она указала на кувшинки с гигантскими листьями и бутонами величиной с кокосовый орех. А дальше, там, где вырисовывался залитый водою берег, виднелись заросли тростника «мукумус», с широкими листьями и гибкими стеблями, которые словно расступаются, пропуская пирогу, а потом сами смыкаются за ней. Тут было раздолье для охотника, так как среди густых зарослей, качавшихся по воле волн, водилось несметное множество водяных птиц.

Ибисы, стоящие неподвижно, как нарисованные, на опрокинутом старом стволе; важные фламинго, издали похожие на розовые зонтики, раскрытые в зеленой листве; серые цапли, застывшие на одной ноге, и другие птицы всех цветов оживляли эту недолговечную заводь.

Но на поверхности воды скользили также длинные и верткие ужи, а может, и страшные электрические угри, которые своими частыми электрическими разрядами парализуют и человека и самого сильного зверя и в конце концов убивают их.

Вот кого следовало остерегаться, а еще больше, пожалуй, водяных удавов-анаконд: они замирают, обвившись вокруг дерева, и вдруг развертываются, растягиваются, хватают добычу и душат ее в своих кольцах, которые сжимаются с такой силой, что могут задушить и быка. В лесах Амазонки эти пресмыкающиеся бывают до тридцати футов длиной, а по рассказам Каррея, встречаются даже длиной до сорока семи футов и толщиной чуть ли не с бочонок.

Если бы на жангаде появилась анаконда, она, пожалуй, была бы не менее опасна, чем кайман!

К счастью, нашим путешественникам не пришлось бороться ни с электрическими угрями, ни со змеями, и плавание по затопленному лесу, длившееся часа два, закончилось без происшествий.

Прошло три дня. Жангада приближалась к Манаусу. Еще сутки, и она подойдет к устью Риу-Негру и остановится напротив столицы амазонской провинции.

В самом деле, 23 августа, в пять часов вечера, она остановилась перед северным мысом острова Мурас, у правого берега Амазонки. Оставалось только наискось пересечь реку и, пройдя около трех миль, войти в гавань.

Но лоцман Араужо вполне разумно не хотел двигаться дальше ввиду приближения ночи. Чтобы пройти оставшиеся три мили, потребуется около трех часов, а чтобы пересечь течение, лоцман должен прежде всего ясно видеть.

Этот день, завершавший первую часть пути, решили закончить торжественным обедом. Половина Амазонки была пройдена, и это следовало отметить веселой трапезой. Все сговорились выпить «за здоровье реки Амазонки» стаканчик-другой благородного напитка, который изготовляют на холмах Порто и Сетубала.

Заодно решили отпраздновать и помолвку Фрагозо с прелестной Линой. Помолвку Маноэля и Миньи уже отпраздновали на фазенде в Икитосе несколько недель тому назад. После молодых господ настала очередь и этой верной пары.

Итак, вместе со всей почтенной семьей Гарралей за стол села Лина, которая должна была остаться в услужении у своей молодой хозяйки, и Фрагозо, собиравшийся поступить на службу к Маноэлю Вальдесу; молодая пара заняла отведенное им почетное место.

Торрес, естественно, тоже присутствовал на этом обеде, поддержавшем честь поварихи и славу кухни на жангаде.

Авантюрист, сидевший против Жоама Гарраля, был молчалив и больше слушал, чем говорил. Бенито исподтишка внимательно наблюдал за ним. Торрес пристально смотрел на Жоама, и глаза его странно сверкали. Так хищник старается заворожить свою жертву, прежде чем броситься на нее.

Маноэль больше разговаривал с невестой, но то и дело поглядывал на Торреса. Однако он лучше, чем Бенито, применился к создавшемуся положению, которое если и не изменится в Манаусе, то наверняка изменится в Белене.

Обед прошел довольно весело. Лина оживляла его своим радостным смехом, Фрагозо — забавными шутками. Отец Пассанья приветливо поглядывал на маленькое общество, которое он так любил, и на две юные пары, которые вскоре благословит его рука.

— Кушайте, кушайте, отец, — сказал Бенито, под конец присоединяясь к общему разговору, — окажите честь этому обручальному обеду! Вам надо набираться сил, чтобы обвенчать сразу такую уйму людей!

— Ничего, мой милый, — ответил отец Пассанья. — Найди-ка и ты красивую и честную девушку, которая согласится выйти за тебя, и ты увидишь, достанет ли у меня сил обвенчать заодно и вас!

— Прекрасный ответ! — вскричал Маноэль. — Выпьем за скорую свадьбу Бенито!

— Мы подыщем ему в Белене хорошенькую молодую невесту, — поддержала его Минья, — тогда он не отвертится — поступит так же, как и все!

— За свадьбу господина Бенито! — провозгласил Фрагозо, который был бы рад, чтобы все переженились вместе с ним.

— Они правы, сынок, — заметила Якита. — Я тоже выпью за твою свадьбу, и дай бог, чтобы ты был так же счастлив, как будут Минья с Маноэлем и как были мы с твоим отцом!

— И, надо надеяться, будете всегда, — вставил вдруг Торрес и, ни с кем не чокнувшись, выпил стакан портвейна. — Каждый из нас — кузнец своего счастья.

Трудно сказать почему, но это пожелание в устах авантюриста произвело на всех тягостное впечатление.

Маноэль, желая развеять неприятное ощущение, сказал:

— Послушайте, отец, раз уж мы об этом заговорили, нет ли на жангаде еще какой-нибудь пары, которую надо бы обвенчать?

— Как будто нет, — ответил отец Пассанья, — вот разве Торрес... Вы, кажется, не женаты?

— Нет, я холост и всегда был холостяком!

Тут Бенито и Маноэлю показалось, что, сказав это, Торрес заглянул в глаза Минье.

— Что же мешает вам жениться? — продолжал отец Пассанья. — В Белене вы можете найти себе подходящую по возрасту жену, и вам надо попробовать устроиться в городе. Это куда лучше бродячей жизни, которая до сих пор не принесла вам никакой пользы.

— Вы правы, отец, — ответил Торрес, — и я бы не отказался! К тому же добрый пример заразителен, и, глядя на всех этих обрученных, я тоже не прочь бы жениться. Но я никого не знаю в Белене, и устроиться мне будет очень трудно, если не помогут какие-нибудь особые обстоятельства.

— А сами вы откуда? — спросил Фрагозо, который все не мог отделаться от ощущения, что уже где-то встречался с Торресом.

— Из провинции Минас Жеранс.

— А родились?

— В Тижоке — главном городе Алмазного округа.

Всякого, кто взглянул бы в эту минуту на Жоама Гарраля, поразил бы его пристальный взгляд, скрестившийся со взглядом Торреса.

19. Старая история

Тем временем Фрагозо, продолжая разговор, спросил:

— Как, вы родились в самом Тижоке?

— Да, — подтвердил Торрес. — Разве и вы оттуда родом?

— Нет, я с побережья Атлантического океана и родился на севере Бразилии.

— А вам незнакома эта страна алмазов, господин Маноэль? — спросил Торрес.

В ответ молодой человек лишь отрицательно покачал головой.

— А вы, господин Бенито, — обратился Торрес к младшему Гарралю, которого он, видимо, хотел втянуть в разговор, — вы никогда не бывали в Алмазном округе хотя бы из любопытства?

— Никогда, — сухо ответил Бенито.

— Ах, как бы мне хотелось побывать в этих местах! — воскликнул Фрагозо, который, сам того не замечая, играл на руку Торресу. — Мне кажется, уж я бы там нашел хоть один драгоценный алмаз!

— И что бы вы сделали с вашим драгоценным алмазом, Фрагозо? — спросила Лина.

— Продал бы!

— Так что теперь вы были бы богаты?

— Очень!

— Так вот, если б вы были богаты три месяца назад, вам бы и в голову не пришла мысль… мысль о той лиане, правда?

— А если б эта мысль не пришла мне в голову, — вскричал Фрагозо, — не пришла бы ко мне и очаровательная девушка, которая… Нет, воистину, что бог ни делает — все к лучшему!

— Вы в этом убедились, Фрагозо, — проговорила Минья, — ведь он женит вас на моей милой Лине! Алмаз за алмаз, вы ничего не потеряли в этой мене.

— Напротив, сударыня, — любезно ответил Фрагозо, — я только выиграл!

Торрес, как видно, не хотел менять темы разговора, так как снова заговорил:

— А ведь в Тижоке бывало, что люди разом становились богачами, и многие от этого теряли голову. Слыхали вы когда-нибудь о знаменитом алмазе из Абаэте, оцененном более чем в два миллиона конто рейс? Так вот, этот камешек, весом в одну унцию, был найден в бразильских копях! И нашли его три преступника. Да, три преступника, приговоренных к пожизненной ссылке. Нашли случайно, в реке Абаэте, за девяносто лье от Серродо-Фрио.

— И они сразу разбогатели? — спросил Фрагозо.

— Ну, нет! — ответил Торрес. — Алмаз был передан управляющему копями. Когда его оценили, португальский король Иоанн Шестой велел его просверлить и носил на шее в торжественных случаях. А ссыльные получили свободу, и это все. Но человек поизворотливее извлек бы из этого немалую выгоду!

— Вы, например? — сухо спросил Бенито.

— Да... я! А почему бы и нет? — ответил Торрес. — А вы когда-нибудь бывали в Алмазном округе? — обратился он вдруг к Жоаму Гарралю.

— Никогда, — ответил тот, пристально глядя на Торреса.

— Очень жаль, — отозвался Торрес, — вам следовало бы когда-нибудь съездить туда. Это очень любопытно, уверяю вас. Алмазный округ как бы вклинивается в самое сердце обширных бразильских владений и похож на большой парк двенадцати лье в окружности; а своей природой, растительностью, своими песчаными пустошами, окруженными кольцом высоких гор, он резко отличается от соседних провинций. Как я уже говорил, это самое богатое место на земле: с 1807 по 1817 год там ежегодно добывали около восемнадцати тысяч карат алмазов. Да, вот где люди могли разом разбогатеть, и не только те, кто обшаривал горы, взбираясь до самых вершин в поисках драгоценных камней, но и контрабандисты, сбывавшие их тайком! Теперь добывать их не так-то легко, и две тысячи негров, работающих в государственных копях, вынуждены отводить воду из рек, чтобы добывать со дна песок, в котором вкраплены алмазы. Прежде все было гораздо проще!

— Что говорить, — откликнулся Фрагозо, — прошли хорошие времена!

— Однако и теперь не трудно добыть алмаз незаконным путем, попросту говоря — украсть. Вот так, в 1826 году — мне было тогда восемь лет — в Тижоке произошла ужасная драма, показавшая, что преступники ни перед чем не остановятся, когда могут, совершив дерзкий налет, сразу захватить целое состояние. Но вам это, должно быть, неинтересно...

— Напротив, Торрес, продолжайте, — ответил Жоам Гарраль до странности спокойным голосом.

— Хорошо. Так вот, на этот раз дело шло о краже алмазов, а горсть этих хорошеньких камешков стоит миллион, а то и два!

И Торрес, лицо которого вдруг выразило низменную алчность, невольно раскрыл и сжал руку в кулак.

— Вот как было дело, — продолжал он. — В Тижоке имеют обыкновение один раз в год вывозить все собранные за год алмазы. Их делят на части и раскладывают по величине, пропустив сквозь двенадцать сит с разными отверстиями. Затем их зашивают в мешки и отправляют в Рио-де-Жанейро. Но груз этот стоит несколько миллионов, и, как вы догадываетесь, его хорошо охраняют. Служащий, назначенный управляющим копями, четверо конных и десяток пеших солдат из стоящего в провинции полка — таков обычно конвой. Сначала они заезжают в Вилла-Рику, где главный управляющий ставит на мешки свою печать, а потом продолжают путь до Рио-де-Жанейро. Надо добавить, что из осторожности день отъезда всегда держится в тайне. В 1826 году молодой чиновник, по фамилии Дакоста, лет двадцати трех, некоторое время уже служивший в Тижоке в канцелярии главного управляющего, придумал следующий смелый ход. Он сговорился с шайкой контрабандистов и сообщил им день выхода конвоя. Хорошо вооруженная и довольно многочисленная шайка злоумышленников тотчас приняла меры. В ночь на 22 января, за Вилла-Рикой, грабители неожиданно напали на солдат охраны. Конвой мужественно защищался, но был весь перебит, за исключением одного солдата; несмотря на тяжелые раны, ему все же удалось бежать и сообщить об ужасном нападении. Бандиты не пощадили и чиновника, сопровождавшего ценный груз. Он пал под ударами злодеев, и тело его, наверно, было сброшено в пропасть, потому что его так и не нашли.

— А что же Дакоста? — спросил Жоам Гарраль.

— Преступление не пошло ему на пользу. Обстоятельства сложились так, что подозрения вскоре пали на него. Его обвинили в том, что он руководил грабежом. Напрасно уверял он, что невиновен. По своему положению он должен был знать, на какой день назначен выход конвоя. Он один мог предупредить шайку злодеев. Он был обвинен, брошен в тюрьму, осужден и приговорен к смерти. А смертный приговор приводится в исполнение через двадцать четыре часа.

— И несчастный был казнен? — спросил Фрагозо.

— Его заключили в тюрьму в Вилла-Рике, и ночью, за несколько часов до казни, то ли действуя в одиночку, то ли с помощью сообщников, но он бежал из тюрьмы.

— И с тех пор никто никогда не слыхал об этом человеке? — спросил Жоам Гарраль.

— Никогда! — ответил Торрес. — Должно быть, он уехал из Бразилии и живет теперь припеваючи где-нибудь в далеких краях на краденые деньги.

— Пусть лучше живет в нищете! — проговорил Жоам Гарраль.

— И пусть господь покарает его, послав угрызения совести за содеянное преступление! — добавил отец Пассанья.

Тут собеседники, кончив обедать, встали из-за стола и вышли подышать свежим вечерним воздухом. Солнце садилось, но до наступления ночи оставалось еще не меньше часа.

— Такие истории не назовешь веселыми, — заметил Фрагозо, — и начало нашего обручального обеда было гораздо приятней конца!

— А все из-за вас, Фрагозо, — ответила Лина.

— Как — из-за меня?

— Зачем вы все время расспрашивали об этом округе и об алмазах, какое нам до них дело!

— А ведь и верно, черт побери! — воскликнул Фрагозо. — Но я никак не думал, что разговор закончится так печально.

— Выходит, вы первый виноваты.

— И первый наказан, потому что не слышал вашего смеха за десертом.

Вся семья отправилась вперед, на нос жангады. Маноэль и Бенито шагали рядом, не говоря ни слова. Якита с дочерью следовали за ними тоже молча; всех охватила непонятная тоска, словно предчувствие нависшей опасности.

Торрес не отходил от Жоама Гарраля, который, опустив голову, казалось, глубоко задумался; вдруг Торрес положил ему руку на плечо.

— Жоам Гарраль, — сказал он, — мне надо поговорить с вами. Вы можете уделить мне четверть часа?

Жоам Гарраль посмотрел на него.

— Здесь?

— Нет! Наедине.

— Ну что ж, пойдемте!

Оба повернули назад, вошли в дом, и дверь за ними захлопнулась.

Трудно описать, что почувствовали оставшиеся, когда Жоам Гарраль и Торрес ушли вдвоем. Что могло быть общего между этим авантюристом и достойным хозяином икитосской фазенды? Казалось, угроза страшного несчастья нависла над семьей Гарралей, но никто не решался об этом заговорить.

— Маноэль, — сказал Бенито, схватив его за руку и отводя в сторону, — что бы ни случилось, этот человек высадится завтра в Манаусе!

— Да!.. Это необходимо!.. — ответил Маноэль.

— А если из-за него… если из-за него с моим отцом случится какое-нибудь несчастье… я его убью!

20. Лицом к лицу

Одни в комнате, где их никто не мог ни видеть, ни слышать, Жоам Гарраль и Торрес с минуту смотрели друг на друга, не произнося ни слова.

Неужели авантюрист не решался начать разговор? Или он предвидел, что Жоам Гарраль ответит на все его вопросы презрительным взглядом? Да, конечно. И потому Торрес не спрашивал. С самого начала он утверждал, выступал в роли обвинителя.

— Жоам, — начал он, — ваша фамилия не Гарраль, а Дакоста.

Услышав эту фамилию, Жоам Гарраль невольно вздрогнул, но ничего не ответил.

— Вы — Жоам Дакоста, — продолжал Торрес, — двадцать три года назад вы служили в управлении Тижокского рудника, и вас приговорили к смерти по делу об ограблении и убийстве.

Жоам Гарраль не ответил ни слова, и его спокойствие, по-видимому, удивило авантюриста. Неужели он ошибся, обвиняя своего гостеприимного хозяина? Нет! Иначе Жоам Гарраль возмутился бы, услышав эти страшные обвинения. Должно быть, он просто ждет, чтобы узнать, к чему клонит Торрес.

— Жоам Дакоста, — продолжал Торрес, — повторяю, это вас арестовали за кражу алмазов, судили и приговорили к смерти, это вы бежали из тюрьмы в Вилла-Рике за несколько часов до казни! Что ж вы не отвечаете?

За этим прямым вопросом последовало продолжительное молчание. Жоам Гарраль, все такой же спокойный, отошел в сторону и сел. Облокотившись на маленький столик, он смотрел прямо в глаза своему обвинителю, не опуская головы.

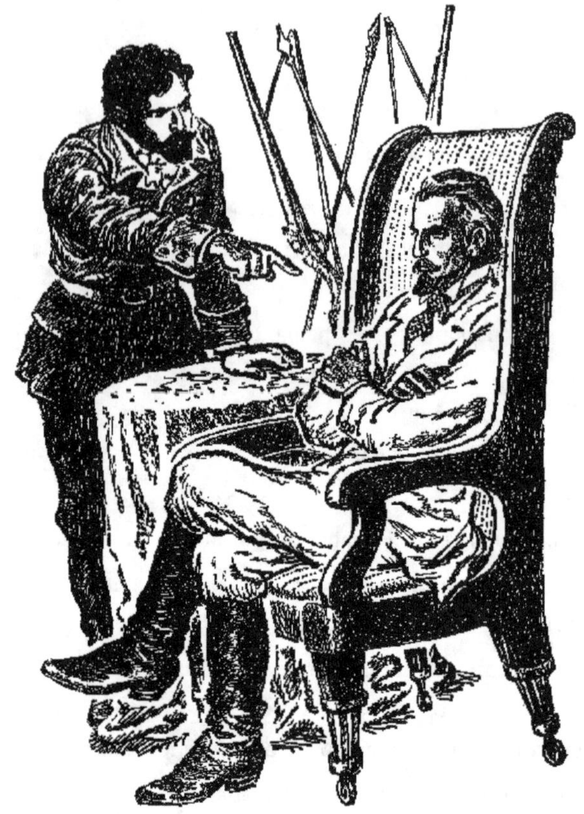

Жоам Гарраль, все такой же спокойный, отошел в сторону и сел.

— Что же вы не отвечаете? — настаивал Торрес.

— Какого ответа вы ждете от меня? — твердо спросил Гарраль.

— Такого ответа, — медленно произнес Торрес, — который помешал бы мне пойти в Манаусе к начальнику полиции и сказать ему; здесь находится человек, которого нетрудно опознать даже после двадцатитрехлетнего отсутствия; человек этот — подстрекатель и участник кражи алмазов в Тижоке, он сообщник убийц конвоя, это осужденный, сбежавший перед казнью, это Жоам Дакоста, назвавшийся Жоамом Гарралем.

— Значит, — сказал Жоам Гарраль, — мне нечего опасаться вас, Торрес, если я отвечу вам так, как вы хотите?

— Конечно, потому что тогда ни вам, ни мне не будет никакого расчета говорить об этом деле.

— Ни вам, ни мне? — проговорил Жоам Гарраль. — Значит, я должен заплатить вам за молчание не деньгами?

— Нет! Сколько бы вы мне ни предложили!

— Чего же вы хотите?

— Жоам Гарраль, я ставлю одно условие. Но не спешите отвергать его, помните, что вы в моей власти.

— Каково же ваше условие?

Торрес минуту помедлил. Его удивляло поведение этого человека, жизнь которого была в его руках. Он ждал ожесточенного торга, униженных просьб, слез... Перед ним был преступник, осужденный за тягчайшее злодеяние, но он даже не дрогнул. Наконец, скрестивши руки, Торрес сказал:

— У вас есть дочь. Она мне нравится, и я хочу на ней жениться.

Как видно, Жоам Гарраль ожидал всего от подобного человека и потому, выслушав его, не потерял самообладания.

— Стало быть, — проговорил он, — достопочтенный Торрес хочет войти в семью убийцы и грабителя?

— А уж это дело мое, я сам знаю, как мне поступать, — буркнул Торрес. — Я хочу быть зятем Жоама Гарраля и буду им.

— Однако вам, кажется, известно, Торрес, что моя дочь выходит замуж за Маноэля Вальдеса?

— Откажите Маноэлю Вальдесу.

— А если моя дочь не захочет?

— Я знаю ее: если вы ей расскажете все — она согласится, — бесстыдно ответил Торрес.

— Все?

— Все, коли понадобится. Если ей придется выбирать между собственным чувством и честью семьи, жизнью отца, она не станет колебаться!

— Какой же вы мерзавец, Торрес! — спокойно сказал Жоам Гарраль, который по-прежнему не терял хладнокровия.

— Мерзавец и убийца всегда могут столковаться!

Тут Жоам Гарраль встал, подошел к негодяю и, глядя ему прямо в глаза, проговорил:

— Торрес, если вы хотите войти в семью Жоама Дакосты, значит, вы знаете, что Жоам Дакоста неповинен в преступлении, за которое был осужден.

— Вот как!

— И добавлю еще: у вас, должно быть, имеется доказательство его невиновности, которое вы собираетесь огласить в тот день, когда женитесь на его дочери.

— Давайте говорить начистоту, Жоам Гарраль, — сказал, понизив голос, Торрес, — и посмотрим, откажетесь ли вы отдать мне свою дочь, когда выслушаете меня.

— Я слушаю вас, Торрес.

— Ну что ж, это правда, — произнес авантюрист, медленно, словно нехотя, цедя слова, — это правда, вы невиновны! Я знаю это, потому что мне известно имя настоящего преступника и я могу доказать вашу невиновность!

— А где негодяй, совершивший преступление?

— Он умер.

— Умер! — воскликнул Жоам Гарраль побледнев, как будто это слово отнимало у него всякую надежду оправдаться.

— Умер, — повторил Торрес. — Но этот человек, с которым я познакомился через много лет после преступления, не подозревая, что он преступник, написал своей рукой историю кражи алмазов со всеми подробностями. Незадолго до смерти его стали мучить угрызения совести. Он знал, где скрывается Жоам Дакоста и под каким именем невинно осужденный начал новую жизнь. Знал, что Дакоста богат, живет в кругу счастливой семьи, но знал также, что осужденный не может быть счастлив. Так вот, он решил вернуть ему счастье, восстановив его доброе имя, на которое тот имел право!.. Но смерть настигла его... и он поручил мне, своему товарищу, сделать то, чего сам не успел! Он отдал мне доказательство невиновности Дакосты, велел передать ему эту бумагу, и умер.

— Имя этого человека! — в волнении Жоам Гарраль невольно повысил голос.

— Вы узнаете его, когда мы породнимся.

— А где его записка?

Жоам Гарраль был готов броситься на Торреса, обыскать его и вырвать у него это доказательство своей невиновности.

— Записка в надежном месте, — ответил Торрес, — и вы получите ее только после того, как ваша дочь станет моей женой. Ну, что? Вы и теперь откажете мне?

— Да, — сказал Жоам Гарраль, — но за эту записку я даю вам половину моего состояния.

— Половину? Согласен! Но при условии, что Минья принесет ее мне в виде приданого, — ответил Торрес.

— Так вот как вы выполняете волю умирающего грешника, в порыве раскаяния попросившего вас исправить содеянное им зло!

— Да, так!

— Еще раз говорю вам, Торрес, вы последний из мерзавцев!

— Пускай!

— А так как я не убийца, то нам не столковаться!

— Стало быть, вы отказываетесь?

— Отказываюсь!

— Тогда вы губите себя, Жоам Гарраль. В вашем судебном деле все против вас. Вас приговорили к смерти, а вы сами знаете, правительство запрещает смягчать наказание осужденным за подобные преступления. Если на вас донесут — вас арестуют! Как только арестуют — вас казнят! А я на вас донесу!..

Как ни владел собой Жоам Гарраль, он не мог больше сдерживаться. Еще миг, и он бросился бы на Торреса.

Но мошенник сделал ход, который заставил его опомниться.

— Берегитесь, ваши дети не знают, что отец их Жоам Дакоста, а вы откроете им эту тайну, — сказал он.

Жоам Гарраль остановился. Он снова овладел собой, и лицо его приняло обычное спокойное выражение.

— Наш разговор слишком затянулся, — сказал он, направляясь к двери, — теперь я знаю, что мне делать.

— Берегитесь, Жоам Гарраль! — снова пригрозил ему Торрес, который еще не верил, что его гнусное вымогательство провалилось.

Жоам Гарраль ничего не ответил. Он распахнул дверь на веранду, знаком велел Торресу следовать за ним, и оба направились к середине жангады, где собралась вся семья Гарралей.

Бенито, Маноэль, а за ними остальные встали, сильно встревоженные. Они заметили, что Торрес вышел с угрожающим видом и глаза его горят злобой.

Жоам Гарраль, напротив, вполне владел собой и был почти весел.

Оба остановились против Якиты с детьми. Никто не решался заговорить.

Торрес первый прервал это тягостное молчание, сказав глухим голосом с присущей ему наглостью:

— Последний раз я требую у вас ответа, Жоам Гарраль!

— Слушайте же мой ответ. — И Жоам Гарраль обратился к жене: — Якита, особые обстоятельства вынуждают меня изменить решение, принятое нами относительно свадьбы Миньи и Маноэля.

— Наконец-то! — вскричал Торрес.

Жоам Гарраль, не удостоив его ответом, бросил на авантюриста взгляд, полный глубокого презрения.

Но у Маноэля от волнения чуть не разорвалось сердце. Минья, побледнев как полотно, встала и шагнула к матери, как бы ища у нее защиты, а Якита раскрыла ей объятия.

— Отец! — воскликнул Бенито, становясь между отцом и Торресом. — Что вы хотите сказать?

— Я хочу сказать, — громко ответил Жоам Гарраль, — что ждать приезда в Белен, чтобы обвенчать Минью с Маноэлем, слишком долго! Завтра же отец Пассанья обвенчает их здесь, на жангаде, если после разговора со мной Маноэль не захочет отложить свадьбу.

— Ах, что вы, отец!.. — воскликнул молодой человек.

— Подожди называть меня отцом, Маноэль, — промолвил Жоам Гарраль, и в голосе его звучала невыразимая боль.

Торрес стоял скрестив руки и оглядывал всех с беспримерной наглостью.

— Стало быть, это ваше последнее слово? — спросил он, протягивая руку к Жоаму Гарралю.

— Нет, не последнее.

— Что же вы скажете еще?

— Вот что, Торрес. Я здесь хозяин! И вы тотчас, угодно вам или неугодно, покинете жангаду.

— Да, тотчас! — вскричал Бенито. — Или я выкину его за борт!

Торрес пожал плечами.

— Оставьте угрозы, — бросил он. — Они ни к чему. Я и сам хочу немедленно сойти на берег. Но вы еще вспомните обо мне, Жоам Гарраль! Мы снова увидимся с вами, и очень скоро!

— Если это будет зависеть от меня, — ответил Жоам Гарраль, — то, быть может, даже скорее, чем вам бы хотелось. Завтра же я буду у судьи Рибейро, главного судьи провинции, — я предупредил его о моем приезде в Манаус. Если посмеете, приходите туда и вы!

— К судье Рибейро?.. — пробормотал Торрес, явно сбитый с толку.

— Да, к судье Рибейро! — повторил Жоам Гарраль.

Затем он презрительным жестом указал Торресу на пирогу и приказал четырем гребцам немедленно высадить его на ближайшем берегу острова.

И негодяй скрылся наконец.

Вся семья, еще не оправившись от волнения, молча ждала, когда заговорит ее глава. Но тут Фрагозо, не вполне отдавая себе отчет в серьезности положения, со свойственной ему живостью обратился к Жоаму Гарралю:

— Если господин Маноэль обвенчается завтра на жангаде...

— Вы обвенчаетесь одновременно с ним, друг мой, — ласково ответил Жоам Гарраль.

И, сделав знак Маноэлю, он удалился с ним в свою комнату.

Разговор Жоама Гарраля с Маноэлем продолжался около получаса, но всем казалось, что прошла целая вечность, пока дверь снова не отворилась. Маноэль вышел один.

В глазах его сверкала благородная решимость. Подойдя к Яките, он назвал ее матушкой, Минью — своей женой, а Бенито — братом. Затем, повернувшись к Лине и Фрагозо, сказал:

— До завтра! — и ушел.

Теперь он знал все, что произошло между Жоамом Гарралем и Торресом. Узнал он и то, что Жоам Гарраль рассчитывает на поддержку судьи Рибейро, с которым без ведома семьи уже год состоит в переписке, что он разъяснил судье свое дело и убедил его в своей невиновности. Гарраль смело пустился в это путешествие с единственной целью: добиться пересмотра несправедливого обвинения, жертвой которого он стал, и не дать дочери и зятю попасть в такое же ужасное положение, какое ему пришлось так долго терпеть самому.

Да, теперь Маноэль все это знал, он знал также, что Жоам Гарраль, или, вернее, Жоам Дакоста, невиновен, и благодаря своему несчастью этот человек сделался Маноэлю еще дороже.

Но одного он не знал: что существует письменное доказательство невиновности Жоама Гарраля и что оно находится в руках у Торреса. Жоам Гарраль хотел предоставить судье возможность воспользоваться этим доказательством, которое должно было принести ему оправдание, если только Торрес не солгал.

А пока Маноэль сказал, что пойдет к отцу Пассанья и попросит его все приготовить для венчания обеих пар.

Назавтра, 24 августа, за час до начала брачного обряда, большая пирога, отчалив от левого берега, пристала к жангаде.

Двенадцать гребцов быстро пригнали ее из Манауса; в ней сидели полицейские и начальник полиции, который, назвав себя, поднялся на жангаду.

В эту минуту Жоам Гарраль и его близкие, уже в праздничном платье, вышли из дома.

— Где Жоам Гарраль? — спросил начальник полиции.

— Это я, — ответил Жоам Гарраль.

— Жоам Гарраль, — провозгласил начальник полиции, — вас звали раньше Жоам Дакоста! Один человек носил два имени. Вы арестованы!

Услышав эти слова, ошеломленные Якита и Минья замерли, не в силах двинуться с места.

— Мой отец — убийца?! — закричал Бенито и хотел броситься к Жоаму Гарралю.

Но отец знаком приказал ему замолчать.

— Я позволю себе задать только один вопрос, — твердым голосом сказал он, обращаясь к начальнику полиции. — Кто дал приказ о моем аресте? Главный судья Рибейро?

— Нет, — ответил тот, — приказ о немедленном аресте дал его заместитель. У судьи Рибейро вчера вечером был апоплексический удар, а в два часа ночи он умер, не приходя в сознание.

— Умер! — вскричал Жоам Гарраль, которого, казалось, сразило это известие. — Умер!.. Умер!..

Но вскоре он снова поднял голову и обратился к жене и детям:

— Дорогие мои, один судья Рибейро знал, что я невиновен. Его смерть может оказаться роковой для меня, но все же не надо приходить в отчаяние.

Начальник полиции подал знак полицейским, и они подошли, чтобы увести Жоама Гарраля.

— Говорите же, отец! — закричал Бенито, обезумев от горя. — Скажите слово, и мы вас отстоим! Мы готовы силой исправить ужасную ошибку, жертвой которой вы стали!

— Здесь нет ошибки, мой сын. Жоам Гарраль и Жоам Дакоста — одно лицо. Да, я в самом деле Жоам Дакоста. Я, честный человек, из-за судебной ошибки двадцать три года назад был несправедливо приговорен к смерти вместо настоящего преступника. И я клянусь перед богом головой моих детей и их матери в своей полной невиновности!

— Вам запрещены всякие переговоры с вашей семьей, — сказал начальник полиции. — Вы арестованы, Жоам Гарраль, и я должен выполнить приказ со всей строгостью.

Жоам Гарраль движением руки остановил своих близких и потрясенных слуг.

— Пусть свершится людское правосудие, — сказал он, — пока не свершилось правосудие божие.

И, высоко подняв голову, сошел в пирогу.

Воистину казалось, что из всех присутствующих один Жоам Гарраль выдержал, не дрогнув, обрушившийся на него тяжкий удар.

ЧАСТЬ ВТОРАЯ

1. Манаус

Город Манаус расположен точно на 3°84′ южной широты и на 67°27′ долготы к западу от парижского меридиана. Он находится в четырехстах двадцати лье от Белена и всего в десяти километрах от устья Риу-Негру.

Манаус стоит не на Амазонке, он выстроен на левом берегу Риу-Негру — самого значительного и многоводного из притоков великой бразильской артерии. Живописно расположенные частные дома и общественные здания столицы провинции возвышаются над окружающей ее широкой равниной.

Риу-Негру, открытая в 1645 году испанцем Фавелла, берет свое начало в горах, лежащих на северо-западе, между Бразилией и Новой Гренадой, в самом центре провинции Попаян; а два ее притока — Пимичим и Касикьяре — связывают эту провинцию с Ориноко.

Мощные воды Риу-Негру, пройдя тысячу семьсот километров, вливаются в Амазонку, образуя устье шириной почти в две тысячи четыреста метров, где течение так сильно и быстро, что ее темные струи на расстоянии нескольких миль не смешиваются со светлой водой Амазонки. В месте слияния двух рек берега раздвигаются и образуют обширную бухту длиной в пятнадцать лье, которая тянется до островов Анавильянас.

Здесь, в одном из узких заливчиков, расположена гавань Манауса. В ней скопляется множество судов: одни стоят на якоре, дожидаясь попутного ветра, другие ремонтируются в многочисленных каналах, так называемых «игуарапе», которые, причудливо извиваясь, изрезали город, что придает ему сходство с голландскими городами.

Когда тут появится порт для пароходов, который должен быть скоро построен у слияния двух рек, торговля в Манаусе сильно увеличится. Сюда привозят строевой лес и многие ценные породы деревьев, какао, каучук, кофе, сальсапарель, сахарный тростник, индиго, мускатный орех, соленую рыбу, черепаховое масло, и эти многочисленные товары можно будет отправлять во все стороны по многочисленным водным путям: по Риу-Негру на север и запад, по Мадейре на запад и юг и, наконец, по Амазонке на восток, до побережья Атлантического океана. Таким образом, положение этого города на редкость удачно и должно всячески способствовать его процветанию.

Манаус, или Манао, когда-то назывался Моура, а потом — Барра де Риу-Негру. С 1757 по 1804 год город этот составлял только часть крепости, носившей название большого притока Амазонки, устье которого он занимал. Но с 1826 года, сделавшись столицей обширной провинции Амазонки, он был переименован в Манао, — так называлось индейское племя, жившее в ту пору на территории Центральной Америки.

Многие малоосведомленные путешественники ошибочно считали, что этот город и есть знаменитый Манао, фантастический город, якобы находившийся у легендарного озера Парима. Существовало предание, что здесь некогда была страна Эльдорадо, правитель которой велел каждое утро обсыпать себя золотым порошком, так много драгоценного металла было в этой счастливой стране, где золото гребли прямо лопатами. Но, как оказалось, мнимые золотые россыпи были попросту минералами, богатыми слюдой, не представляющей ценности; ее обманчивый блеск ввел в заблуждение жадных золотоискателей.

Короче говоря, в Манаусе нет никаких баснословных богатств мифологической столицы Эльдорадо. Это город с пятью тысячами жителей[1], из них не менее трех тысяч чиновники. Вот почему здесь довольно много административных зданий, где служат эти чиновники: законодательная палата, дворец губернатора, казначейство, почтамт, таможня, не считая училища, основанного в 1848 году, и недавно построенной больницы. Если к ним добавить кладбище, занимающее восточный склон холма, где в 1669 году для защиты от пиратов была воздвигнута крепость, ныне уже разрушенная, то мы получим представление о всех достопримечательностях города.

Что до церковных зданий, то мы можем назвать только два: небольшую Благовещенскую церковь и часовню Божьей матери-целительницы, построенную почти на голом месте, на холме, возвышающемся над Манаусом.

Для города, основанного испанцами, это очень мало. К двум названным церквам можно добавить еще кармелитский монастырь, хотя от него после пожара в 1850 году остались одни развалины.

Население Манауса не превышает указанной нами цифры и, помимо должностных лиц, чиновников и солдат, в него входят еще

[1] В наше время в Манаусе, административном центре штата Амазонас, 142400 жителей; порт на реке Амазонке доступен для морских судов.

португальские торговцы и индейцы из разных племен, живущих вокруг Риу-Негру.

Городское движение сосредоточено на трех главных, довольно кривых улицах; они носят характерные для этой страны своеобразные названия: «улица Бога-отца», «улица Бога-сына» и «улица Святого духа». Кроме того, через весь город тянется на запад великолепная аллея из столетних апельсиновых деревьев, которую благоговейно сохранили архитекторы, построившие новый город на месте старого.

Вокруг трех главных улиц раскинулась целая сеть немощеных улочек, все они пересекаются четырьмя каналами, через которые перекинуты деревянные мостки. Кое-где мутные воды этих каналов — «игуарапе», протекают по пустырям, густо заросшим сорняком и яркими цветами; это как бы естественные скверы, и затеняют их прекрасные деревья, главным образом исполинские «сумаумейры», с белой корой, узловатыми ветвями и широкой, раскинувшейся, как купол, кроной.

Частные дома представляют собой несколько сотен довольно примитивных жилищ, кое-где крытых черепицей, кое-где большими пальмовыми листьями, с маленькими башенками и выступающими вперед помещениями для лавок, принадлежащих по большей части португальским торговцам.

А что за люди выходят на прогулку из общественных зданий и из частных домов, когда наступает час отдыха? Чванные господа в черных сюртуках, шелковых цилиндрах, лакированных башмаках и с бриллиантовыми булавками в галстуках. Расфранченные дамы в пышных и безвкусных нарядах, юбках с оборками и самых модных шляпках. И, наконец, индейцы, которые тоже начинают перенимать европейские моды и понемногу утрачивают все, что оставалось от местного колорита в средней части бассейна Амазонки.

Таков город Манаус, с которым следовало в общих чертах познакомить читателя для ясности нашего рассказа. Здесь было так трагически прервано плавание жангады в самой середине пути; здесь вскоре предстояло развернуться перипетиям этой таинственной драмы.

2. Первые минуты

Едва пирога, увозившая Жоама Гарраля, или, вернее, Жоама Дакосту — пора вернуть ему настоящее имя, — скрылась из глаз, как Бенито подошел к Маноэлю.

— Скажи, что тебе известно? — спросил он.

— Мне известно, что твой отец невиновен! Да! Невиновен! — ответил Маноэль. — И что двадцать три года назад он был осужден за преступление, которого не совершил!

— Он все сказал тебе, Маноэль?

— Все, Бенито! Этот благородный человек не хотел ничего скрывать из своего прошлого от того, кто должен стать ему сыном и мужем его дочери.

— А может ли отец представить теперь доказательство своей невиновности?

— Таким доказательством служит его безупречная жизнь на протяжении последних двадцати трех лет, заслужившая всеобщее уважение, а также сделанный им шаг: он сам отправился к судье, чтобы сказать: «Я тут! Я не хочу больше вести это двойное существование. Я не хочу прятаться под вымышленным именем. Вы осудили невиновного! Восстановите его доброе имя!»

— А ты… когда отец рассказал тебе… Ты ни на минуту не усомнился в нем?

— Ни на минуту, брат мой!

И молодые люди крепко пожали друг другу руки.

Затем Бенито подошел к отцу Пассанья.

— Отец, — сказал он, — уведите матушку и сестру в их комнаты. Пожалуйста, не покидайте их до конца дня! Никто здесь не сомневается в невиновности моего отца… никто! Вы это знаете. Завтра мы с матушкой пойдем к начальнику полиции. Нам не откажут в разрешении посетить заключенного. Нет, это было бы слишком жестоко! Мы повидаемся с отцом и решим, что нам делать, чтобы снять с него обвинение!

Сначала Якита, сраженная внезапно обрушившимся на нее ударом, была в каком-то оцепенении, но вскоре эта отважная женщина оправилась. Якита Дакоста будет такой же стойкой, какой была Якита Гарраль. Она не сомневалась в невиновности мужа. Ей даже не приходило в голову, что Жоама Дакосту можно упрекнуть за то, что он женился на ней, скрыв свое имя. Она помнила только о долгой счастливой жизни, которую создал ей этот великодушный человек, сейчас безвинно брошенный в тюрьму. Завтра же она будет у тюремных ворот и не отойдет от них, пока ее не впустят.

Отец Пассанья увел ее вместе с дочерью, которая не могла сдержать слез, и все трое заперлись в доме.

Молодые люди остались одни.

— А теперь, Маноэль, — сказал Бенито, — я должен знать все, что рассказал тебе отец.

— Мне нечего скрывать от тебя, Бенито.

— Зачем пришел Торрес на жангаду?

— Чтобы продать Жоаму Дакосте тайну о его прошлом.

— Значит, когда мы встретили Торреса в лесу возле Икитоса, он уже собирался вступить в переговоры с моим отцом?

— Несомненно, — ответил Маноэль. — Негодяй направлялся к фазенде, чтобы осуществить давно задуманный план и с помощью гнусного шантажа выманите деньги у твоего отца.

— А когда мы сообщили ему, что отец со всей семьей собирается пересечь границу, он сразу изменил свой план?

— Вот именно, потому что Жоам Дакоста, оказавшись на бразильской земле, был бы скорее в его власти, чем когда жил по ту сторону перуанской границы. Вот почему мы встретили Торреса в Табатинге, где он ждал, вернее, подкарауливал нас.

— А я-то предложил ему плыть с нами на жангаде! — в отчаянии воскликнул Бенито.

— Не упрекай себя напрасно, брат! — проговорил Маноэль. — Рано или поздно Торрес все равно добрался бы до нас. Не такой он человек, чтобы отказаться от богатой добычи! Если бы он разминулся с нами в Табатинге, он разыскал бы нас в Манаусе.

— Да, Маноэль, ты прав! Но теперь незачем думать о прошлом... надо подумать о настоящем! К чему бесплодные сожаления! Надо действовать!

И Бенито провел рукою по лбу, стараясь представить себе все подробности этого преступления.

— Послушай, — спросил он, — как мог Торрес узнать, что отец двадцать три года назад был осужден по этому странному делу в Тижоке?

— Понятия не имею, — ответил Маноэль, — и, судя по всему, твой отец тоже не знает.

— Однако Торрес знал, что Жоам Дакоста скрывается под именем Жоама Гарраля?

— Очевидно.

— И знал, что мой отец живет в Перу, в Икитосе, куда бежал много лет назад?

— Да, знал. Но как он об этом узнал, я не могу понять!

— Последний вопрос, — продолжал Бенито. — Какую сделку предложил Торрес отцу во время короткого разговора, после которого отец его выгнал?

— Он грозился донести на Жоама Гарраля и сообщить его настоящую фамилию, если тот откажется заплатить ему за молчание, чтобы спасти себя.

— А какой ценой?

— Ценой руки его дочери! — побледнев от гнева, ответил Маноэль.

— Как?! Этот мерзавец осмелился!..

— Ты видел, Бенито, как ответил твой отец на это гнусное предложение?

— Да, видел! Он ответил, как честный человек в порыве негодования. Он выгнал Торреса. Но этого еще мало. Да, для меня этого мало. Ведь отца арестовали по доносу Торреса, правда?

— Да, по его доносу.

— Так вот, я должен его разыскать! — воскликнул Бенито, грозя рукой вдаль, туда, где скрылся Торрес. — Я должен выяснить, как он добыл эту тайну! Пусть скажет мне, узнал ли он ее от истинного виновника преступления. Он заговорит… А если откажется говорить, я знаю, что мне делать!

— Что делать нам обоим, — сказал не столь пылко, но не менее решительно Маноэль.

— Нет, Маноэль… нет! Мне одному!

— Мы братья, Бенито, и долг отмщения возложен на нас обоих!

Бенито не возражал. Как видно, на этот счет он уже принял твердое решение.

В эту минуту лоцман Араужо, внимательно наблюдавший за течением реки, подошел к молодым людям.

— Как вы решили, — спросил он, — должна ли жангада оставаться на якоре у острова Мурас или войти в гавань Манауса?

Вопрос этот нужно было обдумать и решить до ночи.

Конечно, известие об аресте Жоама Гарраля уже успело распространиться по городу. Несомненно, оно возбудило любопытство его жителей. А что, если оно вызвало не только любопытство, но и враждебность к осужденному, главному виновнику преступления в Тижоке, которое когда-то наделало столько шуму? Что, если можно опасаться какого-нибудь выступления толпы, возмущенной злодеянием, которое до сих пор не было наказано? Если так, не лучше ли оставить жангаду на якоре у острова Мурас, на правом берегу реки, в нескольких милях от Манауса?

Вопрос обсудили, взвесив все «за» и «против».

— Нет! — воскликнул Бенито. — Если мы останемся здесь, могут подумать, что мы покинули отца и сомневаемся в его невиновности, что мы боимся, как бы нас не сочли его соучастниками! Мы должны немедленно отправиться в Манаус!

— Ты прав, Бенито, — поддержал его Маноэль. — Трогаемся!

Араужо одобрительно кивнул головой и приказал команде готовиться к отплытию. Маневрировать в этом месте было не так просто. Предстояло пересечь наискось течение Амазонки, сливавшееся с течением Риу-Негру, и войти в устье этого притока, открывавшееся в двенадцати милях на левом берегу.

Лоцман велел отдать швартовы, и жангада, подхваченная течением, двинулась по диагонали к другому берегу. Араужо, пользуясь течением, огибавшим выступы берегов, искусно вел громадный плот в нужном направлении с помощью команды, орудовавшей длинными баграми.

Два часа спустя жангада подошла к другому берегу Амазонки, немного выше устья Риу-Негру, и течение само отнесло ее в широкую бухту, открывшуюся на левом берегу притока.

Наконец, к пяти часам вечера, жангада крепко пришвартовалась к этому берегу, но не в самой гавани Манауса, войти куда можно было, лишь преодолев довольно сильное течение, а на полмили пониже. Теперь плот покачивался на черных водах Риу-Негру, у довольно высокого берега, поросшего цекропиями с золотисто-коричневыми почками и окруженного высоким тростником «фроксас» с крепкими стеблями, из которых индейцы делают себе копья.

На берег вышло несколько местных жителей. Без сомнения, их привело к жангаде любопытство. Весть об аресте Жоама Дакосты уже успела облететь весь город; однако они были не слишком назойливы и держались в отдалении.

Бенито хотел тотчас же отправиться на берег, но Маноэль его отговорил.

— Подожди до завтра, — сказал он. — Скоро наступит ночь, и нам нельзя покидать жангаду.

— Пусть так, отложим до завтра! — согласился Бенито.

В эту минуту Якита с дочерью и отцом Пассанья вышли из дому. Минья была еще в слезах, но глаза ее матери были сухи, движенья тверды и решительны. Чувствовалось, что эта женщина готова ко всему: и выполнить свой долг, и добиваться своих прав.

Якита медленно подошла к Маноэлю.

— Маноэль, — проговорила она, — выслушайте меня. Я должна сказать вам то, что велит мне моя совесть.

— Я слушаю вас, — ответил Маноэль.

Якита посмотрела ему прямо в глаза.

— Вчера, после разговора с моим мужем, Жоамом Дакоста, вы подошли ко мне и сказали «матушка»; вы взяли за руку Минью и назвали ее своей женой. Прошлое Жоама Дакосты уже не было для вас тайной, вы все знали о нем?

— Знал, — ответил Маноэль, — и да накажет меня бог, если я колебался хоть секунду!

— Пусть так, Маноэль, но тогда Жоам Дакоста еще не был арестован. Теперь положение изменилось. Пусть муж мой неповинен, но он в руках полиции, тайна его разглашена, Минья — дочь человека, приговоренного к смерти...

— Минья Дакоста или Минья Гарраль — не все ли мне равно! — пылко воскликнул Маноэль.

— Маноэль... — прошептала девушка.

Она, наверно, упала бы, если бы верные руки Лины не подхватили ее.

— Матушка, если вы не хотите ее убить, назовите меня сыном! — сказал Маноэль.

— Мой сын! Дитя мое!

Вот все, что могла проговорить Якита, и слезы, которые она сдерживала с таким трудом, покатились у нее по щекам.

Все вернулись домой. Но в эту долгую ночь никто не сомкнул глаз, и честная семья ни на час не могла забыть выпавшего ей тяжкого испытания.

3. Взгляд в прошлое

Смерть судьи Рибейро, в чьей поддержке Жоам Дакоста был совершенно уверен, была для него роковым ударом.

Рибейро знал Жоама Дакосту еще в ту пору, когда молодого служащего алмазных копей судили за похищение алмазов, а сам Рибейро еще не стал главным судьей в Манаусе, то есть высшим должностным лицом провинции, а был лишь адвокатом в Вилла-Рике. Это он взял на себя защиту обвиняемого перед судом присяжных. Расследовав дело, он принял его близко к сердцу. Подробно изучив все протоколы и свидетельские показания, он пришел к глубокому убеждению, что его подзащитный обвинен несправедливо, что он не принимал никакого участия ни в убийстве конвойных, ни в краже алмазов, что следствие шло по неверному пути, — словом, что Жоам Дакоста невиновен.

И все же, несмотря на его способности и старание, адвокату Рибейро не удалось убедить присяжных. На кого мог он направить их подозрения? Если Жоам Дакоста, по своему служебному положению имевший возможность известить грабителей о тайном отъезде конвоя, не сделал этого, тогда кто же их сообщник? Служащий, сопровождавший конвой, погиб вместе с солдатами и потому был вне подозрений. Все обстоятельства указывали на то, что Жоам Дакоста был единственным и несомненным вдохновителем преступления.

Рибейро защищал его с чрезвычайной горячностью. Он говорил на суде от всего сердца. Но не мог его спасти. Присяжные заседатели поддержали все пункты обвинительного заключения. Жоам Дакоста был осужден за преднамеренное убийство, без всяких смягчающих вину обстоятельств, и приговорен к смерти.

Осужденному не оставалось никакой надежды. Смягчить наказание было невозможно, так как преступление произошло в Алмазном округе. Приговоренный должен был погибнуть. Но в ночь перед казнью, когда виселица уже стояла на площади, Жоаму Дакоста удалось бежать из тюрьмы... Остальное известно.

Двадцать лет спустя адвокат Рибейро был назначен главным судьей в Манаусе. Скрывавшийся в Икитосе беглец, узнав об этом назначении, решил, что это благоприятное обстоятельство может помочь пересмотру его дела и есть даже шансы на успех. Жоам был уверен, что прежняя точка зрения адвоката не изменилась после того, как он стал судьей. И решил приложить все силы, чтобы добиться оправдания. Не будь Рибейро назначен главным судьей провинции, возможно, Жоам еще колебался бы, ведь он не мог представить никаких вещественных доказательств своей невиновности. Хотя этому честному человеку было очень тяжело, что он вынужден скрываться в Икитосе, быть может, он еще подождал бы, пока время не изгладит воспоминания об этом ужасном деле, но одно обстоятельство побуждало его действовать не откладывая.

Еще задолго до того, как об этом заговорила Якита, он заметил, что Маноэль любит его дочь. Брак Миньи с молодым военным врачом казался ему желательным во всех отношениях. Он не сомневался, что не сегодня-завтра Маноэль сделает предложение, и не хотел быть застигнутым врасплох.

Но мысль о том, что дочь его выйдет замуж под вымышленным именем, что Маноэль Вальдес, думая породниться с семьей Гарралей, породнится с семьей Дакосты, осужденного на смерть беглеца, — эта мысль была для него нестерпима. Нет! Этот брак не должен совершиться в тех же условиях, что и его собственный! Нет! Ни за что!

Мы не забыли событий того далекого времени. Через четыре года после того, как молодой человек пришел на фазенду в Икитос и стал помощником Магальянса, старого португальца принесли домой смертельно раненного. Ему оставалось жить всего несколько дней. Он испугался, что его дочь останется одна, без всякой опоры; к тому же он знал, что Жоам и Якита любят друг друга, и хотел, чтобы этот брак совершился немедленно.

Сначала Жоам отказывался. Он предлагал остаться покровителем, слугой Якиты, не становясь ее мужем… Но умирающий Магальянс был так настойчив, что Жоам Гарраль не мог ему противиться. Якита дала руку Жоаму, и он удержал ее в своей руке.

Да, это было ошибкой. Да, Жоам Дакоста должен был либо признаться во всем, либо навсегда бежать из дома, где его так сердечно приняли, с этой фермы, которая теперь благодаря ему процветала. Лучше уж было сказать всю правду, чем дать дочери своего благодетеля фальшивое имя, скрыв подлинное имя ее будущего мужа; даже если он был осужден на смерть за убийство, ведь он неповинен перед богом!

Но обстоятельства не позволяли ждать, старый фермер умирал, он протягивал руки к нему и к дочери… Жоам Дакоста промолчал, брак совершился, и молодой муж посвятил всю свою жизнь счастью той, которая стала ему женой.

«В тот день, когда я сознаюсь Яките во всем, она простит меня! — твердил себе Жоам. — Она ни на минуту не усомнится во мне. Но если я был вынужден обмануть ее, я не обману честного человека, который хочет войти в нашу семью, женившись на моей дочери. Нет! Уж лучше я выдам себя и покончу с такой жизнью!»

Раз сто, если не больше, собирался Жоам Дакоста рассказать жене свое прошлое. Признание готово было сорваться с его губ, особенно когда она просила показать ей Бразилию, спуститься с ней и с дочерью по течению прекрасной Амазонки. Ведь он хорошо знал Якиту, он не сомневался, что любовь ее к нему не ослабеет… Но у него не хватило мужества!

Разве трудно его понять? Он жил окруженный счастливой семьей, и это счастье, которое он создал своими руками, теперь он, быть может, погубит безвозвратно.

Долгие годы тянулась такая жизнь, таков был постоянный источник его неиссякаемых и тайных страданий, так существовал этот человек, который не пытался скрывать ни одного поступка, но сам из-за свершенной над ним великой несправедливости был вынужден скрываться.

Однако в тот день, когда он уже не мог сомневаться в любви Маноэля и Миньи, когда он понял, что не пройдет и года, как ему придется дать согласие на этот брак, он перестал колебаться и начал действовать не откладывая.

Он написал письмо судье Рибейро, в котором открыл ему тайну Жоама Дакосты, имя, под которым он скрывается, место, где он живет с семьей, а также его твердое намерение отдать себя в руки правосудия своей страны и добиться пересмотра дела: пусть его либо оправдают, либо приведут в исполнение несправедливый приговор суда в Вилла-Рике.

Какие чувства заговорили в сердце честного судьи? Догадаться не трудно. Осужденный обращался теперь не к адвокату, а к главному судье провинции. Жоам Дакоста вверял ему свою судьбу и даже не просил о сохранении тайны.

Судья Рибейро, сначала взволнованный этим неожиданным открытием, быстро овладел собой и тщательно продумал, в чем состоит его долг. Ведь на него возложили обязанность наказывать преступников, и вот преступник сам отдается ему в руки. Но этого преступника он когда-то защищал; он не сомневался, что его осудили несправедливо, и был глубоко обрадован, узнав, что осужденный бежал накануне казни. Если бы в ту пору была возможность, он бы и сам посоветовал и даже помог ему бежать!.. Но то, что сделал бы тогда адвокат, вправе ли сделать теперь судья?

«Бесспорно, да! — сказал себе судья. — Совесть велит мне не покидать этого честного человека. Теперешний поступок Дакосты — еще одно доказательство его невиновности, доказательство моральное, ибо он не может представить иных, но, быть может, самое убедительное из всех! Нет! Я его не покину!»

С этого дня между судьей и Жоамом Дакостой завязалась тайная переписка. Прежде всего Рибейро посоветовал своему подопечному соблюдать осторожность, чтобы не повредить себе каким-нибудь необдуманным шагом. Судья хотел отыскать старое дело, перечитать его, пересмотреть все документы. Необходимо узнать, не обнаружены ли в Алмазном округе какие-либо новые данные, связанные с этим серьезным преступлением. Не арестован ли за это время кто-нибудь из соучастников, из контрабандистов, напавших на конвой? Не получено ли новых признаний или полупризнаний? Ведь Жоам Дакоста по-прежнему уверял, что он невиновен! Но этого было недостаточно, и судья Рибейро хотел, вновь изучив обстоятельства дела, найти того, кто мог быть истинным преступником.

Следовательно, Жоам Дакоста должен был вести себя осторожно, что он и обещал. Но среди всех тяжелых испытаний для него было великим утешением убедиться, что его прежний адвокат, ставший главным судьей, по-прежнему уверен в его невиновности. Да, вопреки обвинительному приговору судья Рибейро верил, что Жоам Дакоста был жертвой, честным, невинно пострадавшим человеком, и общество обязано открыто и гласно восстановить его честь. А когда судья узнал прошлое хозяина фазенды со дня его осуждения, положение семьи Дакосты, его самоотверженную жизнь, полную труда, целиком отданную заботам о счастье близких, — он был не только убежден, но и растроган и поклялся сделать все, чтобы добиться оправдания осужденного в Тижоке.

Полгода продолжалась переписка между ними.

Наконец однажды, под давлением обстоятельств, Жоам Дакоста написал судье Рибейро:

«Через два месяца я буду у вас и отдам себя в руки главного судьи провинции».

«Приезжайте!» — ответил судья.

В то время жангада была уже готова к отплытию. Жоам Дакоста погрузился на нее с семьей и домочадцами: женщинами, детьми, слугами. В пути, как мы знаем, он очень редко сходил на берег, к большому удивлению его жены и сына. Чаще всего он сидел запершись в своей комнате и писал, но не торговые счета, а записки, названные им «История моей жизни», о которых он ни с кем не говорил и собирался вручить их судье, как материал для пересмотра его дела.

За неделю до ареста по доносу Торреса, ареста, который мог ускорить, а мог и разрушить все планы Дакосты, он послал со встреченным на Амазонке индейцем письмо судье Рибейро, предупреждая о своем скором приезде.

В ночь накануне прибытия жангады в Манаус судья Рибейро умер от апоплексии. Однако донос Торреса, гнусный шантаж которого провалился, вызвав только негодование его жертвы, возымел свое действие. Жоам Дакоста был арестован в кругу своей семьи, а старый адвокат уже не мог его защитить…

Да! Воистину ужасный удар! Но так или иначе, а жребий был брошен, путь к отступлению отрезан.

И Жоам Дакоста выстоял под этим неожиданно обрушившимся на него ударом. Теперь дело шло не только о его чести, но и о чести всех его близких.

4. Моральные доказательства

Приказ об аресте Жоама Дакосты, скрывавшегося под именем Гарраля, был отдан помощником судьи Рибейро, который исполнял обязанности главного судьи провинции Амазонки до назначения преемника Рибейро.

Звали этого помощника Висенте Жаррикес. Этот невысокий, угрюмый человечек после сорока лет службы в уголовном суде отнюдь не сделался доброжелательнее к подсудимым. Он разобрал так много уголовных дел, судил и приговорил к наказаниям так много злоумышленников, что невиновность подсудимого, кем бы он ни был, заранее казалась ему невозможной. Разумеется, он не судил против совести, но совесть его, как бы защищенная броней, не легко поддавалась ни на уверения обвиняемых, ни на доводы защиты. Как многие председатели суда, он не давал воли чересчур снисходительным присяжным, и когда подсудимый, пройдя через все мытарства допросов, протоколов и дознаний, представал перед ним, он заранее считал, что имеются все предпосылки считать его виновным, виновным и еще раз виновным.

И однако Жаррикес отнюдь не был злым человеком. Раздражительный, непоседливый, говорун, хитрец, умница, он на первый взгляд казался смешным: на щуплом теле большущая голова с копной всклокоченных волос, заменявших ему судейский парик; острые, как буравчики, глаза с на редкость проницательным взглядом; крупный нос, которым он, наверно, шевелил бы, если б только умел, и как будто нарочно оттопыренные уши, чтобы ловить даже самые отдаленные звуки, неуловимые для простого слуха. Его беспокойные пальцы, как у пианиста, упражняющегося на немой клавиатуре, без устали барабанили по столу трибунала, над которым возвышался его непропорционально длинный торс, когда он сидел в председательском кресле, то скрещивая, то вытягивая свои короткие ножки.

В частной жизни судья Жаррикес, закоренелый холостяк, отрывался от книг по уголовному праву ради трапез, которыми не пренебрегал, виста, который очень ценил, шахмат, в которых слыл мастером, но чаще всего для решения всевозможных головоломок, загадок, шарад, ребусов, анаграмм[1], логогрифов[2] и так далее, что было его любимым занятием, как, впрочем, и многих его европейских собратьев по профессии.

Мы видим, он был чудаком, и нетрудно понять, как много потерял Жоам Дакоста со смертью судьи Рибейро, когда дело его перешло к этому несговорчивому судье.

Впрочем, в этом деле задача Жаррикеса была очень упрощена. Ему не приходилось вести следствие или дознание, направлять прения в суде, вырабатывать решения, подбирать соответствующие статьи закона и, наконец, выносить приговор. К несчастью для икитосского фермера, все эти процедуры были уже сделаны. Двадцать три года назад Жоам Дакоста был арестован, судим за преступление в Тижоке, срок отмены наказания за давностью еще не наступил, никакого ходатайства о смягчении приговора подавать не разрешалось, никакое прошение о помиловании не было бы принято. Следовательно, оставалось только установить личность преступника и, как только придет приказ из Рио-де-Жанейро, выполнить решение суда.

Но, без сомнения, Жоам Дакоста заявит о своей невиновности, скажет, что осужден несправедливо. Долг судьи, каково бы ни было его личное мнение, выслушать осужденного. Весь вопрос в том, какие доказательства сможет он представить в свою защиту. Если он не мог привести их своим первым судьям, в состоянии ли он привести их теперь?

Это и следовало выяснить на допросе.

---

[1] Перестановка букв, посредством которой из одного слова составляется другое.

[2] Род задачи, в которой посредством различных комбинаций букв из какого-нибудь загаданного слова создаются новые слова, которые надо разгадать.

Надо, однако, признать, что когда приговоренный к смерти, живущий счастливо и беззаботно за границей, добровольно возвращается на родину, чтобы явиться в суд, которого по опыту прошлого должен бояться, — это случай редкий, любопытный, он должен заинтересовать даже судью, пресыщенного всякими неожиданностями в судебных процессах. Как знать, было ли это со стороны преступника, которому надоела такая жизнь, глупой и наглой выходкой или стремлением любой ценой доказать несправедливость приговора? Всякий согласится, что проблема была необычная.

Итак, на следующий день после ареста Жоама Дакосты судья Жаррикес отправился в тюрьму на улицу Бога-сына, где был заключен арестант.

Тюрьмой служил бывший монастырь на берегу одного из главных каналов города. Прежних добровольных затворников в этом старом здании, плохо приспособленном для своего нового назначения, сменили теперь узники поневоле. Комната, отведенная Жоаму Дакосте, не походила на мрачные камеры, где в наше время арестанты отбывают наказание. Это была просто монашеская келья с выходившим на пустырь решетчатым окном без «козырька», со скамьей в одном углу и соломенным тюфяком в другом и кое-какими предметами первой необходимости.

Из этой самой кельи Жоама Дакосту вызвали 25 августа около одиннадцати часов утра и привели в кабинет для допросов, устроенный в прежней монастырской трапезной.

Судья Жаррикес был уже там, он сидел за столом в высоком кресле спиной к окну, чтобы лицо его оставалось в тени, а свет падал только на лицо арестанта. Его письмоводитель сидел на другом конце стола, засунув перо за ухо, равнодушный, как все судейские чиновники, всегда готовые записывать любые вопросы и ответы.

Жоама Дакосту ввели в кабинет, и его стража вышла по знаку судьи.

Жаррикес долго вглядывался в осужденного. А тот поклонился ему и стоял, держась, как и подобало — не вызывающе и не подобострастно, с достоинством ожидая, когда ему станут задавать вопросы, чтобы отвечать на них.

— Имя и фамилия? — начал судья Жаррикес.

— Жоам Дакоста.

— Возраст?

— Пятьдесят два года.

— Где вы живете?

— В Перу, в деревне Икитос.

— Под какой фамилией?

— Под именем Гарраль, это имя моей матери.

— Почему вы взяли себе это имя?

— Потому что я двадцать три года скрывался от бразильской полиции.

Ответы были так точны и так ясно свидетельствовали, что Жоам Дакоста решил признаться во всем — и в своем прошлом и в настоящем, — что судья Жаррикес, не привыкший к такому поведению, вздернул выше свой длинный нос.

— А почему бразильская полиция преследовала вас?

— Потому что в 1826 году я был приговорен к смертной казни по делу о краже алмазов в Тижоке.

— Значит, вы признаете, что вы Жоам Дакоста?

— Да, я Жоам Дакоста.

Все ответы были даны очень спокойно и совершенно просто. Маленькие глазки судьи, спрятавшиеся под полуопущенными веками, казалось, говорили: «Вот дело, которое пойдет как по маслу!»

Между тем приближалась минута, когда полагалось задать неизменный вопрос, за которым следовал неизменный ответ обвиняемого, кто бы он ни был: «Ни в чем не виноват».

Пальцы судьи Жаррикеса начали тихонько барабанить по столу.

— Жоам Дакоста, — спросил он, — что вы делаете в Икитосе?

— Я владелец фазенды и управляю довольно крупным поместьем.

— И оно приносит доход?

— Большой доход.

— Давно вы покинули вашу фазенду?

— Больше двух месяцев назад.

— Зачем?

— Для этого, господин судья, у меня был повод, но истинная цель заключалась в другом.

— Какой повод?

— Сплавить в провинцию Пара большой плот строевого леса, а также груз сырья, добытого на берегах Амазонки.

— Ага! — сказал Жаррикес. — А какова была истинная цель вашей поездки?

Задав этот вопрос, судья подумал: «Ну, теперь пойдут всякие увертки и вранье!»

— Истинной моей целью, — твердо сказал Жоам Дакоста, — было вернуться на родину и отдать себя в руки правосудия моей страны.

— В руки правосудия! — воскликнул судья, подскочив на кресле. — Отдать себя… добровольно?

— Добровольно!

— Почему?

— Потому что я устал, мне было невмоготу жить во лжи, под чужим именем, потому что я хотел вернуть моей жене и детям имя, которое им принадлежит, потому, наконец…

— Потому что?

— Я невиновен!

«Этого я и ждал!» — подумал судья Жаррикес.

И, в то время как его пальцы барабанили на столе что-то вроде марша, он кивнул Жоаму Дакоста, как бы говоря: «Ну-ну, рассказывайте вашу басню! Я знаю ее наперед, но не стану вам мешать рассказать ее по-своему!»

Жоам Дакоста понимал, что судья относится к нему не очень доброжелательно, но делал вид, что ничего не замечает. Он рассказал всю свою жизнь, говорил очень сдержанно, не изменяя своему спокойствию, не упуская ни одного обстоятельства до и после приговора. Он не выставлял напоказ ни достойную и окруженную уважением жизнь, которую вел после побега, ни свято выполняемых им обязанностей главы семьи — мужа и отца. Он подчеркнул лишь одно обстоятельство: он прибыл в Манаус, чтобы потребовать пересмотра своего дела и добиться оправдания, — приехал сам, хотя ничто его к тому не принуждало.

Судья Жаррикес, заранее предубежденный против всякого обвиняемого, не прерывал его. Он только устало щурился, как человек, в сотый раз слушающий одну и ту же историю; а когда Жоам Дакоста положил на стол свои записки, то даже не пошевелился, чтобы их взять.

— Вы кончили? — спросил он.

— Да, сударь.

— И вы утверждаете, что уехали из Икитоса только для того, чтобы потребовать пересмотра вашего дела?

— У меня не было другой цели.

— А как вы это докажете? Чем подтвердите, что, если б не донос, по которому вас арестовали, вы явились бы сюда сами?

— Прежде всего этими записками.

— Эти записки были у вас в руках, и ничто не доказывает, что вы отдали бы их, если бы вас не арестовали.

— Во всяком случае, сударь, есть один документ, который уже не находится у меня в руках, и подлинность его не может вызвать сомнений.

— Какой же?

— Письмо, написанное мною вашему предшественнику, судье Рибейро, где я предупреждал его о своем приезде.

— Вот как! Вы ему писали?

— Да, и письмо это должно быть доставлено и передано вам.

— В самом деле? — недоверчиво заметил судья. — Стало быть, вы писали судье Рибейро?

— До того, как господин Рибейро стал судьей в этой провинции, — ответил Жоам Дакоста, — он был адвокатом в Вилла-Рике. Это он защищал меня на процессе в Тижоке. Он не сомневался в моей невиновности. Он сделал все, что мог, чтобы меня спасти. Двадцать лет спустя, когда его назначили главным судьей в Манаусе, я сообщил ему, кто я, где я и что собираюсь предпринять. Он был по-прежнему уверен в моей правоте, и по его совету я бросил фазенду и приехал сюда, чтобы добиваться оправдания. Но смерть внезапно сразила его, и, быть может, я тоже погибну, если в судье Жаррикесе не найду второго судью Рибейро!

После такого прямого обращения судья Жаррикес чуть не вскочил, в нарушение всех правил, ибо судьям полагается сидеть, но вовремя спохватился и только пробормотал:

— Очень ловко, право же, очень ловко!

Как видно, у судьи Жаррикеса было бронированное сердце и пронять его было нелегко.

В эту минуту в комнату вошел караульный и вручил судье запечатанный конверт.

Жаррикес сорвал печать и вынул из конверта письмо. Прочитав его, он нахмурился и сказал:

— У меня нет причин скрывать от вас, Жоам Дакоста, что это то самое письмо, о котором вы говорили; вы послали его судье Рибейро, а письмо передали мне. Следовательно, нет никаких оснований сомневаться в том, что вы говорили по этому поводу.

— Не только по этому поводу, но и во всем, что я рассказывал вам о моей жизни, — в моей исповеди тоже нельзя сомневаться!

— Э, Жоам Дакоста, — живо возразил судья Жаррикес, — вы уверяете меня в вашей невиновности, а ведь так поступают все обвиняемые! В сущности, вы приводите лишь моральные доказательства. А есть ли у вас доказательства вещественные?

— Быть может, и есть, — ответил Жоам Дакоста.

Тут Жаррикес не выдержал и все-таки вскочил с места. Ему пришлось два-три раза пройтись по комнате, чтобы взять себя в руки.

5. Вещественные доказательства

Когда судья, считая, что вполне овладел собой, вновь занял свое место, он откинулся в кресле, задрал голову и, уставившись в потолок, сказал самым равнодушным тоном, даже не глядя на обвиняемого:

— Говорите.

Жоам Дакоста помедлил, собираясь с мыслями, как будто ему не хотелось прибегать к новому способу убеждения, и сказал:

— Пока что, сударь, я приводил вам только доказательства нравственного порядка, основываясь на том, что всю жизнь вел себя как порядочный, достойный и безупречно честный человек. Я считал, что эти доказательства наиболее ценны для суда…

Судья Жаррикес, не сдержавшись, пожал плечами, показывая этим, что он иного мнения.

— Если их недостаточно, то вот какое письменное доказательство я, быть может, смогу представить. Я сказал: «быть может», так как еще не знаю, насколько оно достоверно. Вот почему я не говорил о нем ни жене, ни детям, — я боялся подать им надежду, которая, быть может, и не сбудется.

— К делу, — проговорил судья Жаррикес.

— Я имею основание думать, что мой арест накануне прибытия жангады в Манаус был следствием доноса начальнику полиции.

— Вы не ошиблись, Жоам Дакоста, но должен вам сказать, что донос этот анонимный.

— Неважно, я знаю, что написать его мог только негодяй, по имени Торрес.

— А по какому праву, — спросил судья, — обзываете вы так этого автора доноса?

— Да, сударь, он негодяй! — горячо ответил Жоам Дакоста. — Я принял его как гостя, а он явился лишь затем, чтобы предложить мне купить его молчание; я отверг эту гнусную сделку, о чем никогда в жизни не пожалею, каковы бы ни были последствия его доноса.

«Все та же уловка, — подумал судья Жаррикес, — обвинять других, чтобы оправдать себя!»

Тем не менее он чрезвычайно внимательно выслушал рассказ Жоама Дакосты о его отношениях с авантюристом до той минуты, когда Торрес сообщил ему, что знает и может назвать настоящего виновника преступления в Тижоке.

— И как же его зовут? — встрепенулся Жаррикес, сразу теряя свой равнодушный вид.

— Не знаю. Торрес не захотел его назвать.

— А этот преступник жив?

— Нет, умер.

Пальцы судьи Жаррикеса забарабанили быстрей, и он, не удержавшись, воскликнул:

— Человек, который может доказать невиновность осужденного, всегда умирает!

— Если настоящий преступник умер, господин судья, — ответил Жоам Дакоста, — то Торрес ведь жив, а он уверял меня, что у него есть такое доказательство — документ, написанный рукою самого преступника. Он предлагал мне его купить.

— Эх, Жоам Дакоста, — заметил судья, — за такой документ не жаль отдать и целое состояние!

— Если бы Торрес потребовал у меня только состояние, я отдал бы все не раздумывая, и никто из моих близких не возразил бы ни слова. Вы правы, ничего не жалко отдать за свою честь! Но этот негодяй, зная, что я в его власти, потребовал у меня большего!

— Чего же?

— Руки моей дочери. Такую плату он назначил в этом гнусном торге! Я отказался. Он на меня донес. Вот почему я теперь перед вами.

— А если бы Торрес на вас не донес, — спросил судья Жаррикес, — если б вы не встретили его на пути, что бы вы сделали, узнав о смерти судьи Рибейро? Вы пришли бы и отдали себя в руки правосудия?

— Без всякого колебания, — твердо ответил Жоам Дакоста. — Повторяю: у меня не было иной цели, когда я уезжал из Икитоса в Манаус.

Это было сказано с такой искренностью, что судья Жаррикес почувствовал, как в том уголке сердца, где складываются наши убеждения, у него что-то дрогнуло. Однако он еще не сдался.

Впрочем, тут нечему удивляться. Этот судья, ведущий допрос, не знал того, что известно всем, кто следил за Торресом с начала нашего рассказа. Читатели не могут сомневаться, что у Торреса в руках находится письменное доказательство невиновности Жоама Дакосты. Они твердо знают, что документ существует, что в нем содержится нужное доказательство и, возможно даже, что судья Жаррикес проявил бездушие, отнесясь к Жоаму с таким недоверием. Но пусть они вспомнят, что судья Жаррикес находился в трудном положении: он привык, что обвиняемые постоянно уверяют суд в своей невиновности; документа, о котором говорил Жоам Дакоста, ему не представили, он даже не знал, существует ли такой документ, и, вдобавок ко всему, перед ним стоял человек, виновность которого уже была установлена судом.

И он решил, быть может просто из любопытства, попытаться сбить Жоама Дакосту с его позиций.

— Стало быть, — сказал он, — вы возлагаете теперь все ваши надежды на заявление, сделанное вам Торресом?

— Да, сударь, — ответил Жоам Дакоста, — если вся моя жизнь не говорит в мою пользу.

— А как вы думаете, где сейчас этот Торрес?

— Думаю, он должен быть в Манаусе.

— И вы надеетесь, что он заговорит и согласится по доброй воле отдать вам документ, за который вы отказались дать ему то, что он потребовал?

— Да, надеюсь. Теперь положение изменилось. Торрес донес на меня, и, следовательно, у него не осталось никакой надежды заключить со мной сделку на прежних условиях. Но за этот документ он еще может получить целое состояние, которое, буду ли я осужден или буду помилован, он потеряет навсегда. Итак, продать мне этот документ — в его интересах и не может пойти ему во вред, а потому я думаю, что, исходя из своих интересов, он его продаст.

На рассуждение Жоама Дакоста было нечего возразить. Судья Жаррикес это понял. Он сделал лишь одно замечание:

— Пусть так; продать вам этот документ, несомненно, в интересах Торреса... если только документ существует!

— Если он не существует, — ответил Жоам Дакоста, и голос его дрогнул, — тогда мне остается положиться на правосудие человеческое в ожидании правосудия божьего!

Тут судья Жаррикес встал и сказал уже менее равнодушным тоном:

— Жоам Дакоста, допрашивая вас, слушая подробности вашей жизни и заверения в вашей невиновности, я превысил данные мне полномочия. Следствие по вашему делу было закончено, вы предстали перед судом в Билла-Рике, приговор был вам вынесен единогласно, и присяжные не нашли никаких смягчающих вину обстоятельств. Как подстрекателя и соучастника убийства солдат охраны и кражи алмазов в Тижоке вас приговорили к смертной казни, и только побег спас вас от смерти. Но собирались ли вы после двадцатитрехлетнего отсутствия отдаться в руки правосудия или нет, вас захватила полиция. Отвечайте в последний раз: вы тот самый Жоам Дакоста, осужденный по делу о краже алмазов?

— Да, я Жоам Дакоста.

— Вы готовы подписать это заявление?

— Да, готов.

И недрогнувшей рукой Жоам Дакоста подписал свое имя под протоколом и докладом, который судья Жаррикес велел немедленно составить своему секретарю.

— Доклад министру юстиции будет послан в Рио-де-Жанейро, — сказал судья. — Пройдет несколько дней, пока мы получим приказ привести в исполнение вынесенный вам приговор. Если, как вы говорите, у этого Торреса есть доказательство вашей невиновности, постарайтесь сами или через ваших близких — словом, пустите в ход все средства, чтобы получить этот документ вовремя. Когда придет приказ, я не смогу дать никакой отсрочки, и приговор свершится!

Жоам Дакоста поклонился.

— Будет ли мне теперь позволено повидаться с женой и детьми? — спросил он.

— Сегодня же, если хотите, — ответил судья Жаррикес. — Вы уже не подследственный, и их впустят к вам, как только они придут.

Судья позвонил. Вошла стража и увела Жоама Дакосту.

Жаррикес посмотрел ему вслед и покачал головой.

— Гм, гм!.. А дело-то, оказывается, куда сложней, чем я думал! — пробормотал он.

6. Последний удар

Пока Жоам Дакоста был на допросе, Якита через Маноэля узнала, что ей и ее детям разрешено свидание с заключенным в четыре часа дня.

Со вчерашнего вечера Якита не покидала комнаты, ожидая, когда ей разрешат повидать мужа. Минья и Лина не отходили от нее. Как бы ее ни звали — Якита Гарраль или Якита Дакоста, Жоам найдет в ней верную жену, стойкую подругу до конца его жизни.

В тот же день, часов в одиннадцать, Бенито подошел к Маноэлю, беседовавшему с Фрагозо на носу жангады.

— Маноэль, — проговорил он, — я хочу попросить тебя об услуге.

— Какой?

— И вас тоже, Фрагозо.

— Я всегда к вашим услугам, господин Бенито, — ответил цирюльник.

— В чем дело? — спросил Маноэль, всматриваясь в друга, по лицу которого было видно, что он принял непоколебимое решение.

— Вы по-прежнему верите в невиновность моего отца, ведь правда?

— Да я скорей поверю, что преступление совершил я сам! — воскликнул Фрагозо.

— Так вот, мы должны сегодня же выполнить составленный мною вчера план.

— Отыскать Торреса?

— Да! И выяснить у него, как он узнал, где скрывается отец. Во всем этом деле много непонятного. Знал ли он отца раньше? Мне кажется, это невозможно, ведь отец не выезжал из Икитоса свыше двадцати лет, а этому негодяю не больше тридцати. Но я узнаю все не позже чем сегодня или горе Торресу!

Бенито был настроен так решительно, что не допускал никаких возражений. Поэтому ни Маноэлю, ни Фрагозо не пришло в голову его отговаривать.

— Я прошу вас обоих сопровождать меня, — продолжал Бенито. — Мы отправимся тотчас же. Медлить нельзя, а то как бы Торрес не уехал из Манауса. Он уже не может продать свое молчание и теперь, вероятно, вздумает скрыться. Идем!

Все трое высадились на берегу Риу-Негру и направились в город.

Манаус не так велик, решили они, чтобы его нельзя было обшарить за несколько часов. Если понадобится, они будут ходить из дома в дом, пока не разыщут Торреса. Но прежде всего надо обратиться к хозяевам гостиниц и постоялых дворов, где мог остановиться авантюрист. Наверно, бывший лесной стражник поостерегся назвать свое имя, и, возможно, у него были свои причины избегать встречи с блюстителями правосудия. Но если только он не уехал из Манауса, ему не удастся ускользнуть от разыскивающих его молодых людей! Во всяком случае, им никак нельзя обращаться в полицию, ибо весьма вероятно — а мы знаем это уже достоверно, — донос был анонимный.

Битый час Бенито, Маноэль и Фрагозо бегали по главным улицам города, расспрашивая торговцев в их лавчонках, кабатчиков в питейных заведениях и даже прохожих, но никто не встречал человека, приметы которого они описывали как нельзя точнее.

Неужели Торрес уехал из Манауса? Неужели придется оставить всякую надежду его найти?

Маноэль тщетно пытался успокоить Бенито, который был вне себя. Он хотел во что бы то ни стало разыскать Торреса.

Но тут им помог случай, и Фрагозо наконец напал на след.

В одном постоялом дворе на улице Святого духа ему сказали, что описанный им человек остановился тут еще вчера.

— И ночевал у вас? — спросил Фрагозо.

— Да, — ответил хозяин.

— А сейчас он здесь?

— Нет, ушел.

— Он расплатился с вами окончательно и собирается уезжать?

— Напротив, он ушел с час назад и, наверно, вернется к ужину.

— Знаете ли вы, по какой дороге он пошел?

— Он пошел к Амазонке через нижнюю часть города. Возможно, вы еще успеете его нагнать.

Спрашивать было больше не о чем. Фрагозо подбежал к молодым людям и сказал:

— Я напал на след Торреса.

— Он здесь?! — вскричал Бенито.

— Нет, только что ушел; говорят, люди видели, как он спускался к Амазонке.

— Идем за ним!

Им пришлось снова спуститься к реке самым коротким путем, по левому берегу до устья Риу-Негру.

Вскоре Бенито и его спутники миновали последние домики города и пошли по берегу, но сделали крюк, чтобы их не увидели с жангады.

В этот час равнина была пуста. Насколько хватал глаз, вдаль уходили возделанные поля, заменившие прежние леса.

Бенито шел молча, он не мог произнести ни слова. Маноэль и Фрагозо не прерывали его молчания. Так они шли все трое, осматриваясь, окидывая взглядом пространство от берега Риу-Негру до берега Амазонки. Прошло три четверти часа после того, как они вышли из Манауса, но они так никого и не приметили.

Раза два им повстречались индейцы, работавшие в поле. На расспросы Маноэля один из них наконец сказал, что человек, похожий на того, кого они ищут, прошел к месту слияния двух рек.

Не спрашивая больше, Бенито бросился вперед вне себя, и его спутникам пришлось поспешить, чтобы не отстать.

До берега Амазонки оставалось не больше четверти мили. Над рекой поднималась песчаная гряда, скрывая часть горизонта, так что поле зрения ограничивалось несколькими сотнями метров.

Бенито ускорил шаг и скрылся за одним из песчаных холмов.

— Скорей! Скорей! — сказал Маноэль. — Его нельзя ни на минуту оставлять одного!

Оба бросились за ним, и в ту же минуту послышался крик.

Увидел ли Бенито Торреса? Или Торрес заметил его? А может быть, они уже сошлись?

Пробежав шагов пятьдесят и обойдя один из выступов на берегу, Маноэль и Фрагозо увидели двух мужчин, стоявших друг против друга.

То были Торрес и Бенито.

В одно мгновение Маноэль и Фрагозо очутились возле них.

Можно было ожидать, что возмущенный Бенито, встретившись с Торресом, даст волю своим чувствам.

Ничуть не бывало.

Как только молодой человек увидел перед собою Торреса, как только убедился, что тот не может от него сбежать, он сразу как будто переменился, облегченно вздохнул, снова обрел хладнокровие и овладел собой.

Несколько минут они смотрели друг на друга, не говоря ни слова.

Первым нарушил молчание Торрес, сказав со своей обычной наглостью:

— А, господин Бенито Гарраль!

— Нет, Бенито Дакоста, — ответил юноша.

— Ну да, конечно, господин Бенито Дакоста, а с ним и господин Маноэль Вальдес и мой дружок Фрагозо!

Оскорбленный такой фамильярностью проходимца, Фрагозо, у которого давно чесались руки, хотел было броситься на Торреса, но Бенито, по-прежнему сохранявший хладнокровие, его удержал.

— Что это с вами, милейший? — воскликнул Торрес, отступая на несколько шагов. — Кажется, мне надо быть начеку!

С этими словами он выхватил из-под пуншо маншетту, это оружие защиты или нападения, смотря по обстоятельствам, с которым не расстается ни один бразилец. Потом пригнулся и, застыв на месте, стал ждать.

— Я вас искал, Торрес, — сказал Бенито, который не двинулся в ответ на эту угрожающую выходку.

— Искали? — переспросил Торрес. — Меня не трудно найти! А зачем я вам понадобился?

— Чтобы услышать от вас, что вы знаете о прошлом моего отца.

— Вот как!

— Да! Я хочу, чтобы вы сказали мне, как вы его разыскали, почему бродили в лесу вокруг нашей фазенды, зачем ждали его в Табатинге.

— Ну что ж! По-моему, это всякому ясно, — усмехнулся Торрес. — Я ждал вашего отца, чтобы сесть на его жангаду, а сел на жангаду, чтобы сделать ему простое предложение… которое он отверг, и, ей-богу, напрасно!

Такой наглости Маноэль не мог стерпеть. Бледный, с горящими глазами, он шагнул к Торресу.

Но Бенито, желая испробовать все возможности договориться мирным путем, встал между ними.

— Спокойней, Маноэль, — сказал он, — ты видишь, я держу себя в руках! — Затем снова обратился к Торресу: — Да, Торрес, я понимаю, по какой причине вы попросили взять вас на жангаду. Зная тайну, которую вам, видимо, кто-то выдал, вы решили шантажировать отца. Но сейчас речь идет не о том.

— О чем же?

— Я хочу знать, откуда вам стало известно, что хозяин икитосской фазенды — Жоам Дакоста?

— Откуда? — повторил Торрес. — А это уже мое дело, и я вовсе не собираюсь рассказывать вам о моих делах. Самое главное, что я не ошибся, когда донес, кто настоящий виновник преступления в Тижоке.

— Нет, вы мне скажете! — Бенито уже начинал терять самообладание.

— Ничего я не скажу! — бросил Торрес. — Жоам Дакоста отверг мои предложения. Он отказался принять меня в свою семью. Тем хуже для него! Теперь, когда тайна его открыта, когда он арестован, я и сам отказался бы породниться с грабителем, убийцей, преступником, которого ждет виселица!

— Мерзавец! — вскричал Бенито. Теперь и он выхватил маншетту из-за пояса, угрожая Торресу.

Маноэль и Фрагозо единым движением тоже обнажили оружие.

— Трое против одного! — крикнул Торрес.

— Нет, один на один! — возразил Бенито.

— Вот как! А я был уверен, что сын убийцы готовит убийство.

— Защищайся, Торрес! — закричал Бенито. — Иначе я убью тебя, как бешеную собаку!

— Пусть бешеную, тем опаснее мои укусы! Так берегись же моих зубов!

Затем, прикрыв грудь маншеттой, Торрес стал в угрожающую позу, готовый броситься на своего противника.

Бенито отступил на несколько шагов.

— Торрес, — проговорил он, вновь обретая утраченное на миг хладнокровие. — Вы были гостем моего отца, вы угрожали ему, вы предали его, вы донесли на него, вы обвинили невинного человека, и с божьей помощью я вас убью!

На губах Торреса мелькнула наглая усмешка. Быть может, негодяй в эту минуту подумал, что стоит ему захотеть, и он не допустит этого поединка. Наверно, он понял, что Жоам Дакоста ничего не сказал близким о существовании документа, который мог служить письменным доказательством его невиновности.

Если бы Торрес сказал Бенито, что держит в руках такой документ, тот сразу сложил бы оружие. Но, помимо того, что Торрес решил тянуть до последней минуты, чтобы подороже продать документ, воспоминание об оскорбительных словах молодого человека, ненависть к нему и ко всем его близким заставили негодяя забыть даже о своей выгоде.

К тому же Торрес прекрасно владел маншеттой, которой ему частенько приходилось пользоваться, был крепок, силен и ловок. Стало быть, в борьбе с двадцатилетним противником, который не обладал ни его силой, ни опытом, перевес был явно на его стороне.

Поэтому Маноэль еще раз попытался уговорить Бенито позволить ему драться с Торресом.

— Нет, Маноэль, — холодно ответил юноша. — Я один должен драться за отца, а чтобы дуэль проходила по правилам, ты будешь моим секундантом.

— Бенито!..

— А вы, Фрагозо, если я попрошу, не откажетесь быть секундантом этого человека?

— Ладно, — ответил Фрагозо, — хоть чести для меня в этом нет никакой! Я бы обошелся без таких церемоний и попросту убил бы его, как дикого зверя!

Для поединка была выбрана ровная площадка, около сорока шагов в ширину, поднимавшаяся футов на пятнадцать над Амазонкой. Здесь берег круто обрывался. Внизу медленно текла река, омывая густой камыш, росший под обрывом.

Итак, места на берегу было немного, и тот из противников, кто станет отступать, неизбежно свалится с кручи.

По данному Маноэлем сигналу Торрес и Бенито начали сходиться.

Теперь Бенито вполне владел собой. Он защищал правое дело и действовал хладнокровно, в чем было его преимущество — и немалое — перед Торресом, которому, несмотря на всю его черствость и бесчувственность, мешала нечистая совесть.

Противники сошлись. Бенито нанес удар первым. Торрес отразил его. Затем они немного отступили, но тотчас снова бросились вперед, и каждый из них схватил противника левой рукой за плечо... больше они друг друга не отпускали.

Более сильный Торрес нанес маншеттой мощный удар сбоку, и Бенито не смог полностью парировать его. Клинок оцарапал ему правый бок, и пуншо окрасилось кровью. Но Бенито ответил быстрым ударом и слегка ранил Торреса в руку.

Далее удары так и сыпались с обеих сторон, но ни один из них не был решающим. Взор молчавшего Бенито погружался в глаза Торреса, словно клинок, проникающий в самое сердце. Негодяй заметно терял уверенность. Он начал понемногу отступать перед неумолимым мстителем, главной целью которого было лишить жизни доносчика, а не защищать свою собственную. Сразить врага — вот все, чего хотел Бенито, а тот успевал теперь только обороняться.

Вскоре Торрес оказался прижатым к краю площадки в том месте, где берег нависал над водой. Он понял грозившую ему опасность и попытался перейти в наступление, чтобы вернуть себе потерянную позицию. Смятение его увеличивалось, взгляд помертвел… Наконец негодяй пригнулся, увертываясь от угрожавшей ему руки противника.

— Умри! — закричал Бенито.

Удар пришелся прямо в грудь, но кончик маншетты скользнул по какому-то твердому предмету, спрятанному под пуншо Торреса.

Бенито нападал все решительней. Отбиваясь, Торрес промахнулся и почувствовал, что погиб. Ему пришлось еще раз шагнуть назад. И тут он хотел крикнуть… крикнуть, что жизнь Жоама Дакосты неразрывно связана с его жизнью… но не успел!

Второй удар маншетты на этот раз пронзил ему сердце. Торрес попятился, ступил в пустоту и сорвался с обрыва. В последний раз руки судорожно вцепились в камыши, но не смогли его удержать. Он исчез под водой.

Бенито оперся о плечо Маноэля. Фрагозо крепко жал ему руки. Но Бенито даже не дал друзьям перевязать ему рану — к счастью, она была не опасна.

— На жангаду! — сказал он. — На жангаду!

Маноэль и Фрагозо в глубоком волнении шли за ним, не говоря ни слова.

Четверть часа спустя все трое вышли на берег в том месте, где стояла жангада. Бенито и Маноэль вбежали в комнату к Яките и Минье и рассказали им, что произошло.

— Сын мой! Мой брат! — вырвалось у обеих.

— А теперь идем в тюрьму! — сказал Бенито.

— Да, да, идем!

Бенито повел под руку мать, и Маноэль последовал за ними. Высадившись на берег, они направились в Манаус и через полчаса вышли к городской тюрьме.

По приказу, данному судьей Жаррикесом, их немедленно впустили в камеру заключенного.

Дверь отворилась.

Жоам Дакоста увидел жену, сына и Маноэля.

— Ах, Жоам! Дорогой мой Жоам! — вскричала Якита.

— Якита, жена моя! Дети мои! — ответил заключенный, раскрывая объятия и прижимая их к сердцу.

— Мой невинный Жоам!

— Невинный и отомщенный! — добавил Бенито.

— Отомщенный? Что ты хочешь сказать?

— Торрес убит, отец! Убит моей рукой!

— Торрес убит?.. Он умер?.. — воскликнул Жоам Дакоста. — Ах, сын мой! Ты меня погубил!

7. Решение

Прошло несколько часов, и вся семья, вернувшись на жангаду, собралась в общей комнате. Здесь были все, кроме благородного страдальца, на которого обрушился непоправимый удар.

Убитый горем Бенито винил себя в том, что погубил отца. Если бы его мать, сестра, отец Пассанья и Маноэль не умоляли его, то в первые минуты отчаяния несчастный юноша, может статься, наложил бы на себя руки. Но с него не спускали глаз, ни на минуту не оставляли одного. А между тем разве он не вел себя достойно? Разве его поступок не был законным возмездием доносчику на его отца?

Ах, зачем Жоам Дакоста, уходя с жангады, не сказал им всего! Зачем решил сообщить только судье о письменном доказательстве своей невиновности! Зачем, после изгнания Торреса, в разговоре с Маноэлем умолчал о документе, который, по утверждению авантюриста, был у него в руках! Но, с другой стороны, мог ли он верить Торресу? Мог ли быть уверенным, что у негодяя и вправду есть такой документ?

Как бы то ни было, но теперь семья Жоама Дакосты уже знала все от него самого. Она знала, что, по словам Торреса, доказательство невиновности осужденного в Тижоке действительно существует; что этот документ написан рукой самого преступника; что преступник, терзаемый перед смертью угрызениями совести, отдал документ своему товарищу Торресу, а тот, вместо того чтобы выполнить волю умирающего, превратил документ в орудие вымогательства!.. Но они знали также, что Торрес убит на дуэли, а тело его потонуло в Амазонке и что он умер, так и не назвав имени настоящего преступника.

Если не случится чуда, можно считать, что Жоам Дакоста безвозвратно погиб. Смерть судьи Рибейро, а за ней смерть Торреса — двойной удар, от которого ему не оправиться!

Надо сказать, что общественное мнение в Манаусе, как всегда пристрастное и несправедливое, было против заключенного. Неожиданный арест Жоама Дакосты снова напомнил обществу ужасное преступление в Тижоке, забытое за прошедшие двадцать три года. Процесс молодого чиновника из Алмазного округа, вынесенный ему смертный приговор, его бегство за несколько часов до казни — все это снова разворошили, разобрали, обсудили. Автор статьи, помещенной в «Диарио до Гран Пара», самой распространенной местной газете, изложив все подробности преступления, занял враждебную заключенному позицию.

Как могло общество верить в невиновность Жоама Дакосты, если оно не знало всего, что знали только его близкие и больше никто!

И население Манауса сразу заволновалось. Вскоре толпа индейцев и негров с яростными криками собралась у тюрьмы, требуя смерти Дакосты. В этой южноамериканской стране, где жители так часто видят гнусные расправы, названные судом Линча, толпа легко поддается жестоким инстинктам, и можно было опасаться, как бы она и здесь не вздумала учинить самосуд.

Какую печальную ночь провели пассажиры жангады! Удар поразил и хозяев и слуг. Ведь все обитатели фазенды составляли как бы одну большую семью. Все слуги решили оберегать Якиту и ее детей. По берегу Риу-Негру беспрестанно ходили взад-вперед горожане, чрезвычайно возбужденные арестом Жоама Дакосты, и разве можно было предвидеть, до каких крайностей они способны дойти?

Однако ночь прошла спокойно, и никто не пытался напасть на жангаду.

На другой день, 26 августа, лишь только взошло солнце, Маноэль и Фрагозо, в эту тревожную ночь ни на минуту не отходившие от Бенито, попробовали рассеять его отчаяние. Отведя его в сторону, они постарались ему внушить, что теперь нельзя терять ни минуты, надо заставить себя действовать.

— Бенито, — сказал Маноэль, — возьми себя в руки, стань снова мужчиной, достойным сыном своего отца!

— Достойным отца! — вскричал Бенито. — Ведь я же его и погубил!

— Нет, — сказал Маноэль, — быть может, не все еще потеряно, если бог нам поможет.

— Выслушайте нас, господин Бенито, — поддержал его Фрагозо.

И юноша, проведя ладонью по глазам, сделал над собой неимоверное усилие и взял себя в руки.

— Бенито, — начал Маноэль, — Торрес никогда не рассказывал нам о своем прошлом и ничто не наведет нас на его след. Стало быть, мы не можем догадаться ни кто виновник преступления в Тижоке, ни каким образом он его совершил. Искать в этом направлении — значит даром терять время.

— А время очень дорого! — добавил Фрагозо.

— К тому же, — продолжал Маноэль, — если бы нам и удалось узнать, кто товарищ Торреса, оставивший ему свою исповедь, он ведь умер и не может подтвердить невиновность Жоама Дакосты. Однако мы знаем, что доказательство его невиновности существует, мы не можем сомневаться в существовании документа, если Торрес сам предлагал его продать. Этот документ — признание, написанное рукой преступника; он описывает злодеяние со всеми подробностями и оправдывает нашего отца. Да! Бесспорно! Этот документ существует!

— Зато сам Торрес больше не существует! — вскричал Бенито. — И документ пропал вместе с негодяем!

— Погоди, еще рано отчаиваться, — ответил Маноэль. — Помнишь, при каких обстоятельствах мы познакомились с Торресом? В чаще икитосского леса? Он гнался за обезьяной, стащившей у него металлическую коробку, которой он чрезвычайно дорожил; он гонялся за ней часа два, пока мы не сбили ее пулей. Неужто ты думаешь, что Торрес потратил бы столько сил ради нескольких спрятанных в коробке монет? А помнишь, какая радость мелькнула у него на лице, когда ты вернул ему отнятую у обезьяны коробку?

— Да!.. Да!.. В коробке, которую я держал в руках и отдал ему... Быть может, в ней лежал...

— Это более чем вероятно! Я даже уверен, что это так! — ответил Маноэль.

— Я вспомнил сейчас еще кое-что, — заметил Фрагозо. — Когда вы сошли с жангады в Эге, я остался на борту по просьбе Лины, чтобы следить за Торресом, и видел своими глазами, как он читал и перечитывал какую-то старую, пожелтевшую бумагу... и бормотал какие-то непонятные слова.

— Это и был документ! — Бенито ухватился за эту последнюю надежду. — Но он, наверно, спрятал его в верном месте!

— Нет! — возразил Маноэль. — Нет! Торрес слишком дорожил этой бумагой, чтобы расстаться с ней. Я думаю, он всегда носил ее при себе в той самой коробке.

— Постой, постой, Маноэль! Я вспомнил! Вспомнил! Когда во время дуэли я нанес Торресу первый удар прямо в грудь, моя маншетта наткнулась под его поншо на что-то твердое… вроде металлической пластинки!

— Это была коробка! — воскликнул Фрагозо.

— Да! В этом нет сомнений! — поддержал его Маноэль. — Коробка, наверно, лежала в кармане его куртки.

— Но труп Торреса…

— Мы его найдем!

— А документ? Если вода проникла в коробку, бумага размокла и ее нельзя будет прочесть.

— Почему? Если металлическая коробка закрывалась герметически, бумага не пострадала.

— Ты прав, Маноэль. — Бенито все так же цеплялся за последнюю надежду.

— Надо разыскать труп Торреса! Если понадобится, мы обшарим всю эту часть реки, но мы его разыщем!

Молодые люди тотчас же позвали лоцмана Араужо и сообщили ему о своем замысле.

— Хорошо! — ответил Араужо. — Я знаю все течения и мели на месте впадения Риу-Негру в Амазонку. Быть может, нам и удастся выловить тело Торреса. Возьмем две пироги, две убы, человек десять индейцев и отправимся.

В это время из комнаты Якиты вышел отец Пассанья, и Бенито вкратце рассказал ему, как они собираются отыскивать документ.

— Не говорите пока ничего матушке и сестре, — попросил он. — Если и последняя надежда рухнет, это их убьет.

— Ступай, сын мой, ступай, — сказал отец Пассанья, — и да поможет вам бог в ваших поисках.

Пять минут спустя четыре лодки отчалили от жангады; они спустились по Риу-Негру и подошли к берегу Амазонки в том самом месте, где смертельно раненный Торрес исчез в волнах реки.

8. Первый день поисков

Поиски следовало начинать немедленно по двум важным причинам.

Во-первых, так как это вопрос жизни или смерти для Жоама Дакосты: доказательство его невиновности надо представить прежде, чем придет приказ из Рио-де-Жанейро. Ведь теперь, когда личность осужденного установлена, можно ждать только одного — приказа о приведении приговора в исполнение.

Во-вторых, тело Торреса необходимо вытащить из реки как можно скорее, чтобы коробка и ее содержимое не пострадали от воды.

На этот раз Араужо проявил не только усердие и сообразительность, но также отличное знание особенностей реки у впадения в нее Риу-Негру.

— Если Торреса сразу унесло течением, — сказал он молодым людям, — придется обшарить дно на большом расстоянии, иначе надо ждать несколько дней, пока труп всплывет сам.

— Ждать мы не можем, — ответил Маноэль. — Мы должны найти его сегодня же!

— Если же тело застряло в камыше и водорослях у берега, — продолжал лоцман, — то не пройдет и часу, как мы его найдем.

— Тогда за дело! — ответил Бенито.

Действовать можно было только одним способом. Лодки подошли к берегу, и индейцы длинными баграми принялись ощупывать дно вдоль крутого откоса, где происходил поединок.

Место это было нетрудно узнать: полоса крови тянулась по отвесному меловому склону до самой воды. А на камыше виднелись пятна крови, указывавшие, куда погрузилось тело.

Ниже, футах в пятидесяти, в реку выдавалась коса, задерживая течение, и вода тут была неподвижна, как в большой лохани. У берега тоже не чувствовалось ни малейшего течения, и камыши стояли прямо, словно застыв. Значит, можно было надеяться, что тело Торреса не унесено течением на середину реки. И даже если дно сильно понижалось, образуя крутой склон, тело могло лишь соскользнуть на несколько метров в глубину, где тоже не было заметно никакого движения воды.

Убы и пироги, разделив между собой работу и ограничив место своих поисков краями этой заводи, двигались от краев к середине, обшаривая дно длинными баграми и не пропуская ни одного бугорка.

Однако все их старания не увенчались успехом: они не нашли трупа авантюриста ни в камыше, ни на дне русла, которое они тщательно обыскали.

Через два часа после начала работы все пришли к заключению, что тело, должно быть, ударившись о берег, откатилось вкось, за пределы заводи, туда, где уже начиналось течение.

— Но нам еще рано отчаиваться, — сказал Маноэль, — нечего и думать бросать поиски!

— Неужели нам придется обыскивать всю реку вдоль и поперек? — воскликнул Бенито.

— Поперек — может быть, а вдоль — к счастью, нет! — ответил Араужо.

— Почему? — спросил Маноэль.

— Потому что Амазонка на милю ниже впадения в нее Риу-Негру делает довольно крутой поворот, и дно ее при этом резко повышается. В этом месте образуется как бы естественная преграда — плотина Фриас, хорошо известная плотогонам. Переплыть ее могут лишь такие предметы, которые держатся на поверхности воды. Но тем, что сидят поглубже, ее не преодолеть.

Нельзя не согласиться, что это было счастливое совпадение обстоятельств, если только Араужо не ошибался. Но старому знатоку Амазонки можно было доверять. За тридцать лет, что он плавал лоцманом на этой реке, плотина Фриас, где стиснутое между берегами течение убыстрялось в сужавшемся ложе, доставила ему немало хлопот. Узость русла при малой глубине делала этот переход очень трудным, и здесь разбился не один плот.

Следовательно, Араужо был прав, считая, что если Торрес лежит на песчаном дне реки, то течение пока не может унести его за плотину.

Трудно было найти человека более опытного и лучше знающего этот край, чем лоцман Араужо. И если он уверен, что тело Торреса не могло уплыть дальше узкого пролива на расстоянии мили отсюда, то оставалось только обшарить эту часть реки, чтобы его отыскать.

К тому же в этом месте ни один остров или островок не преграждал течение Амазонки. Значит, нужно сначала обследовать оба берега до плотины, а потом тщательно обыскать самое русло шириной около пятисот футов.

Так и поступили. Сначала лодки прошли вдоль правого, потом вдоль левого берега реки. Обшарили баграми камыши и траву, осмотрели малейшие выступы на берегах, за которые тело могло зацепиться. Ничто не ускользало от глаз Араужо и индейцев.

Но все их усилия были тщетны. Прошло уже полдня, а исчезнувшее тело еще не было вытащено со дна реки. Индейцам дали часок отдохнуть. Немного подкрепившись, они снова принялись за дело.

На этот раз четыре лодки под командой лоцмана, Бенито, Фрагозо и Маноэля разделили поверхность реки от впадения Риу-Негру до плотины Фриас на четыре части. Теперь оставалось обследовать русло. Однако кое-где багры были недостаточно длинны, чтобы достать до самого дна. Пришлось соорудить нечто вроде драги или бороны, наполнив камнями и кусками железа прочные сети; их прикрепили к бортам лодок, которые плыли перпендикулярно берегам, и, опустив в воду, прочесывали дно, словно граблями.

Бенито и его товарищи занимались этой трудной работой до позднего вечера. Идя на веслах, убы и пироги избороздили всю поверхность реки до самой плотины.

Было пережито немало волнующих минут, когда сети цеплялись за что-нибудь на дне реки. Их тотчас вытаскивали, но вместо того, кого так упорно искали, они приносили тяжелый камень, или куст водорослей, вырванный с песчаного дна.

Однако никто не думал бросать начатые поиски. Все забывали о себе в этой самоотверженной работе. Бенито, Маноэлю и Араужо не приходилось подгонять и подбадривать индейцев. Эти преданные люди знали, что трудятся ради хозяина икитосской фазенды, ради человека, которого они любят и уважают, ради главы большой семьи, в которую входят наравне и хозяева и работники.

Они готовы были всю ночь обшаривать дно реки, если бы это понадобилось, не думая об усталости. Все слишком хорошо понимали, что значит каждая потерянная минута.

И все же, незадолго до захода солнца, Араужо, считая бесполезным продолжать поиски в темноте, дал лодкам сигнал возвращаться, и все они собрались у устья Риу-Негру, а потом вернулись на жангаду.

Так продуманно, так тщательно проведенные поиски ни к чему не привели!

Возвращаясь домой, Маноэль и Фрагозо не решались заговорить об этом с Бенито. Они боялись, как бы разочарование не толкнуло его на какой-нибудь отчаянный поступок.

Но теперь мужество и самообладание не покидали молодого человека. Он решил твердо идти до конца в этой отчаянной борьбе за жизнь и честь отца, и первый обратился к друзьям со словами:

— До завтра! Утром мы снова примемся за дело, и, надеюсь, с большим успехом.

— Да, ты прав, Бенито, — ответил Маноэль. — Мы должны добиться цели. Нельзя сказать, что мы полностью обследовали всю заводь и у берегов и в глубине.

— Нет, этого сказать нельзя, — согласился Араужо. — И я стою на том, что уже говорил: тело Торреса тут, течение не могло перенести его через плотину Фриас. Пройдет несколько дней, прежде чем оно всплывет на поверхность и его унесет течением. Да! Тело здесь, и пусть мне никогда не видать бутылки с тафией, если я не отыщу его!

Уверенность опытного лоцмана имела большой вес и всех обнадежила.

Однако Бенито, который не хотел утешаться словами, а предпочитал видеть вещи в истинном свете, возразил:

— Да, Араужо, тело Торреса пока еще в этой заводи, и мы отыщем его, если…

— Если? — повторил лоцман.

— Если оно не стало добычей кайманов!

Маноэль и Фрагозо с волнением ждали, что скажет Араужо.

Лоцман помолчал. Как видно, он хотел хорошенько обдумать свой ответ.

— Господин Бенито, — сказал он наконец, — у меня нет привычки бросать слова на ветер. Мне тоже пришла эта мысль, как и вам. Но скажите-ка, приметили вы за десять часов, что мы провели тут на воде, хоть одного каймана?

— Ни одного, — ответил Фрагозо.

— А если вы их не видели, — продолжал лоцман, — стало быть, их тут и нет, а нет их потому, что этих тварей совсем не тянет забираться в чистую воду, когда в четверти мили отсюда начинаются притоки с их любимой мутной водой! В том месте, где на жангаду напали кайманы, не было ни одного притока, где бы они могли укрыться. А здесь — другое дело. Войдите в Риу-Негру и сразу наткнетесь на десятки кайманов! Если бы тело Торреса свалилось в

Риу-Негру, у нас не было бы никакой надежды его отыскать. Но он упал в Амазонку, и Амазонка нам его отдаст.

Бенито, избавившись от своей тревоги, крепко пожал лоцману руку и сказал:

— До завтра, друзья!

Десять минут спустя все поднялись на жангаду. В этот день Якита провела несколько часов у мужа. Но перед уходом, не видя на жангаде ни лоцмана, ни Бенито с Маноэлем, ни шлюпок, она поняла, что они решили заняться поисками. Однако ничего не сказала мужу, надеясь, что на другой день порадует его вестью об успехе.

Но как только Бенито ступил на жангаду, она поняла, что их постигла неудача.

И все же бросилась ему навстречу.

— Ничего? — спросила она.

— Ничего, — ответил Бенито. — Но у нас есть еще завтрашний день!

Вся семья разошлась по своим спальням, и никто больше не говорил о событиях прошедшего дня.

Маноэль уговаривал Бенито лечь и отдохнуть хоть час-другой.

— К чему? — отвечал Бенито. — Разве я могу спать!

9. Второй день поисков

На другой день, 27 августа, еще до восхода солнца, Бенито отвел Маноэля в сторону и сказал:

— Наши вчерашние поиски были напрасны. Если сегодня мы поведем их так же, как и вчера, то можем опять ничего не добиться.

— Однако это необходимо, — возразил Маноэль.

— Да, но если мы опять не найдем тела Торреса, знаешь ли ты, сколько времени пройдет, пока оно само всплывет на поверхность?

— Я думаю, понадобится всего два-три дня.

— Но у нас нет этих трех дней! — воскликнул Бенито. — Ты же знаешь, мы не можем ждать! Мы должны продолжать поиски, но по-другому.

— Что же ты думаешь делать?

— Буду нырять сам и обследовать дно руками и глазами, — ответил Бенито.

— Ты можешь нырять сто, даже тысячу раз... Допустим! — сказал Маноэль.

— Я тоже считаю, что сегодня надо искать нам самим, непосредственно, а не вслепую — сетями и баграми, которые только щупают дно. Я считаю, как и ты, что нам нельзя ждать и трех дней. Но нырять, выплывать, отдыхать, снова нырять... Так на самые поиски останутся лишь считанные минуты. Нет! Этого недостаточно, это бесполезно, мы рискуем опять потерпеть неудачу!

— А разве ты можешь предложить что-нибудь другое, Маноэль? — спросил Бенито, глядя на друга в нетерпеливом ожидании.

— Послушай. Есть одна возможность, как будто посланная судьбой, чтобы нам помочь.

— Какая же? Говори!

— Вчера, проходя по Манаусу, я видел, как рабочие укрепляют набережную на Риу-Негру. Там под водой работает водолаз в скафандре. Попросим, возьмем на прокат или купим любой ценой это водолазное снаряжение и тогда примемся за поиски с лучшими средствами.

— Скажи Араужо, Фрагозо, команде — и в путь! — тотчас согласился Бенито.

Лоцману и цирюльнику сообщили о новом плане Маноэля и условились, что они на четырех шлюпках отправятся с командой к плотине Фриас и подождут там молодых людей.

Маноэль и Бенито, ни минуты не мешкая, высадились на берег и прошли на набережную в Манаусе. Там они предложили ведущему работы подрядчику такую сумму, что он поспешил передать им свое водолазное снаряжение на весь день.

— Хотите взять на подмогу кого-нибудь из моих рабочих? — спросил он.

— Дайте нам вашего мастера и несколько человек для работы воздушным насосом.

— А кто наденет скафандр?

— Я, — ответил Бенито.

— Ты, Бенито? — воскликнул Маноэль.

— Да, я!

Спорить было бесполезно.

Через час небольшой плот с насосом и необходимым оборудованием спустился вдоль берега и причалил к тому месту, где его дожидались лодки.

Известно, как устроено водолазное снаряжение, позволяющее человеку спускаться под воду и оставаться там некоторое время без всякого вреда для легких. Водолаз надевает водонепроницаемый резиновый костюм, заканчивающийся галошами со свинцовыми подошвами, которые позволяют ему сохранять в воде вертикальное положение. На шее этот костюм заканчивается широким медным кольцом, к которому привинчивают металлический шлем со вставленным спереди стеклом. Этот шлем надевается наголову водолаза так, чтобы он мог свободно двигать ею. К шлему прикреплены два резиновых шланга: по одному отводят выдыхаемый человеком воздух, уже негодный для дыхания, а по другому, соединенному с воздушным насосом на плоту, накачивают свежий воздух, которым он дышит. Когда водолаз должен работать на одном месте, плот стоит над ним неподвижно; когда же водолаз ходит по дну, плот плывет за ним или он сам следует за плотом, смотря по тому, как было условлено.

Теперь скафандры очень усовершенствованы и гораздо менее опасны, чем прежде[1]. Человек, погруженный в воду, довольно легко переносит увеличение давления. Если же в местных условиях и можно было чего-либо опасаться, так это встречи с кайманами. Но, как заметил Арауржо, никто не видел накануне ни одного из этих земноводных, к тому же известно, что кайманы предпочитают мутные воды притоков Амазонки. Впрочем, на случай какой-либо опасности у водолаза под рукой есть шнурок, соединенный с колокольчиком на плоту, и едва раздастся звонок, водолаза немедленно вытаскивают на поверхность.

Бенито, спокойно выполнявший принятое им решение, надел водолазный костюм, и голову его скрыл металлический шар. В руку он взял палку с железным наконечником, чтобы шарить в водорослях и разных обломках, скопившихся на дне реки, затем подал знак, и его спустили под воду.

Рабочие на плоту, привыкшие к этому делу, тотчас же принялись качать воздушный насос, а четверо индейцев с жангады, под командой Арауржо, отталкиваясь длинными баграми, медленно повели плот в условленном направлении.

Две пироги, под командой Маноэля и Фрагозо, каждая с двумя гребцами, следовали за плотом, готовые мчаться вперед или назад — куда понадобится, если только Бенито отыщет наконец тело и поднимет его на поверхность реки.

---

[1] В наше время водолазный костюм, или, как сейчас он называется, скафандр, гораздо совершеннее, чем описываемый Ж. Верном; он делается из более легких и прочных материалов, снабжен дыхательным, телефонным и сигнальным оборудованием.

10. Пушечный выстрел

Итак, Бенито спустился под водную гладь, которая скрывала от него тело авантюриста. Ах, если б в его власти было отвести, осушить, превратить в пар воду великой реки, если б он мог обнажить дно всего водного бассейна от плотины Фриас до устья Риу-Негру, тогда наверное коробка, спрятанная в кармане Торреса, была бы уже у него в руках! Невиновность его отца была бы доказана! Жоам Дакоста получил бы свободу и вместе с семьей продолжал бы путь по реке, избежав множества страшных испытаний.

Бенито ступил на дно. Под его тяжелыми подошвами хрустел песок. Он спустился на глубину в десять — пятнадцать футов у круто обрывавшегося берега, в том месте, где утонул Торрес.

Здесь были такие густые заросли камыша и водорослей, в которых застряло множество коряг, что вчера, во время поисков, багры не могли проникнуть повсюду. Могло случиться, что тело задержалось в этой подводной чаще и осталось на месте.

Тут, в заводи за косой, не было никакого течения. Юношу вел за собой плот, который медленно плыл у него над головой, повинуясь баграм индейцев.

Свет проникал довольно глубоко сквозь прозрачную воду, на безоблачном небе сияло яркое солнце, почти отвесно бросая свои лучи. В обычных условиях достаточно спуститься на глубину в двадцать футов под воду, чтобы видимость стала крайне ограниченной; но тут вода была как бы пронизана светом, и Бенито мог спуститься еще глубже, не погружаясь во мрак, и разглядывать дно реки.

Молодой человек медленно двинулся вдоль берега. Палкой с железным наконечником он ворошил водоросли и разные обломки, скопившиеся на дне. Стайки рыб выпархивали, если можно так выразиться, словно птички, из подводных кустов. Они сверкали в воде как тысячи осколков разбитого зеркала. А по желтоватому песку во все стороны сотнями разбегались маленькие рачки, похожие на больших муравьев из потревоженного муравейника.

Однако, несмотря на то, что Бенито обшарил каждый закоулок, он ничего не находил. Вскоре он заметил, что дно довольно сильно понижается, и решил, что тело Торреса могло скатиться вниз, к середине реки. В таком случае оно, вероятно, там и лежит, потому что течение вряд ли подняло его с такой глубины, а дальше русло еще опускается.

Бенито решил, как только кончит осматривать прибрежные заросли, продолжать поиски в русле реки. А пока он по-прежнему двигался вдоль берега за плотом, который, как было заранее условлено, должен был плыть четверть часа в том же направлении.

Прошло четверть часа, а Бенито ничего не нашел. Тут он почувствовал потребность подняться на поверхность и восстановить силы в нормальных условиях. Кое-где дно понижалось, и он был вынужден спускаться на глубину до тридцати футов. Значит, ему приходилось выдерживать давление, равное одной атмосфере, что вызывает большую физическую усталость, а у того, кто не привык к подобной работе, даже затуманивает сознание.

Бенито дернул за шнурок колокольчика, и рабочие на плоту принялись его вытаскивать, но очень медленно, поднимая всего на два-три фута в минуту, чтобы быстрая смена давления не повредила его внутренним органам.

Как только Бенито взобрался на плот, с него сняли скафандр, и, глубоко вздохнув, он сел немного отдохнуть.

Пироги тотчас подплыли к плоту. Маноэль, Фрагозо и Араужо окружили Бенито и ждали, когда он заговорит.

— Ну что? — спросил Маноэль.

— Ничего! Пока ничего!

— Ты не нашел никаких следов?

— Никаких!

— Хочешь, я тебя сменю?

— Нет, Маноэль, я только начал… Я знаю, куда теперь идти… Я хочу искать сам!

Бенито объяснил лоцману, что решил осмотреть нижнюю часть берега до плотины Фриас, где дно, повышаясь, могло задержать тело Торреса, особенно если оно плыло под водой и его прибило течением к плотине. Но прежде Бенито хотел отойти от берега и тщательно обыскать глубокую впадину в русле, так как багры не доставали до ее дна.

Араужо одобрил этот план и начал приготовления для новых поисков.

А Маноэль счел нужным дать Бенито кое-какие советы.

— Если ты хочешь продолжать поиски в той стороне, — сказал он, — плот поплывет за тобой, но будь осторожен, Бенито. Тебе придется спуститься футов на шестьдесят ниже, чем ты спускался, а там давление дойдет до двух атмосфер. Двигайся очень медленно, иначе это может сказаться на работе мозга. Ты перестанешь понимать, где ты, и забудешь, зачем туда попал. Если голову тебе сожмет словно в тисках, а в ушах начнется назойливый шум, не раздумывая давай сигнал, и мы вытащим тебя наверх. Потом, если надо, ты спустишься снова и так понемногу привыкнешь двигаться на глубине.

Бенито обещал Маноэлю следовать его советам, понимая, как они важны. Больше всего его испугало, что он может потерять способность соображать в ту минуту, когда ясность мысли будет ему особенно нужна.

Бенито пожал Маноэлю руку; металлический шлем снова привинтили к медному кольцу у него на шее, насос заработал, и водолаз вскоре исчез под водой.

Теперь плот отошел от левого берега футов на сорок, а чтобы течение не несло его быстрее, чем нужно, когда он выйдет на середину реки, к нему привязали убы, и индейцы, гребя против течения, удерживали его, так что он двигался совсем медленно.

Бенито спустили очень осторожно, и он твердо стал на дно. Когда его свинцовые подошвы коснулись песка, можно было определить по длине подъемного троса, что он спустился на глубину от шестидесяти пяти до семидесяти футов. Видимо, тут была глубокая впадина, гораздо ниже уровня всего русла.

Толща воды здесь была темнее, чем раньше, но благодаря своей чистоте пропускала достаточно света. Бенито довольно ясно различал предметы, осевшие на дне, и уверенно двигался вперед. К тому же песок, усеянный кусочками слюды, отражал свет как рефлектор, и можно было сосчитать ее крохотные пластинки, переливавшиеся словно сверкающая пыль.

Бенито ходил, всматриваясь, ощупывая своим копьем каждую ямку. Он продолжал медленно спускаться. По мере надобности веревку отпускали; подававшая и отводившая воздух трубки висели свободно, и насос работал исправно.

Понемногу Бенито дошел до середины реки, где впадина достигала наибольшей глубины.

Порой вокруг него нависала такая тьма, что он переставал видеть даже на близком расстоянии. Но это было ненадолго: плот, двигавшийся над его головой, заслонял солнечные лучи и казалось, что день сменила ночь. А минуту спустя черная тень отступала, и песок по-прежнему отражал яркий свет.

Бенито все спускался. Он чувствовал это прежде всего по усилившемуся давлению воды на его тело. Ему стало труднее дышать, он не мог так свободно двигать руками и ногами, как в среде с нормальным атмосферным давлением. Он находился в таких условиях, а его организм под воздействием таких явлений, к которым он совсем не привык. В ушах у него шумело все сильней, но сознание оставалось ясным, он чувствовал, что мозг его работает четко, даже с небывалой отчетливостью, и потому не хотел давать сигнала к подъему и продолжал спускаться все ниже.

Вдруг в окружавшем его полумраке он заметил какую-то темную фигуру. Ему показалось, что это очертания тела, застрявшего в кусте водорослей.

Сердце его сжалось. Он шагнул и, вытянув вперед копье, сдвинул с места темное тело.

Но то был труп громадного каймана, уже превратившийся в скелет, который течение Риу-Негру вынесло в Амазонку.

Бенито отошел и, вспомнив уверения лоцмана, подумал, что и живой кайман тоже мог бы забраться в глубину реки у плотины Фриас.

Но он отбросил эту мысль и продолжал идти вперед, решив добраться до самого дна впадины.

К этому времени он уже спустился футов на сто и, следовательно, испытывал давление в три атмосферы. Он понимал, что если впадина будет и дальше понижаться, ему придется скоро прекратить поиски.

Опыт показал, что спуск под воду на глубину от ста двадцати до ста тридцати футов — это предел, который опасно переступать: под таким давлением не может нормально функционировать не только человеческий организм, но и насосы перестают равномерно подавать воздух.

И все же Бенито решил идти вперед, пока хватит выдержки и физических сил. Какое-то необъяснимое предчувствие влекло его к этой подводной пропасти; чутье подсказывало ему, что тело скатилось на самое дно, и если на Торресе были тяжелые вещи — пояс с зашитыми деньгами или оружие, — они могли задержать тело в глубине.

И вдруг в темной впадине он заметил труп. Да, труп! Одежда на нем еще не истлела, и он лежал вытянувшись, как будто уснул, подложив руки под голову...

Торрес ли это? В густом мраке его было трудно узнать; но то было несомненно человеческое тело, оно лежало совершенно неподвижно менее чем в десяти шагах от Бенито.

Юношу охватило ужасное волнение. На миг сердце у него остановилось. Ему казалось, что он вот-вот потеряет сознание. Но неимоверным усилием воли он справился с собой и пошел к трупу.

И тут его внезапно потряс сильнейший удар. Какой-то длинный ремень крепко хлестал его тело, и, несмотря на толстый водолазный костюм, Бенито пронзила острая боль:

— Гимнот!

Только это слово и успел он сказать.

В самом деле, на Бенито напал гимнот, или электрический угорь. Как известно, это особый вид угрей, с черной скользкой кожей, у которых мышцы обладают необыкновенной силой. К тому же они имеют особый орган, вырабатывающий электричество, и могут наносить опасные удары. Электрические угри бывают величиной с обыкновенного угря, а порой достигают и семи футов.

И в Амазонке, и в ее притоках довольно много гимнотов, и такая живая катушка длиной в пять футов, раскрутившись и выгнувшись дугой, вдруг бросилась на нашего водолаза.

Бенито понял, насколько опасно для него нападение этой страшной твари. Одежда не могла его защитить.

Электрические разряды продолжали сыпаться на Бенито, и он знал, что так будет и дальше, пока угорь не истощит всю свою энергию.

Не в силах устоять под этими ударами, Бенито упал на песок. Руки и ноги у него постепенно немели под действием электрического тока, испускаемого гимнотом, который терся о его тело и понемногу обвивался вокруг него крепкими кольцами. Бенито уже не мог шевельнуть рукой. Вскоре он выпустил свое копье и был не в силах даже дернуть за шнурок от колокольчика, чтобы дать сигнал.

Не в силах устоять под ударами гимнота, Бенито упал на песок.

Он чувствовал, что погибает. Ни Маноэль, ни его товарищи не представляли себе, какой ужасный поединок происходит под ними, на речном дне, между страшным гимнотом и несчастным водолазом, который еле отбивался и уже не мог себя защитить.

И как раз в ту минуту, когда он обнаружил труп, и без сомнения труп Торреса!

Подчиняясь инстинкту самосохранения, Бенито попытался закричать. Но крик его замер в металлическом шаре, не пропускавшем ни малейшего звука.

Бенито чувствовал, что сознание его покидает. В глазах у него темнело, руки и ноги словно налились свинцом…

Но он еще не совсем потерял способность видеть и соображать, когда произошло странное, необъяснимое явление.

Глухой гул прокатился по водяной толще. Он походил на раскат грома, отозвавшийся в самых глубоких слоях воды, колеблемых ударами гимнота. Бенито показалось, что этот грозный гул затопил его, проникнув в сокровенные глубины реки.

И вдруг у него вырвался крик: перед ним предстало страшное видение!

Потонувшее тело, до сих пор неподвижно лежавшее на песке, внезапно приподнялось! Вода, колеблясь, шевелила его руки, как будто утопленник делал странные, конвульсивные движения. Казалось, что жуткий труп ожил!

Это был в самом деле труп Торреса. Солнечный луч, пробившись сквозь водяную толщу, осветил его, и Бенито узнал распухшее и позеленевшее лицо сраженного им злодея, последний вздох которого замер под водой.

Тогда как Бенито, будто в параличе, не мог шевельнуть ни рукой, ни ногой, а тяжелые подошвы пригвоздили его к песчаному дну, труп выпрямился, голова его качнулась и, выскользнув из опутавших его водорослей, он встал во весь рост и, страшный, безмолвный, всплыл прямо вверх, на поверхность реки.

11. Что нашли в коробке Торреса

Что же случилось? То, было чисто физическое явление, и мы его объясним.

Канонерская лодка «Санта Ана», шедшая вверх по Амазонке в город Манаус, только что миновала плотину Фриас. Подходя к устью Риу-Негру, она подняла флаг и выстрелом из пушки приветствовала бразильское знамя. От выстрела вода в реке заколебалась, и колебания передались до самого дна; этого движения воды было достаточно, чтобы начавшее разлагаться тело Торреса, ставшее от этого легче, всплыло на поверхность Амазонки.

Маноэль вскрикнул, товарищи подхватили его крик, и одна пирога тотчас бросилась за трупом, а водолаза стали поднимать на плот.

Невозможно передать испуг Маноэля, когда он увидел, что вытащенный из воды Бенито лежит на плоту без движения, не подавая никаких признаков жизни.

Неужели воды Амазонки возвращают им второй труп?

С водолаза как можно скорей сняли скафандр и костюм.

Под воздействием электрических разрядов Бенито совсем потерял сознание. Маноэль в отчаянии звал его, старался оживить своим дыханием, слушал, бьется ли у него сердце.

— Бьется! Бьется! — закричал он.

Да, сердце Бенито еще билось, и через несколько минут благодаря стараниям Маноэля он очнулся.

— Тело! Где тело?! — таковы были первые и единственные слова, сорвавшиеся с его губ.

— Вот оно, — ответил Фрагозо, указывая на пирогу с трупом Торреса, приближавшуюся к плоту.

— А ты как, Бенито? Что с тобой случилось? — спросил Маноэль. — Не хватило воздуха?

— Нет, на меня напал гимнот. Но откуда этот гул, этот взрыв?..

— Пушечный выстрел, — ответил Маноэль. — Благодаря этому выстрелу тело и всплыло на поверхность.

Тут пирога причалила к плоту. На дне ее лежало выловленное индейцами тело Торреса. Пребывание под водой еще не очень обезобразило утопленника. Узнать его было легко. Тут не могло быть никаких сомнений.

Фрагозо, стоя в пироге на коленях, принялся срывать с него одежду, распадавшуюся клочьями.

Вскоре внимание Фрагозо привлекла обнажившаяся правая рука Торреса. На ней был ясно виден шрам от давнишней ножевой раны.

— Этот шрам! — воскликнул Фрагозо. — Ну да!.. Конечно! Теперь я вспомнил!

— Что? — спросил Маноэль.

— Ссору!.. Да, ссору, свидетелем которой я был в провинции Мадейра… года три назад. Как же я мог его забыть? Торрес служил тогда в полиции лесным стражником. Ах! Я же знал, что уже встречал этого негодяя!

— Что нам за дело до него теперь! — сказал Бенито. — Коробку! Коробку! Вот что нам нужно. Она при нем?

И Бенито чуть было не разорвал оставшуюся на Торресе одежду, но Маноэль его остановил.

— Минутку, Бенито! — сказал он.

Затем обратился к рабочим на плоту, которые не принадлежали к команде жангады и могли считаться беспристрастными свидетелями.

— Запомните, друзья мои, что мы будем делать, чтобы потом точно пересказать судьям, как все произошло.

Рабочие подошли к пироге.

Тогда Фрагозо размотал пояс, стягивавший тело Торреса под разорванным пуншо, и, ощупав карман его куртки, воскликнул:

— Коробка!

Бенито ответил ему радостным криком. Он хотел схватить коробку, поскорее открыть ее и проверить, что там лежит.

— Нет, — снова остановил его Маноэль, который не терял хладнокровия. — Нельзя допустить, чтобы у судей возникло хотя бы малейшее сомнение. Беспристрастные свидетели должны подтвердить, что эта коробка действительно найдена на теле Торреса!

— Ты прав, — согласился Бенито.

— Друг мой, — обратился Маноэль к старшине рабочих на плоту, — пожалуйста, обыщите сами карманы его куртки.

Старшина исполнил его просьбу. Он вынул металлическую коробку с герметически закрытой крышкой, по-видимому не пострадавшую от пребывания в воде.

— А бумага?.. Бумага еще там? — вырвалось у Бенито, который был не в силах совладать с собой.

— Открыть коробку должен судья, — ответил Маноэль. — Судья сам проверит, находится ли там документ.

— Да... да... Ты опять прав, Маноэль, — сказал Бенито. — Тогда в Манаус, друзья! Скорей в Манаус!

Десять минут спустя быстро плывущая пирога вошла в гавань Манауса. Бенито и его спутники выскочили на берег и бросились бегом по городским улицам.

Через несколько минут они были уже у дома Жаррикеса и передали через слугу, что просят судью немедленно их принять.

Судья приказал ввести их к нему в кабинет.

Маноэль рассказал ему все, что произошло с той минуты, когда Бенито в честном поединке смертельно ранил Торреса, до той минуты, когда у мертвеца была найдена коробка, которую старшина сам вынул у него из кармана.

Хотя рассказ этот подтверждал все, что говорил Жоам Дакоста о Торресе и о сделке, которую тот ему предлагал, судья Жаррикес не сдержал недоверчивой усмешки.

— Вот эта коробка, сударь, — сказал в заключение Маноэль. — Она ни минуты не была в наших руках, и вам вручит ее тот самый человек, который нашел ее в кармане Торреса.

Судья схватил коробку и принялся ее изучать. Он разглядывал ее со всех сторон, как какую-нибудь драгоценность, потом встряхнул, и монеты в ней зазвенели.

Неужели в этой коробке не лежит разыскиваемый документ — бумага, написанная рукой настоящего виновника преступления, которую Торрес хотел продать Жоаму Дакосте ценой такой низкой сделки? Неужели доказательство невиновности осужденного безвозвратно потеряно?

Легко угадать, какое волнение овладело всеми свидетелями этой сцены. Бенито не мог выговорить ни слова, он чувствовал, что сердце его вот-вот разорвется.

— Откройте же, сударь... откройте коробку, — проговорил он наконец прерывающимся голосом.

Судья Жаррикес начал отвинчивать крышку. Потом, сняв ее, опрокинул коробку, и из нее выкатилось на стол несколько золотых монет.

— А бумага!.. Бумага?! — И Бенито схватился за стол, чтобы не упасть.

Судья засунул пальцы в коробку и с трудом вытащил тщательно сложенную, пожелтевшую бумагу, как видно не пострадавшую от воды.

— Документ! Вот документ! — закричал Фрагозо. — Это та самая бумага, которую я видел в руках у Торреса.

Судья Жаррикес развернул бумагу, посмотрел на нее с одной стороны, потом с другой и убедился, что она написана довольно крупным почерком.

— Да, документ, — сказал он. — Никакого сомнения, это в самом деле документ.

— И документ этот доказывает невиновность моего отца! — воскликнул Бенито.

— А вот этого я не знаю, — возразил судья Жаррикес, — и, боюсь, мне не легко будет узнать!

— Почему? — спросил Бенито, побледнев как мертвец.

— Потому что документ зашифрован, — ответил судья Жаррикес, — а к этой криптограмме...

— Что же?

— У нас нет ключа!

12. Документ

Поистине это было чрезвычайно серьезное затруднение, которого ни Жоам Дакоста, ни его семья не могли предвидеть. Те, кто не забыл первую сцену этой повести, знают, что документ был написан шифром по одной из многих систем, применяемых в криптографии.

Но по какой?

Чтобы разгадать ее, надо было пустить в ход всю изобретательность, на какую способен человеческий ум.

Судья Жаррикес при Бенито и его товарищах велел снять точную копию с документа, который он хотел оставить у себя, затем, сверив ее, отдал молодым людям, чтобы они передали заключенному.

Условившись встретиться с судьей завтра, они откланялись и, не желая ни на минуту откладывать свидание с Жоамом Дакостой, отправились прямо в тюрьму.

Там, во время короткой беседы с арестованным, они сообщили ему все, что произошло.

Жоам Дакоста взял документ и внимательно осмотрел его. Потом, покачав головой, вернул сыну.

— Может статься, — сказал он, — в этой бумаге и приводится доказательство, которого я до сих пор не мог представить. Но если это доказательство ускользнет от меня, а вся моя безупречная жизнь не говорит в мою пользу, тогда мне больше нечего ждать от людского правосудия и судьба моя в руках божьих!

Это понимали все. Если документ не удастся расшифровать, положение осужденного безнадежно.

— Мы разгадаем его, отец! — воскликнул Бенито. — Нет на свете таких документов, которые нельзя разгадать. Поверьте нам... Поверьте! Небо чудом вернуло нам документ, который оправдывает вас. Оно направляло нас к цели, когда мы разыскивали эту бумагу, а теперь направит наш разум и поможет ее прочесть!

Жоам Дакоста пожал руки молодым людям, и они, все еще очень взволнованные, поспешили на жангаду, где их ждала Якита.

Там они тотчас рассказали Яките обо всем, что произошло со вчерашнего дня: о том, как всплыл труп Торреса, о находке документа и о том, в какой непонятной форме составил его друг авантюриста, истинный виновник преступления, — должно быть, из страха, как бы документ не выдал его, если бы попал в чужие руки.

Разумеется, Лине тоже поведали об этом неожиданном осложнении и о том, что Фрагозо узнал Торреса, который прежде был лесным стражником и служил в отряде полиции, орудовавшей в окрестностях устья Мадейры.

— Но где вы с ним раньше встречались? — спросила юная мулатка.

— Это было в провинции Амазонки, — ответил Фрагозо, — когда я бродил из деревни в деревню, занимаясь своим ремеслом.

— А что у него за шрам?

— Вот как это случилось. Пришел я однажды в миссию Аранас, а Торрес, которого я прежде никогда не видел, как раз повздорил с товарищем, — все это был отчаянный народ! — и ссора их кончилась тем, что Торреса пырнули в руку ножом. Врача там не было, и мне поручили перевязать рану. Вот тут-то я и познакомился с ним!

— А впрочем, что толку, если мы и узнали, кем был Торрес, — заметила Лина. — Преступление совершил не он, так что нам это не поможет.

— Конечно, — согласился Фрагозо. — Но прочтут же когда-нибудь документ, черт возьми! И все узнают, что Жоам Дакоста невиновен!

На это надеялись и все члены семьи Дакосты. Вот почему они заперлись в общей комнате и провели немало часов, стараясь расшифровать документ.

Однако если они надеялись прочесть эту бумагу, то и судья Жаррикес — это следует подчеркнуть — надеялся ничуть не меньше их.

Составив доклад, в котором после допроса он устанавливал личность Жоама Дакосты, судья отправил его в Рио-де-Жанейро и считал, что сам он покончил с этим делом. Но не тут-то было!

Надо сказать, что с тех пор, как был найден документ, судья Жаррикес вдруг почувствовал себя в своей стихии. Охотник до разных числовых загадок, искусный отгадчик забавных задач, шарад, ребусов и всяких головоломок, он мог сейчас отдаться любимому занятию.

А мысль, что этот документ, быть может, таит в себе оправдание Жоама Дакосты, пробудила в Жаррикесе страсть исследователя. Итак, перед ним криптограмма! Теперь он думал лишь о том, как ее разгадать. Всякий, кто его знал, не стал бы сомневаться, что он будет трудиться над этой загадкой, не зная ни сна ни отдыха.

После ухода молодых людей судья Жаррикес остался один в кабинете. Он не велел никого принимать, обеспечив себе на несколько часов полный покой. Очки были у него на носу, табакерка на столе. Он взял добрую понюшку табаку, чтобы хорошенько прочистить мозги, схватил документ и погрузился в размышления, которые вскоре приняли форму монолога. Почтенный судья был человек экспансивный и любил иногда подумать вслух.

— Будем действовать по системе, — объявил он, — без системы нет логики, а без логики не добиться успеха.

Затем, взяв документ, прочитал его от начала до конца и ничего не понял.

— Гм! — промычал он, подумав. — Пытаться разобрать каждый абзац один за другим — значит даром тратить драгоценное время. Напротив, надо выбрать один абзац — такой, который представляет наибольший интерес. А какой же это может быть, если не последний, где непременно подводится итог всему документу? Навести меня на след могут имена собственные, в частности, имя Жоама Дакосты. А если оно упоминается в этом документе, то, конечно, должно быть и в последнем абзаце.

Судья рассуждал логично. Бесспорно, он был прав, желая сосредоточить все силы своего ума на последнем абзаце.

Мы еще раз приведем этот абзац: читателю необходимо иметь его перед глазами, чтобы понять ход мысли отгадчика, старающегося докопаться до сути.

СГУЧПВЭЛЛЗИРТЕПНДНФГИНБОРГЙУГЛЧД

КОТХЖГУУМЗДХРЪСГСЮДТПЪАРВЙГГИЩВЧ

ЭЕЦСТУЖВСЕВХАХЯФБЬБЕТФЗСЭФТХЖЗБЗ

ЪГФБЩИХХРИПЖТЗВТЖЙТГОЙБНТФФЕОИХТ

ГЕГИИОКЗПТФЛЕУГСФИПТЬМОФОКСХМГБТ

ЖФЫГУЧОЮНФНШЗГЭЛЛШРУДЕНКОЛГГНСБ

КССЕУПНФЦЕЕЕГГСЖНОЕЫИОНРСИТКЦЬЕД

БУБТЕТЛОТБФЦСБЮЙПМПЗТЖПТУФКДГ

Прежде всего судья Жаррикес отметил, что строки документа не разделены ни на слова, ни даже на фразы, и в нем нет никаких знаков препинания. Это еще больше затрудняло чтение.

— Посмотрим, однако, не похожи ли какие-нибудь сочетания букв на слова, я хочу сказать — слова, в которых такое количество гласных и согласных, что их можно произнести. Вот, например, в первой строке я вижу ВЭЛЛ, а дальше БОРГ… А вот во второй строке КОТ и СТУЖ — как будто похоже на русские слова! Но откуда взяться русским словам на берегах Амазонки! И дальше вот слово ФЕО… Однако при чем тут латынь? А все эти КОЛ, РИП, ЛОТ, СИТ, ТЕГ — что они значат? А раньше ФУТ, ФОКС — вот вам и английские слова! Поди разберись!

Судья Жаррикес опустил листок и погрузился в раздумье.

— Все эти слова, замеченные мною при беглом чтении, просто нелепы, — пробормотал он. — А если вдуматься, непонятно, какого они происхождения. Одни напоминают голландские, другие — русские, третьи — английские, а большинство ни на что не похожи, не говоря уже о том, что многие группы согласных вообще невозможно произнести. Да, как видно, нелегко будет найти ключ к этой криптограмме!

И пальцы судьи принялись барабанить по столу что-то вроде сигнала к побудке, словно он хотел разбудить свои уснувшие мыслительные способности.

— Прежде всего поглядим, сколько букв в этом абзаце, — сказал он и сосчитал их с карандашом в руке.

— Двести пятьдесят две! Ну что ж, теперь надо посмотреть, как часто повторяется каждая буква, и произвести подсчет.

На это понадобилось больше времени. Судья Жаррикес снова взял документ и принялся считать, отмечая каждую букву в алфавитном порядке. Четверть часа спустя он составил следующую таблицу:

А — 2 раза
Б — 12 ...
В — 6 ...
Г — 20 ...
Д — 6 ...
Е — 15 ...
Ж — 8 ...
З — 9 ...
И — 10 ...
Й — 6 ...
К — 7 ...
Л — 9 ...
М — 4 ...
Н — 11 ...
О — 12 ...
П — 10 ...
Р — 7 ...
С — 14 ...
Т — 21 ...
У — 11 ...
Ф — 15 ...

Х — 9 ...
Ц — 4 ...
Ч — 4 ...
Ш — 2 ...
Щ — 2 ...
Ъ — 3 ...
Ы — 2 ...
Ь — 3 ...
Э — 4 ...
Ю — 3 ...
Я — 1 ...
Всего — 252 буквы

— Гм, гм! — пробурчал судья Жаррикес. — С первого взгляда меня поражает вот что: в одном этом абзаце использованы все буквы алфавита. Странно! Попробуйте взять наудачу несколько строк книжного текста, скажем те же двести пятьдесят две буквы, — туда почти никогда не войдут все буквы алфавита. Впрочем, может быть, это просто случайность.

Потом он перешел к другому вопросу.

— Гораздо важнее узнать, — сказал он, — находятся ли гласные и согласные в нормальном соотношении.

И судья, снова взявшись за карандаш, выписал гласные буквы и произвел следующий подсчет:

А — 2 раза
Е — 15 ...
И — 10 ...
О — 12 ...
У — 11 ...
Ы — 2 ...
Э — 4 ...
Ю — 3 ...
Я — 1 ...
Всего — 60 гласных

— Итак, — заключил он, — если подсчитать, у нас получится шестьдесят гласных на сто девяносто две согласных. Это приблизительно нормальная пропорция, то есть около одной четверти. Стало быть, возможно, что этот документ написан на нашем языке, но каждая буква подменена другой. А если этот принцип проводился систематически, то есть если буква Б, например, каждый раз обозначалась буквой Л, или О — буквой В, а Г — буквой К, и так далее, тогда пусть меня выгонят со службы, если я не прочту этот документ! И действовать надо не иначе, как по методу гениального аналитика — Эдгара По!

Судья Жаррикес имел в виду рассказ знаменитого американского писателя, недаром считающийся шедевром. Но кто же не читал «Золотого жука»?

В этом рассказе криптограмму, составленную из цифр, букв, алгебраических знаков, звездочек, точек и запятых, анализируют чисто математическим методом и разгадывают при самых фантастических обстоятельствах; вот почему поклонники оригинального писателя не могут забыть этот рассказ.

Однако от разгадки американского документа зависела только находка сокровища, а здесь дело шло о жизни и чести человека! Так что найти шифр к этой криптограмме было куда важней.

Судья, не раз перечитывавший «Золотого жука», изучил все аналитические приемы, так тщательно разработанные Эдгаром По, и решил воспользоваться ими. Он был уверен, что если значение каждой буквы остается всегда одним и тем же, то с помощью этих приемов он в конце концов прочтет документ, касающийся Жоама Дакосты.

— Как поступил Эдгар По? — бормотал он. — Он начал с того, что установил, какой знак — но здесь у нас только буквы, значит, мы скажем — какая буква встречается в криптограмме чаще всего. Тут я вижу, что это буква Т; она встречается двадцать раз. Уже это огромное число заранее говорит о том, что Т не означает Т, ибо должна заменять букву, чаще всего встречающуюся в нашем языке; я предполагаю, что документ написан по-португальски. Во французском и английском языке это, конечно, была бы буква Е; у итальянцев — И или А; у португальцев же — А или О. Итак, предположим, хотя бы на время, что Т значит А или О.

Исходя из этого судья стал искать, какая буква после Т встречается в документе чаще всего. И составил следующую таблицу:

Т — 21 раз
Ж — 8 раз
Г — 20 ...
З, Л — 9 ...
Е, Ф — 15 ...
С — 14 ...
Б, О — 12 ...
Н, У — 11 ...
П, И — 10 ...
Х — 9 ...
Р — 7 ...
В, Д, Й — 6 ...
М, Ц, Ч — 4 ...
Ъ, Ь, Э, Ю — 3 ...
А, Ш, Щ, Ы — 2 ...
Я — 1...

— Итак, буква А попадается здесь всего два раза! — вскричал судья. — А ведь она должна была бы встречаться чаще всех. Теперь яснее ясного, что значение ее изменено. Хорошо, какие же буквы после А и О чаще всего встречаются в нашем языке? Подумаем.

И судья Жаррикес, проявив поистине замечательную проницательность, свидетельствующую о его глубоком уме, погрузился в новые исследования. Тут он подражал знаменитому американскому писателю, который, будучи великим аналитиком, сумел с помощью простой индукции[1] или сопоставления воссоздать азбуку, соответствующую всем знакам, криптограммы, а затем без труда прочел эту тайнопись.

---

[1] Способ рассуждения, с помощью которого от частных суждений, от исследования фактов приходят к общим выводам.

Точно так же поступил и судья, и мы можем утверждать, что он оказался не слабее своего прославленного учителя. Ведь он набил руку на всевозможных логогрифах, кроссвордах и головоломках, построенных на перестановке букв, которые решал и в уме и на бумаге, и был довольно силен в этом умственном спорте.

Теперь ему было нетрудно установить, какие буквы повторяются чаще всего, и расставить их по порядку — сначала гласные, а потом согласные. Через три часа, после того как он начал работу, перед ним лежала азбука, и если его метод был правильным, она должна была открыть ему настоящее значение букв документа.

Оставалось только последовательно заменить буквы в документе буквами этой азбуки.

Но приступал он к этому не без волнения. Он предвкушал то духовное наслаждение — куда более сильное, чем многие думают, — когда человек после долгих часов упорного труда понемногу открывает смысл логогрифа, который он так страстно искал.

— А ну-ка попытаемся, — проговорил он. — Право, я буду очень удивлен, если не нашел ключа к этой загадке.

Судья Жаррикес снял очки, протер запотевшие стекла, снова нацепил их на нос и склонился над столом.

Взяв свою новую азбуку в одну руку, а документ в другую, он стал подписывать под каждой буквой документа найденную им букву, считая, что она должна точно соответствовать букве криптограммы.

Подписав первую строчку, он перешел ко второй, потом к третьей, к четвертой, пока не дошел до конца абзаца.

Чудак! Пока писал, он даже не позволял себе взглянуть, выходят ли из этих букв понятные слова. Нет, он решительно отказался от всякой проверки. Он хотел доставить себе наслаждение, прочитав все подряд, одним духом.

Кончив писать, он воскликнул:

— А теперь прочтем!

И прочитал...

Великий боже, какая белиберда! Строчки, которые он написал буквами своей азбуки, были так же бессмысленны, как и строчки документа! Это был еще один набор букв — только и всего; они не составляли никаких слов, не имели никакого смысла! Короче говоря, это были такие же иероглифы!

— Что за дьявольщина! — завопил судья Жаррикес.

13. Речь идет о шифрах

Было уже семь часов вечера. Судья Жаррикес по-прежнему сидел, погрузившись в решение головоломки, ни на шаг не продвинувшись вперед, совершенно позабыв и об обеде и об отдыхе, когда кто-то постучался в дверь его кабинета.

И, право, вовремя. Еще час, и мозг раздраженного судьи, чего доброго, растопился бы в его воспаленной голове!

После нетерпеливого приглашения войти дверь отворилась, и появился Маноэль.

Молодой человек оставил на жангаде своих друзей, безуспешно пытавшихся прочесть непонятный документ, и отправился к судье. Он хотел узнать: быть может, Жаррикесу больше повезло и ему удалось разгадать, по какой системе составлена криптограмма.

Судью не рассердил приход Маноэля. Мозг его был так переутомлен, что одиночество стало уже невмоготу. Ему было необходимо с кем-нибудь поделиться, а тем более с человеком, столь же заинтересованным в разгадке этой тайны, как и он сам. Словом, Маноэль явился кстати.

— Господин судья, — проговорил он, входя, — прежде всего позвольте спросить, добились ли вы большего успеха, чем мы?

— Сначала сядьте! — воскликнул судья Жаррикес. — Если мы оба будем стоять, вы приметесь ходить в одну сторону, я — в другую, а кабинет мой для нас двоих слишком тесен.

Маноэль сел и повторил свой вопрос.

— Нет! Мне так же не повезло, как и вам! И знаю я не больше вашего. Я ничего не могу вам сказать, кроме того, что теперь твердо уверен…

— В чем же, сударь, в чем?

— Уверен, что документ основан не на условных знаках, а на том, что в тайнописи называют «шифром», то есть на числе!

— А разве нельзя, — спросил Маноэль, — прочесть в конце концов и такой документ?

— Можно, — ответил судья, — можно, когда одна буква каждый раз заменяется одной и той же: если, к примеру, А всегда заменяется буквой Н, а Н — буквой К; если же нет, тогда нельзя!

— А в этом документе?

— В этом документе буквы меняются в зависимости от произвольно выбранного числа, которому они подчинены. Таким образом Б, поставленная вместо К, станет дальше З, потом М, или Н, или Ф, иначе говоря — любой другой буквой.

— И что же тогда?

— Тогда, скажу вам с глубоким сожалением, криптограмму прочесть невозможно!

— Невозможно?! — воскликнул Маноэль. — Нет, сударь, мы непременно найдем ключ к этому документу, ведь от него зависит жизнь человека!

И он вскочил в порыве негодования. Полученный ответ был так безнадежен, что Маноэль отказывался считать его окончательным.

Однако по знаку судьи он снова сел и сказал спокойнее:

— А почему, собственно, вы так уверены, что документ основан на шифре или, как вы говорите, на числе?

— Выслушайте меня, молодой человек, — ответил судья, — и вам придется согласиться с очевидностью.

Судья Жаррикес взял документ и положил его перед Маноэлем вместе со своими вычислениями.

— Я начал расшифровывать этот документ, как и следовало: основываясь только на логике и не полагаясь на случай. Итак, расставив по порядку буквы нашего языка от наиболее к наименее употребительным, я составил азбуку и подставил новые буквы в документ, по принципу нашего бессмертного аналитика Эдгара По, а затем попробовал его прочесть... И представьте, у меня ничего не вышло!

— Не вышло! — горестно повторил Маноэль.

— Да, молодой человек! И я должен был с самого начала сообразить, что решить эту задачу таким способом невозможно! Человек поопытнее меня избежал бы такой ошибки.

— Боже мой! — вскричал Маноэль. — Мне так хотелось бы вас понять, а я не могу!

— Возьмите в руки документ и прочтите его еще раз, хорошенько всматриваясь в расположение букв.

Маноэль послушался.

— Вы не видите ничего странного в сочетании некоторых букв? — спросил судья.

— Нет, не вижу, — ответил Маноэль, наверно в сотый раз проглядев все строчки документа.

— Ну вот, всмотритесь повнимательнее хотя бы в последний абзац. Там, как вы понимаете, сосредоточен весь смысл документа. По-вашему, в нем нет ничего необычного?

— Нет.

— И, однако, тут есть одна особенность, которая самым бесспорным образом доказывает, что документ построен на числе.

— Какая же?

— Взгляните, на этой строчке стоят подряд три буквы Е.

Судья Жаррикес был прав, и наблюдение его заслуживало внимания. Двести первый, двести второй и двести третий знак в этом абзаце были буквой Е. Но вначале судья не заметил этой особенности.

— Что же это доказывает? — спросил Маноэль, не догадываясь, какой надо сделать из этого вывод.

— Это доказывает, молодой человек, что документ построен на числе. Это подтверждает, что каждая буква изменяется в зависимости от цифр этого числа и места, которое они занимают.

— Но почему же?

— Потому что ни в одном языке нет таких слов, где одна буква стояла бы три раза подряд.

Маноэль был поражен этим доводом и не нашелся ничего возразить.

— Если бы я заметил это раньше, — продолжал судья, — я избежал бы лишней траты сил и жестокой мигрени, от которой у меня раскалывается голова!

— Но скажите, сударь, — проговорил Маноэль, чувствуя, что теряет последнюю надежду, но все еще цепляясь за нее, — что вы подразумеваете под шифром?

— Назовем его числом.

— Назовем его как вам угодно.

— Я приведу вам пример, и это будет лучше любого объяснения.

Судья Жаррикес сел за стол, взял лист бумаги, карандаш и сказал:

— Давайте возьмем фразу, все равно какую, ну хотя бы вот эту: «У судьи Жаррикеса проницательный ум». Теперь я напишу ее, оставляя пробелы между словами, вот так:

У СУДЬИ ЖАРРИКЕСА ПРОНИЦАТЕЛЬНЫЙ УМ

Написав, судья, считавший, по-видимому, это изречение непреложным, посмотрел Маноэлю в глаза и сказал:

— А теперь я возьму наудачу какое-нибудь число, чтобы сделать из этой фразы криптограмму. Предположим, что число состоит из трех цифр, например 4, 2 и 3. Я подписываю это число 423 под строчкой так, чтобы под каждой буквой стояла цифра, и повторяю число, пока не дойду до конца фразы. Вот что получится:

У СУДЬИ ЖАРРИКЕСА ПРОНИЦАТЕЛЬНЫЙ УМ

4 23423 423423423 42342342342342 34

Затем, молодой человек, возьмем азбуку и будем заменять каждую букву нашей фразы той буквой, которая стоит после нее в алфавитном порядке на месте, указанном цифрой. Например, если под буквой А стоит цифра 3, вы отсчитываете три буквы и заменяете ее буквой Г. Итак, вот что мы получим:

У — 4 = Ч С — 2 = У У — 3 = Ц Д — 4 = И Ь — 2 = Ю И — 3 = Л

Если буква находится в конце алфавита и к ней нельзя прибавить нужного числа букв, тогда отсчитывают недостающие буквы с начала азбуки. Например, буква Я в алфавите последняя. Если под ней стоит цифра 3, то счет начинают с буквы А, и тогда Я заменяется буквой В.

Доведем до конца начатую криптограмму, построенную на числе 423 — взятом произвольно, не забудьте! — и фраза, которую вы знаете, заменится следующей:

ЧУЦИЮЛКВУФКНЙУЧУТСЕКЩЦФИПЮРЯ ЛЦР

Теперь, молодой человек, хорошенько рассмотрите эту фразу. Разве она не выглядит точь-в-точь как те, что вы видели в документе? Что же из этого следует? Что значение каждой буквы определяется случайно поставленной под нею цифрой, и буква в криптограмме никогда не обозначает одной и той же буквы текста. Взгляните: в нашей фразе первое У обозначено буквой Ч, а второе буквой Ц; первое И обозначено буквой Л, а второе — К; первое А обозначено буквой В, второе — Ч, а третье — Ц. В моем имени одно Р заменено буквой У, а другое — Ф. Теперь вам ясно, что если бы вы не знали числа 423, вам никогда не удалось бы прочесть этой строчки, и, следовательно, если мы не знаем числа, на котором основан документ, мы никогда не сможем его расшифровать!

Сначала Маноэль был глубоко подавлен этим строго логичным рассуждением судьи, но затем приободрился и сказал:

— Нет, господин судья! Я все же не откажусь от надежды найти это число.

— Быть может, это еще было бы возможно, — ответил судья Жаррикес, — если бы строчки документа были разделены на слова!

— Почему?

— Вот как я рассуждаю, молодой человек. Я полагаю, есть все основания утверждать, что в последнем абзаце документа подводится итог тому, что было сказано в предыдущих. Поэтому я уверен, что в нем упоминается Жоам Дакоста. Если бы строчки были разделены на слова, то мы могли бы выделить слова, состоящие из семи букв, как и фамилия Дакоста, и, пробуя их одно за другим, может быть, и отыскали бы число, являющееся ключом криптограммы.

— Пожалуйста, объясните мне, как надо действовать, — попросил Маноэль, который увидел в этом предположении последний луч надежды.

— Ничего нет проще, — ответил судья Жаррикес. — Возьмем, например, одно из слов в написанной мною фразе, хотя бы мою фамилию. В криптограмме это бессмысленный ряд букв — КВУФКНЙУ. Напишем эти буквы вертикальным столбцом, а против них поставим буквы моей фамилии. Затем отсчитаем количество букв между ними в алфавитном порядке и найдем нужное число:

Между К и Ж находятся 4 буквы.
Между В — А находятся 2 буквы.
Между У — Р находятся 3 буквы.
Между Ф — Р находятся 4 буквы.
Между К — И находятся 2 буквы.
Между И — К находятся 3 буквы.
Между И — Е находятся 4 буквы.
Между У — С находятся 2 буквы.

Из чего состоит столбик цифр, полученных этим простым сопоставлением? Вы видите сами: из цифр 42342342... то есть из несколько раз повторенного числа 423.

— Да, это так! — подтвердил Маноэль.

— Вы понимаете, что этим способом, идя в алфавитном порядке от условной буквы к настоящей, вместо того чтобы идти от настоящей к условной, как мы делали вначале, я легко нашел число 423, которое сделал ключом своей криптограммы.

— Ну что ж! — воскликнул Маноэль. — Если имя Дакосты упоминается в последнем абзаце, а это несомненно так, тогда, принимая одну за другой каждую букву этих строк за первую из тех семи, что составляют его имя, мы в конце концов найдем...

— Это было бы возможно, — ответил судья Жаррикес, — но только при одном условии!

— Каком?

— Надо, чтобы первая цифра числа совпала с первой буквой слова «Дакоста», а согласитесь, что это почти невероятно.

— Да, конечно, — проговорил Маноэль, чувствуя, что от него ускользает последняя возможность успеха.

— Стало быть, приходится рассчитывать на чистую случайность, — продолжал судья Жаррикес, качая головой, — а в такого рода задачах никак нельзя полагаться на случайность!

— А вдруг она все-таки поможет нам найти это число!

— Число, число! — проворчал судья. — Но сколько входит в него цифр? Две, три или, может, девять, десять? Состоит оно из разных цифр или из постоянно повторяющихся? Знаете ли вы, молодой человек, что из десяти цифр десятичного счисления, употребив их все без повторений, можно составить три миллиона двести шестьдесят восемь тысяч восемьсот разных чисел, а если допустить повторение тех же цифр, то добавятся еще миллионы комбинаций? Знаете ли вы, что если на проверку каждого числа вы будете тратить всего по одной минуте из пятисот двадцати пяти тысяч шестисот минут, составляющих год, вам понадобится больше шести лет? А если на каждую проверку вы будете тратить час, тогда вам потребуется больше трех веков! Нет, молодой человек, вы хотите невозможного!

— Невозможно лишь одно, сударь, — осудить невинного человека! — ответил Маноэль. — Невозможно, чтобы Жоам Дакоста потерял жизнь и честь, когда у вас в руках письменное доказательство его невиновности. Вот что невозможно!

— Ах, молодой человек! — вскричал судья Жаррикес. — Почем вы знаете, что этот Торрес не солгал, что у него и вправду был в руках документ, написанный виновником преступления, что эта бумага и есть тот документ и что он имеет отношение к Жоаму Дакосте?

— Почем я знаю?.. — повторил Маноэль.

И опустил голову на руки.

В самом деле, ничто не доказывало с полной очевидностью, что в документе говорилось о деле в Алмазном округе. Ничто не подтверждало, что это не просто бессмысленный набор букв и что его не составил сам Торрес, вполне способный продать поддельный документ вместо настоящего.

— И все же, господин Маноэль, — сказал, вставая, судья Жаррикес, — каково бы ни было содержание этого документа, я не брошу попыток найти к нему ключ! Хоть это и потруднее логогрифа или ребуса.

Выслушав судью, Маноэль встал, поклонился и отправился на жангаду, еще более обескураженный, чем раньше.

14. Наудачу

Тем временем в общественном мнении Манауса произошел резкий перелом в пользу осужденного Жоама Дакосты. Гнев сменился состраданием. Теперь горожане уже не осаждали тюрьму, требуя казни заключенного. Напротив! Самые ярые его враги, кричавшие, что он главный виновник преступления в Тижоке, теперь заявляли, что он ни в чем не виноват, и требовали его немедленного освобождения. Толпа легко бросается из одной крайности в другую.

Впрочем, этот перелом был понятен.

События, происшедшие за последние два дня: дуэль Бенито с Торресом; поиски трупа и то, что он всплыл при таких необыкновенных обстоятельствах; находка документа, который, как оказалось, невозможно прочесть; внезапно обретенная уверенность, что это и есть доказательство невиновности Жоама Дакосты и что бумага написана рукой настоящего преступника — все это способствовало перемене общественного мнения. То, чего все желали, чего нетерпеливо требовали два дня назад, теперь ждали с тревогой: все боялись приказа, который должен был прийти из Рио-де-Жанейро.

Однако он не мог задержаться надолго. Жоама Дакосту арестовали 24 августа и допросили на другой день. Донесение судьи было отправлено 26-го. Теперь наступило уже 28 августа. Министр решит участь осужденного через три-четыре дня самое большее, и нет никакого сомнения, что «правосудие свершится».

Да, никто в этом не сомневался. А между тем все были уверены, что документ доказывает невиновность Жоама Дакосты, — и члены его семьи, и даже непостоянные жители Манауса, сейчас с волнением следившие за развитием этой драматической истории.

Однако какую цену мог иметь документ в глазах людей незаинтересованных и беспристрастных, не поддавшихся влиянию последних событий? Из чего они могли заключить, что он имеет отношение к делу в Алмазном округе? Документ существовал, это бесспорно. Его нашли на теле Торреса. Совершенно верно. Можно было даже удостовериться, сравнив его с доносом Торреса на Жоама Дакосту, что документ этот написан не его рукой. Однако, как заметил судья Жаррикес, разве этот негодяй не мог состряпать документ, чтобы шантажировать Дакосту? И это тем вероятнее, что Торрес соглашался отдать его только после свадьбы с дочерью Дакосты, когда уже ничего нельзя будет изменить.

Одни поддерживали, другие оспаривали эти доводы, и можно себе представить, как взбудоражило всех это дело. А между тем положение Жоама Дакосты было чрезвычайно опасно. Пока документ не расшифрован, его все равно что нет; а если в течение трех дней каким-либо чудом ключ к нему не будет найден, тогда осужденного уже ничто не спасет — через три дня он будет казнен.

И все же один человек надеялся совершить это чудо! То был судья Жаррикес. Теперь он трудился, чтобы спасти Жоама Дакосту, а не только из любви к искусству. Да, и в его сознании тоже произошел перелом. Человек, добровольно покинувший свое убежище в Икитосе и, рискуя жизнью, приехавший требовать, чтобы бразильский суд восстановил его честь, был тоже загадкой, загадкой человеческой души, поважнее многих других! И судья решил не отрываться от документа, пока не найдет разгадки. С каким пылом он взялся за дело! Он не ел, не спал и все время только подбирал числа, чтобы найти ключ к этому секретному замку!

К концу первого дня эта неотвязная мысль превратилась у него в настоящую манию. Он кипел от злости, и весь дом дрожал перед ним. Слуги, и белые и черные, не смели к нему подступиться. К счастью, он был холостяком, иначе госпоже Жаррикес пришлось бы пережить немало неприятных часов. Никогда в жизни ни одна задача так сильно не увлекала этого чудака, и он был твердо намерен добиваться ее решения, пока голова его не лопнет, как перегретый котел.

Теперь достойный судья окончательно убедился, что ключом к документу служит число, состоящее из двух или нескольких цифр, но найти это число невозможно никакими логическими рассуждениями.

А между тем именно таким способом яростно искал его Жаррикес и весь день 28 августа не отрывался от этого нечеловеческого труда, напрягая все свои силы и способности.

Искать число наугад — значило, как говорил он сам, проделать миллионы комбинаций, на что не хватило бы целой жизни самого умелого вычислителя. Но если невозможно найти число наугад, то нельзя ли попытаться отыскать его с помощью умозаключений? Конечно, можно, и судья Жаррикес пытался до тех пор, пока ум у него не зашел за разум, хотя он и старался отдохнуть, соснув часок-другой.

Тот, кому удалось бы в это время проникнуть к судье, несмотря на строгий приказ никого не пускать и не нарушать его уединения, застал бы его, как и накануне, в кабинете, за письменным столом: он сидел, уставившись на документ, непонятные буквы которого, казалось, порхали вокруг его головы.

— Эх! — воскликнул он. — Почему негодяй, написавший эту бумагу, кем бы он ни был, не разделил строчки на слова! Я бы попробовал... попытался... Так нет же! Однако, если в этом документе действительно идет речь об убийстве и краже алмазов, там должны встречаться слова: «алмазы», «Тижока», «Дакоста», и еще какие-то имена. Если бы я мог сопоставить их со словами криптограммы, то докопался бы и до числа... Но нет! Ни одного пробела! Он написал только одно слово. Слово в двести пятьдесят две буквы! Ах, будь он проклят двести пятьдесят два раза, этот мерзавец, так некстати усложнивший свою систему! За одно это его надо бы двести пятьдесят два раза вздернуть на виселицу!

Яростный удар кулака по документу подкрепил это не очень-то человеколюбивое пожелание.

— Но все же, — продолжал судья, — если я не в состоянии отыскать одно из этих слов в середине документа, то могу попробовать найти их в начале и в конце каждого абзаца. Тут, может, есть хоть один шанс на успех, и им нельзя пренебрегать.

И судья Жаррикес начал пробовать, не соответствуют ли буквы, которыми начинались и кончались абзацы документа, буквам, составляющим самое важное слово, несомненно встречающиеся в нем, — слово «Дакоста».

Но у него ничего не вышло.

В самом деле, посмотрим хотя бы начало последнего абзаца. Вот эти семь букв:

С — Д
Г — А
У — К
Ч — О
П — С
В — Т
Э — А

На первой же букве судья Жаррикес вынужден был остановиться, ибо между буквами С и Д в алфавите находятся тринадцать букв, что дает двузначное число, а в подобных криптограммах каждую букву можно заменить только одной цифрой.

То же случилось и с последними семью буквами этого абзаца: ПТУФКДГ, где буква П никак не могла заменить букву Д в слове «Дакоста», ибо их отделяет одиннадцать букв.

Значит, это имя тут не стояло.

То же произошло и со словами «алмазы» и «Тижока», которые также не соответствовали буквам криптограммы.

Проделав эту работу, судья Жаррикес, у которого трещала голова, встал, походил по кабинету, подышал воздухом у открытого окна и вдруг взревел так, что спугнул стайку колибри, щебетавшую в листве ближней мимозы. Потом снова сел и взялся за документ.

Он принялся вертеть его в руках.

— Мерзавец! — бормотал он. — Прощелыга! Он скоро сведет меня с ума! Однако — стоп! Спокойно! Нельзя терять рассудка! Сейчас не время!

Он вышел и облил голову холодной водой.

— Попробуем другой способ, — проговорил он. — Если я не могу вывести числа из этих проклятых букв, подумаем, какое число мог выбрать автор документа, которого мы считаем виновником преступления в Тижоке.

Судья решил применить новый метод анализа и, возможно, был прав, потому что в нем тоже была своя логика.

— Прежде всего, — сказал он, — возьмем какой-нибудь год. Почему бы этому негодяю не выбрать, например, год рождения невинно осужденного Жоама Дакосты, хотя бы для того, чтобы не забыть такой важной даты? Жоам Дакоста родился в 1804 году. Посмотрим, что нам даст число 1804 в качестве ключа к криптограмме!

И судья Жаррикес написал первые буквы того же абзаца, над ними поставил число 1804. Он повторил это три раза и получил следующую таблицу:

1804 1804 1804

СГУЧ ПВЭЛ ЛЗИР

Затем, отсчитав в алфавите назад указанное цифрами число букв, он получил следующую строчку:

Р.УУ О.ЭЗ К.ИМ

Она ничего не значила! Да к тому же в ней не хватало трех букв, которые он заменил точками, потому что цифра 8, стоявшая над буквами Г, В и З, если отсчитывать обратно по алфавиту, не находила соответствующих букв.

— Опять ничего не вышло! — вскричал судья Жаррикес. — Попробуем другое число.

Он рассудил, что автор документа мог выбрать и другой год — например, тот, когда было совершено преступление.

Оно произошло в 1826 году.

Итак, действуя как и в прошлый раз, судья составил следующую таблицу:

1826 1826 1826

СГУЧ ПВЭЛ ЛЗИР

и получил:

Р.СС О.ЫЕ К.ЖК

— такой же набор букв без всякого смысла, в котором тоже не хватало несколько букв, и по той же причине!

— Проклятое число! — вскричал судья. — Придется отказаться и от этого! Возьмем еще одно. А может, этот мошенник выбрал число украденных им конто?

Украденные алмазы были оценены в восемьсот тридцать четыре конто, и судья написал следующую таблицу:

834 834 834 834

СГУ ЧПВ ЭЛЛ ЗИР

которая дала такой же неудовлетворительный результат, как и предыдущие:

ЙФП ПМ. ХИЗ.ЕМ

— К черту документ и того, кто его выдумал! — закричал судья Жаррикес и отшвырнул бумагу так, что она улетела в дальний угол комнаты. — Тут даже святой потерял бы терпение!

Но когда судья немного поостыл, он не захотел признать свое поражение и снова взялся за документ. Опыты, проделанные им с первыми строками абзацев он повторил и с последними, но... тщетно! Потом он перепробовал все, что подсказывало ему разгоряченное воображение. Он подставлял числа, обозначавшие возраст Жоама Дакосты, несомненно известный преступнику, дату его ареста, дату вынесения приговора в суде Вилла-Рики, дату назначенной казни, и т. д. и т. д., кончая числом жертв преступления в Тижоке!

Ничего! Каждый раз — ничего!

Судья Жаррикес пришел в такое исступление, что можно было и впрямь опасаться за его рассудок. Он прыгал, бесновался, размахивал руками, как будто схватился с кем-то врукопашную. Потом вдруг закричал:

— Попробую наудачу, и если логика бессильна — да поможет мне небо!

Рука его схватилась за шнурок звонка, висевшего возле письменного стола. Звонок яростно зазвонил, судья подошел к двери и распахнул ее.

— Бобо! — позвал он.

Прошло несколько секунд.

Бобо, отпущенный на волю негр, любимый слуга Жаррикеса, не показывался. Должно быть, он не решался войти к своему хозяину.

Снова раздался звонок. Снова Жаррикес позвал Бобо, но тот, как видно, решил, что на этот раз в его интересах прикинуться глухим.

Наконец, когда звонок затрезвонил в третий раз и шнурок лопнул, в дверях появился Бобо.

— Что вам угодно, хозяин? — спросил он, благоразумно не переступая порога.

— Подойди сюда и не говори ни слова! — приказал судья, и негра бросило в дрожь от его горящего взгляда.

Бобо подошел.

— Бобо, слушай внимательно, что я тебе скажу, и отвечай мне тотчас же, ни капли не раздумывая, не то я…

Ошеломленный Бобо, вытаращив глаза и разинув рот, вытянулся перед хозяином, как солдат, и ждал.

— Ты готов?

— Готов.

— Внимание! Говори сразу, не задумываясь, первое число, которое придет тебе в голову!

— Семьдесят шесть тысяч двести двадцать три! — выпалил Бобо, не переводя дыхания.

Как видно, он думал угодить хозяину, выбрав число побольше.

Судья Жаррикес подбежал к столу и, схватив карандаш, подписал под текстом число, названное негром, который при данных обстоятельствах был слепым орудием случая.

Разумеется, было бы совершенно невероятно, если бы это число — 76223 — оказалось ключом к документу. Новая попытка привела лишь к одному результату: вызвала ярость Жаррикеса, с губ которого сорвалось такое ругательство, что Бобо мигом исчез.

15. Последние попытки

Однако не один судья Жаррикес тратил силы на бесплодные поиски. Бенито, Маноэль и Минья тоже пытались соединенными усилиями вырвать у документа тайну, от которой зависела жизнь их отца. Не отставали от них и Фрагозо с Линой. Но тщетно пускали они в ход всю свою изобретательность: роковое число было по-прежнему неуловимо.

— Найдите же, Фрагозо! — твердила юная мулатка. — Найдите число!

— Найду! — уверял Фрагозо.

Но не находил.

Надо сказать, однако, что у Фрагозо созрел план, о котором он не хотел говорить даже Лине; этот план не давал ему покоя, и он решил его осуществить: отыскать тот отряд полиции, в котором служил бывший лесной стражник, и узнать, кто мог быть автором зашифрованного документа, признавшим себя виновником преступления в Тижоке. Ведь та часть провинции Амазонки, где орудовал этот отряд, и даже место, где несколько лет назад Фрагозо встретил Торреса, находились совсем недалеко от Манауса. Стоило только спуститься на пятьдесят миль вниз по Амазонке до устья ее правого притока Мадейры, и там, наверно, удалось бы встретить начальника лесной стражи, под командой которого служил Торрес. Через два-три дня Фрагозо мог бы уже поговорить и с бывшими товарищами Торреса.

«Да, конечно, это-то я сделаю, — думал он, — а дальше что? Если даже я добьюсь успеха; что мне это даст? Допустим, мы убедимся, что один из товарищей Торреса недавно умер, разве это докажет, что умерший и есть виновник преступления? Разве это подтвердит, что он передал Торресу документ, в котором признается в преступлении и обеляет Жоама Дакосту? И, наконец, разве это даст нам ключ к документу? Нет! Только два человека знали шифр: преступник и Торрес. И обоих нет в живых!»

Так рассуждал Фрагозо. Было совершенно очевидно, что поездка его ни к чему не может привести. А между тем эта мысль не давала ему покоя. Непреодолимая сила принуждала его ехать, хотя он не был даже уверен, отыщет ли в Мадейре прежний отряд полиции. К тому же отряд мог в это время перейти в другую часть провинции, и, чтобы добраться до него, у Фрагозо не хватит времени. А главное, чего он добьется? Какого результата?

И все же на другой день, 29 августа, еще до восхода солнца, Фрагозо, никого не предупредив, украдкой сошел с жангады, отправился в Манаус и отбыл на одной из многих лодок «эгаритеа», ежедневно спускавшихся вниз по Амазонке.

Когда он не явился ни к обеду, ни к ужину, все были очень удивлены. Никто, даже юная мулатка, не знал, чем объяснить отсутствие этого преданного слуги в такие трудные минуты.

Кое-кто даже спрашивал себя, и не без основания, не сделал ли чего бедняга над собой с отчаяния, что, встретив Торреса на границе, сам пригласил его на жангаду.

Но если Фрагозо и корил себя за это, то что же говорить о Бенито! В первый раз; в Икитосе, именно он пригласил Торреса на фазенду. Во второй раз, в Табатинге, он же привел авантюриста на жангаду и взял с собой в путешествие. В третий раз снова он вызвал Торреса на дуэль и убил, уничтожив единственного свидетеля, чьи показания могли спасти его отца!

Теперь Бенито винил себя во всем: и в аресте отца, и в ужасных последствиях, к которым этот арест может привести!

Будь Торрес жив, Бенито мог бы надеяться так или иначе, угрозами или посулами, заставить его отдать документ. За большие деньги Торрес, который не был замешан в преступлении, наверно, согласился бы заговорить. И так долго разыскиваемое документальное доказательство было бы представлено суду. Да, без сомнения!.. Но единственный человек, который мог представить это доказательство, убит рукою Бенито!

Вот что несчастный юноша твердил матери, Маноэлю и себе самому. Вот какую жестокую ответственность возлагала на него совесть.

Однако стойкая Якита, делившая свое время между мужем, с которым проводила все дозволенные ей часы, и сыном, впавшим в такое отчаяние, что близкие опасались за его рассудок, не теряла твердости и мужества.

Она по-прежнему оставалась отважной дочерью Магальянса, достойной подругой хозяина икитосской фазенды.

Правда, Жоам Дакоста всем своим поведением поддерживал ее в тяжелом испытании. Этот человек доблестной души и строгой нравственности, неутомимый труженик, вся жизнь которого была борьбой, ни на минуту не падал духом.

Самым жестоким ударом для него была смерть судьи Рибейро, который не сомневался в его невиновности. Но и этот удар не сломил Жоама, хотя он и надеялся восстановить свою честь лишь с помощью своего бывшего защитника. Вмешательству Торреса он придавал лишь второстепенное значение. К тому же он и не подозревал о существовании документа, когда решил уехать из Икитоса на родину и отдать себя в руки правосудия. Он мог предъявить лишь доказательства морального порядка. Конечно, если бы в ходе дела неожиданно нашлось какое-либо юридическое доказательство, он не стал бы им пренебрегать; но если из-за ряда прискорбных обстоятельств оно исчезло, значит, он оставался в том же положении, в каком перешел бразильскую границу, — в положении человека, который говорит: «Вот мое прошлое, вот мое настоящее, я принес вам всю свою безупречную трудовую жизнь. Первый ваш приговор был несправедлив. После двадцатитрехлетнего изгнания я сам отдаю себя в ваши руки. Я здесь! Судите меня».

Вот почему смерть Торреса и невозможность прочесть найденный при нем документ не произвели на Жоама Дакосту такого сильного впечатления, как на его семью, друзей и слуг — на всех, кто принимал в нем живое участие.

— Я уповаю на свою невиновность, — твердил он Яките, — как уповаю на господа бога! Если он сочтет, что жизнь моя еще полезна моим близким и нужно чудо, чтобы ее спасти, он сотворит это чудо, а если нет — я умру. Он один мне судья!

Между тем волнение в Манаусе с каждым днем все усиливалось. Дело Дакосты обсуждали с необыкновенной горячностью. Общество, падкое на всякие тайны, было так взбудоражено, что все только и говорили о таинственном документе. К концу четвертого дня никто уже не сомневался, что разгадка криптограммы приведет к оправданию осужденного.

Надо сказать, что каждый мог и сам попытаться разгадать непонятный документ. Местная газета «Диарио до Гран Пара» напечатала его факсимиле[1], и множество оттисков распространялось в городе по настоянию Маноэля, решившего не пренебрегать ничем из того, что могло бы помочь разгадать тайну, — даже случайностью, за которой порой скрывается перст провидения.

Кроме того, была обещана награда в сто конто тому, кто разгадает непонятный шифр и прочтет документ. Это было целое состояние! Итак, множество людей всех сословий потеряли охоту есть, пить и спать и сидели не отрываясь над загадочной криптограммой.

До сих пор, однако, все это ни к чему не привело и, вероятно, самые искусные отгадчики на свете напрасно проводили бы над ней бессонные ночи.

Публику предупредили, что решение загадки следует немедленно направлять судье Жаррикесу, в его дом на улице Бога-отца, но до вечера 29 августа никто ничего не прислал и, как видно, не сможет прислать.

---

[1] Факсимиле (лат. fac simile — «сделай подобное») — точное воспроизведение рукописи, документа, подписи средствами фотографии и печати.

Из тех, кто мучился над этой головоломкой, больше всех был достоин сожаления судья Жаррикес. В результате естественного хода мысли он теперь тоже разделял общее мнение, что документ связан с делом в Тижоке, написан рукою самого преступника и снимает вину с Жоама Дакосты. И потому с еще большим пылом искал ключ. Он делал это не только из любви к искусству, но из чувства справедливости и сострадания к невинно осужденному человеку. Если правда, что человеческий мозг, работая, тратит некий содержащийся в организме фосфор [1], то мы не взялись бы определить, какое количество фосфора истратил судья — такую громадную работу проделал его мозг, и все же он ничего не добился, решительно ничего!

Но, несмотря ни на что, судья и не думал отказываться от своей задачи. Он рассчитывал теперь только на случай и хотел и требовал, чтобы этот случай пришел ему на помощь. Он старался поймать его всеми возможными и невозможными способами. Он приходил в бешенство, в ярость, и, что еще хуже, в бессильную ярость!

Какие только числа не перепробовал он во второй половине дня — всякие числа, взятые просто с потолка — вообразить невозможно! Ах, если б у него было время, он не колеблясь бросился бы в безбрежное море комбинаций, которые образуются из десяти цифр десятичного счисления. Он посвятил бы этому всю жизнь, рискуя свихнуться задолго до конца работы. Свихнуться? Да был ли он и сейчас в своем уме?

Тут ему пришло в голову, что, может быть, документ нужно читать справа налево. Он перевернул его и, поднеся к свету, попробовал применить прежние приемы. Снова неудача! Испробованные раньше числа и на этот раз не дали желанного результата. А может быть, документ надо читать снизу вверх, от последней буквы к первой? Его составитель мог придумать этот трюк, чтобы еще больше затруднить чтение. Нет! Эта новая комбинация дала лишь еще один ряд загадочных букв.

---

[1] Фосфор входит в состав нервной, мозговой и костной тканей человеческого организма.

К восьми часам вечера судья Жаррикес опустил голову на руки, разбитый, опустошенный, не в силах шевелиться, говорить, думать, связать одну мысль с другой.

Вдруг снаружи послышался шум. И тотчас, несмотря на строжайший запрет, дверь в его кабинет распахнулась.

На пороге стояли Бенито и Маноэль. На Бенито было страшно смотреть; несчастный юноша едва держался на ногах, и Маноэль поддерживал его.

Судья вскочил.

— В чем дело, господа, что вам нужно? — спросил он.

— Число!.. Число!.. — отвечал Бенито, не помня себя от горя. — Шифр документа!

— Вы его нашли? — воскликнул Жаррикес.

— Нет, сударь, — сказал Маноэль. — А вы?

— Нет… Не нашел!

— Нет?! — простонал Бенито.

И в полном отчаянии, выхватив из-за пояса кинжал, он хотел пронзить себе грудь.

Судья и Маноэль бросились на него и не без труда его обезоружили.

— Бенито, — сказал судья Жаррикес, стараясь говорить спокойным голосом, — если ваш отец не может избежать наказания за преступление, которого не совершил, то у вас есть дело поважнее, чем убивать себя!

— Какое же? — вскричал Бенито.

— Вы должны попытаться его спасти!

— Но как?..

— Догадайтесь сами. Не мне вам говорить!

16. Приготовления

На другой день, 30 августа, Бенито и Маноэль обсуждали новый план действий. Они поняли мысль судьи, которую тот не захотел ясно высказать перед ними. Теперь они обдумывали, как устроить побег осужденному, которому грозила казнь.

Больше ничего не оставалось делать.

Всем было ясно, что непонятный документ не имеет никакой цены и останется мертвой буквой для властей в Рио-де-Жанейро, что первый приговор, объявивший Жоама Дакосту виновником преступления в Тижоке, не будет отменен и что приказ о казни последует немедленно, ибо в приговоре нет ни слова о смягчении наказания.

Следовательно, Жоам Дакоста должен без колебаний еще раз бежать от несправедливого приговора.

Молодые люди сразу условились, что будут хранить свой план в глубокой тайне и не сообщат о нем даже Яките и Минье. Они не хотели подавать им надежду, которая может и не сбыться. Как знать, не помешают ли им непредвиденные обстоятельства осуществить этот побег!

Теперь молодые люди очень нуждались в помощи Фрагозо. Такой сметливый и преданный помощник был бы им чрезвычайно полезен; но Фрагозо до сих пор не вернулся. Расспросили Лину, но и она не могла сказать, куда он исчез и почему ушел с жангады, никого не предупредив.

И, разумеется, если бы Фрагозо предвидел, что дело примет такой оборот, он не покинул бы семью Дакосты ради попытки, не сулившей никаких определенных результатов. Уж лучше бы он помог устроить побег заключенному, чем разыскивать товарищей Торреса! Но Фрагозо исчез, и поневоле пришлось обходиться без его помощи.

На рассвете Бенито и Маноэль сошли с жангады и отправились в Манаус. Быстро добравшись до города, они углубились в узкие улочки, еще пустые в этот ранний час. Через несколько минут они были уже у места заключения Дакосты и обошли кругом пустырь, на котором стоял старый монастырь, превращенный в тюрьму.

Прежде всего надо было изучить место действия.

В одном из выступов здания, в двадцати пяти футах над землей, находилось окошко камеры, где был заперт Жоам Дакоста. Окошко это было забрано довольно расшатанной железной решеткой, которую будет нетрудно подпилить и выломать, если удастся до нее добраться. Камни в стене были неровные, со впадинами и выступами, на них можно опираться ногой, поднимаясь по веревке. Если ловко забросить веревку, можно зацепить ее за прутья решетки, которые по бокам заканчивались крючками. Поднявшись к окну, Бенито и Маноэль должны будут вынуть два-три прута, чтобы в отверстие мог пролезть человек, и войти в камеру, после чего им останется только спустить узника по веревке, привязанной к железной решетке; дальше побег не представит больших затруднений. Ночь обещала быть очень темной, действий их никто не заметит, а к рассвету Жоам Дакоста будет уже в безопасности.

Целый час Маноэль и Бенито ходили взад и вперед, стараясь не привлекать к себе внимания, и очень тщательно все осмотрели: и расположение окна, и решетку, и место, где лучше забросить веревку.

— Итак, мы условились обо всем, — сказал Маноэль. — Но надо ли предупреждать твоего отца?

— Нет, Маноэль! Не будем говорить ни ему, ни матушке о попытке, которая может кончиться неудачей.

— Она удастся, Бенито! Только надо все предусмотреть, а если начальник тюремной охраны что-нибудь заметит...

— У нас будет с собой достаточно золота, чтобы его подкупить.

— Хорошо. Но когда отец наш выйдет из тюрьмы, мы не можем спрятать его ни в городе, ни на жангаде. Где мы найдем ему убежище?

Это был второй вопрос, который следовало решить, вопрос чрезвычайно серьезный, и вот к чему они пришли.

В ста шагах от тюрьмы пустырь пересекал канал, вливавшийся в Риу-Негру. Если пирога будет здесь ждать беглеца, то по этому каналу проще всего добраться до реки. Ведь от тюремной стены до канала не больше ста шагов.

Бенито и Маноэль решили, что в восемь часов вечера от жангады отчалит пирога с лоцманом Араужо и двумя сильными гребцами. Она поднимется по Риу-Негру, войдет в канал, проскользнет к пустырю и там, спрятанная в высокой траве у берега, будет ждать беглеца хоть всю ночь.

Но куда отправится Жоам Дакоста на этой лодке?

Молодые люди обсудили и этот, последний вопрос и, тщательно взвесив все доводы «за» и «против», пришли к следующему решению.

Вернуться в Икитос было бы и трудно, и весьма опасно. Путь туда слишком долог и по берегу реки, и по Амазонке. Ни на лошади, ни на пироге они не успеют скрыться от погони. Да и сама фазенда не будет теперь надежным убежищем для беглеца. Вернувшись туда, он не останется ее прежним хозяином, Жоамом Гарралем, а будет осужденным Жоамом Дакостой, всегда под угрозой выдачи бразильским властям, и не сможет вести прежнюю жизнь.

Бежать по Риу-Негру на север провинции или за пределы бразильских владений? На это потребуется слишком много времени, а Жоаму Дакосте необходимо прежде всего скрыться от немедленной погони.

Спуститься вниз по Амазонке? Но на обоих берегах реки множество населенных мест, деревень и городов. Приметы беглеца будут разосланы всем начальникам полиции. Значит, ему угрожает арест задолго до того, как он доберется до побережья Атлантического океана. А если и доберется, то где и как он спрячется, дожидаясь случая отплыть на каком-либо корабле, чтобы скрыться за морями от бразильского суда?

Рассмотрев эти планы, Бенито и Маноэль пришли к заключению, что все они невыполнимы. Только один давал надежду на спасение.

Вот какой. Выбравшись из тюрьмы, сесть в пирогу, дойти по каналу до Риу-Негру, спуститься по течению под управлением Араужо до ее слияния с Амазонкой, потом вдоль правого берега Амазонки еще ниже миль на шестьдесят; плыть по ночам, прятаться днем и таким образом добраться до устья Мадейры.

Этот приток, берущий начало в отрогах Кордильер и принимающий в себя еще сотню притоков, представляет собой широкий водный путь, который ведет в самое сердце Боливии. Пирога может пройти по нему, не оставив никаких следов, и скрыться в каком-нибудь укромном месте — в поселке или деревушке по ту сторону бразильской границы.

Там Жоам Дакоста будет в сравнительной безопасности; если понадобится, он может переждать даже несколько месяцев, пока подвернется случай добраться до побережья Тихого океана и сесть на судно, идущее в один из приморских портов. Если судно доставит его в какой-нибудь из Северо-Американских штатов, он спасен. Тогда он решит, нужно ли ему собрать все свое состояние, окончательно покинуть родину и искать за океаном, в Старом Свете, последнее прибежище, чтобы закончить там свою так жестоко и несправедливо исковерканную жизнь.

Куда бы он ни поехал, семья его последует за ним без колебании, без сожалений; в эту семью, разумеется, войдет и Маноэль, которого свяжут с ней неразрывные узы. Вопрос этот даже не обсуждался.

— Идем, — сказал Бенито, — к вечеру все должно быть готово, нельзя терять ни минуты.

Молодые люди вернулись к Риу-Негру по берегу канала. Таким образом они убедились, что путь свободен и никакое препятствие — ни шлюз, ни судно — не помешают пироге пройти. Дальше они отправились по левому берегу притока, избегая ставших уже людными улиц города, и вернулись на жангаду.

Прежде всего Бенито зашел к матери. Теперь он достаточно хорошо владел собой, чтобы скрыть от нее терзавшую его тревогу. Он хотел ее успокоить, убедить, что надежда еще не потеряна, что тайна документа будет разгадана, что общественное мнение, во всяком случае, за Жоама Дакосту, и под его давлением суд должен дать родным достаточно времени, чтобы представить юридическое доказательство невиновности осужденного.

— Да, матушка, поверьте, завтра нам уже наверное не придется бояться за отца! — заключил он.

— Да услышит тебя бог, сын мой! — ответила Якита, которая так пытливо смотрела на сына, что он с трудом выдерживал ее взгляд.

В свою очередь, Маноэль, как будто по уговору с Бенито, постарался успокоить Минью, уверяя ее, что судья Жаррикес убежден в невиновности Жоама Дакосты и приложит все силы, чтобы его спасти.

— Я так хочу вам верить, Маноэль! — ответила девушка, но не могла сдержать слез.

Маноэль поскорее отошел от нее. Он чувствовал, что и на его глаза навертываются слезы, противореча тем обнадеживающим словам, которые он только что говорил.

Между тем подошел час ежедневного свидания с заключенным, и Якита с дочерью поспешно отправились в Манаус.

А Бенито и Маноэль целый час разговаривали с лоцманом Араужо. Они рассказали ему свой план во всех подробностях и советовались с ним, как лучше подготовить побег и какие меры принять для безопасности беглеца.

Араужо все одобрил. Когда наступит ночь, он осторожно, чтобы не вызывать подозрений, проведет пирогу по каналу, который ему хорошо знаком, до того места, где надо ждать Жоама Дакосту. Потом ему будет совсем не трудно вернуться обратно к устью Риу-Негру, и пирога спустится по течению, незаметная среди разных обломков, всегда плывущих по реке.

Араужо не возражал и против намерения доплыть по Амазонке до Мадейры. Он тоже считал, что лучшего плана не придумать. Русло Мадейры он знал на протяжении более ста миль. Если, вопреки вероятности, погоня пойдет в этом направлении, то в здешних довольно пустынных краях ее будет легко обмануть и забраться хоть в самую глубину Боливии; а если Жоам Дакоста захочет покинуть свою страну, для него будет не так опасно сесть на судно с Тихоокеанского побережья, как с Атлантического.

Согласие Араужо сразу подбодрило молодых людей. Они верили в практическую сметку лоцмана и имели на то основания. А уж в преданности этого доброго человека не приходилось сомневаться. Он, не задумываясь, поставил бы на карту свою свободу и даже жизнь, чтобы спасти хозяина икитосской фазенды.

Араужо немедленно, но в строжайшей тайне приступил к подготовке побега. Бенито дал ему крупную сумму золотом на случай неожиданных расходов во время плавания по Мадейре. Лоцман велел приготовить пирогу, заявив, что отправляется на поиски Фрагозо: он до сих пор не вернулся, и это очень тревожило всех его спутников.

Потом Араужо сам уложил в пирогу запас провизии на несколько дней, а также веревки и инструменты, за которыми молодые люди должны были прийти на набережную в условленном месте и в назначенный час.

Команда жангады не обратила особенного внимания на эти приготовления. Даже двух негров, которых лоцман выбрал гребцами за их силу, он не посвятил в свои планы. Впрочем, на них он мог вполне положиться. Араужо не сомневался, что, когда они узнают, что помогли бежать своему хозяину из темницы, когда Жоам Дакоста будет освобожден и отдан на их попечение, они пойдут на все и не побоятся даже рискнуть жизнью ради спасения беглеца.

После обеда все было уже готово к отплытию. Оставалось только дождаться темноты.

Но, прежде чем начинать, Маноэль хотел в последний раз увидеть Жаррикеса. Быть может, судья скажет ему что-нибудь новое по поводу документа. Бенито предпочел остаться на жангаде и дождаться возвращения матери и сестры.

Итак, Маноэль отправился к судье Жаррикесу один, и был немедленно принят.

Судья по-прежнему безвыходно сидел у себя в кабинете и был все так же возбужден. Документ, измятый его нетерпеливой рукой, по-прежнему лежал перед ним на столе.

— Сударь, — проговорил Маноэль, и голос его дрогнул, — вы получили из Рио-де-Жанейро?..

— Нет, — ответил судья, — приказ еще не получен... Но его можно ждать с минуты на минуту!..

— А документ?

— Ни черта не выходит! — взорвался судья. — Я пробовал все... Все, что мне подсказывало воображение! И все без толку!

— Без толку!

— Впрочем, нет! Я все же увидел в документе одно слово. Только одно!

— Какое же? Скажите, что за слово?

— «Побег»!

Ничего не ответив, Маноэль крепко пожал судье руку и вернулся на жангаду дожидаться той минуты, когда можно будет действовать.

17. Последняя ночь

Посещение Якиты, пришедшей сегодня с дочерью, было для заключенного тем же, чем оно бывало всегда, когда он проводил несколько часов наедине с женой. В присутствии этих двух нежно любимых созданий сердце его, казалось, не выдержит переполнявших его чувств. Но муж и отец держал себя в руках. Он сам ободрял несчастных женщин, стараясь внушить им надежду, которой у него почти не оставалось. Они шли к нему, желая поддержать в нем бодрость духа, но, увы, они больше его нуждались в поддержке; и видя его таким твердым, несущим бремя испытаний с высоко поднятой головой, они снова начинали надеяться.

Жоам и сегодня нашел для них слова ободрения. Он черпал несокрушимую силу не только в сознании своей невиновности, но и в твердой вере, что бог вложил в сердца людей частицу присущей ему справедливости. Нет, Жоам Дакоста не может быть казнен за преступление в Тижоке!

Он почти никогда не говорил о документе. Поддельный ли он или подлинный, написан ли Торресом или самим преступником, содержится ли в нем желанное оправдание или нет — Жоам Дакоста не предполагал опираться на это сомнительное доказательство. Нет! Наилучшим аргументом в свою защиту он считал себя самого и опирался на свою честную трудовую жизнь, как на самое веское доказательство своей невиновности.

В тот вечер мать и дочь, окрыленные мужественными словами, проникавшими им в самую душу, ушли домой, веря в будущее больше, чем когда-либо со дня ареста Жоама. Напоследок узник прижал их к сердцу с особенной нежностью. Казалось, он предчувствовал, что какова бы ни была развязка, она уже близка.

Оставшись один, Жоам Дакоста долго сидел неподвижно. Он облокотился на небольшой столик и опустил голову на руки.

О чем он думал? Считал ли, что суд людской, сделав в первый раз ошибку, теперь его оправдает?

Да, он еще надеялся! Он знал, что министру юстиции в Рио-де-Жанейро вместе с докладом судьи Жаррикеса были посланы записки Дакосты, написанные правдиво и убедительно.

Как нам известно, в этих записках он описал всю свою жизнь, начиная с первых дней службы в управлении Алмазного округа и кончая той минутой, когда жангада вошла в гавань Манауса.

Теперь Жоам Дакоста снова вспоминал свою жизнь. Он опять переживал ее с того дня, когда сиротой пришел в Тижоку. Там, благодаря своему усердию, он быстро продвинулся в канцелярии главного управляющего копями, куда был принят очень молодым. Будущее ему улыбалось, его ожидало высокое положение... И вдруг — ужасная катастрофа! Похищение алмазов, убийство стражи, павшее на него подозрение, как на единственного служащего копей, который мог выдать тайну отъезда конвоя; затем арест, суд и смертный приговор, несмотря на все усилия его адвоката; последние часы в камере смертников в тюрьме Вилла-Рики, побег, совершенный в труднейших условиях и свидетельствующий о его беспримерном мужестве; скитания по Северным провинциям, переход через границу Перу и, наконец, дружеский прием, оказанный нищему и умиравшему с голоду беглецу великодушным хозяином фазенды Магальянсом.

Перед мысленным взором заключенного проходили события, так грубо оборвавшие течение его жизни. Погрузившись в свои мысли, отдавшись воспоминаниям, он не услышал ни странного шума за стеной старого монастыря, ни шуршания веревки, закинутой на решетку в его окне, ни скрежета пилы по железу, на что обратил бы внимание всякий человек, менее поглощенный своими мыслями.

Но Жоам Дакоста ничего не слышал, он снова переживал годы своей молодости, проведенные в перуанской провинции. Он видел себя на ферме, сначала служащим, потом компаньоном старого португальца, сумевшим добиться процветания икитосской фазенды.

Ах, зачем он сразу не сказал всего своему благодетелю! Тот не усомнился бы в нем. Вот единственная ошибка, которую он мог поставить себе в вину. Зачем не признался, кто он и откуда пришел, особенно когда Магальянс вложил руку дочери в его руку? Ведь Якита никогда бы не поверила, что он может быть виновником ужасного преступления!

В эту минуту шум за окном настолько усилился, что привлек внимание узника.

Жоам Дакоста приподнял голову. Он посмотрел на окно, но рассеянным, словно бессознательным взглядом, и тут же опять опустил голову на руку. Мысли снова перенесли его в Икитос.

Там умирал старый хозяин фазенды. Перед смертью он хотел упрочить будущее своей дочери, хотел сделать своего помощника единственным хозяином усадьбы, которая так расцвела при нем. Должен ли был Жоам Дакоста тогда заговорить? Вероятно... Но он не решился! Он вспомнил сейчас счастливое прошлое с Якитой, рождение детей, всю свою светлую жизнь, которую омрачали лишь воспоминания о Тижоке и горькие сожаления, что он не поведал близким свою страшную тайну.

Цепь событий развертывалась в памяти Жоама Дакосты с необыкновенной четкостью и силой.

Теперь ему припомнилась минута, когда он должен был дать согласие на брак его дочери с Маноэлем. Мог ли он допустить, чтобы она вступила в этот союз под чужим именем, мог ли не открыть молодому человеку тайну своей жизни?.. Нет! И вот, посоветовавшись с судьей Рибейро, он решил явиться в город, потребовать пересмотра своего дела и добиться восстановления в правах. А когда он отправился в путь со своей семьей, тут все и началось: появление Торреса, гнусная сделка, предложенная этим негодяем, отказ возмущенного отца пожертвовать дочерью, чтобы спасти свою жизнь и честь, затем донос и, наконец, арест!

Вдруг окно распахнулось от сильного толчка. Жоам Дакоста вскочил; воспоминания его рассеялись как дым. В камеру прыгнул

Бенито и бросился к отцу, а за ним, сквозь отверстие в решетке, проник и Маноэль.

Жоам Дакоста чуть не вскрикнул от удивления, но Бенито успел его остановить.

— Отец, — сказал он, — в окне выломана решетка... Веревка спускается до самой земли... Пирога ждет на канале в ста шагах отсюда, Арaужо отведет ее далеко от Манауса, на другой берег Амазонки, где ваши следы затеряются! Отец, надо бежать, бежать немедленно! Это совет самого судьи!

— Надо бежать! — повторил Маноэль.

— Бежать?.. Мне?.. Бежать еще раз! Снова бежать!

Скрестив руки и высоко подняв голову, Жоам Дакоста медленно отступил в глубину камеры.

— Никогда! — сказал он таким твердым голосом, что ошеломленные Бенито и Маноэль замерли на месте.

Молодые люди никак не ожидали такого отпора. Им, и в голову не приходило, что этому побегу воспротивится сам узник.

Бенито подошел к отцу и, глядя ему в глаза, взял за руки, но не затем, чтобы увести, а чтобы тот выслушал его и внял его доводам.

— Отец, вы сказали «никогда»?

— Никогда!

— Отец, — заговорил Маноэль, — ведь я тоже имею право называть вас отцом, — послушайте нас! Мы говорим, что вам надо бежать, бежать немедленно, потому что если вы останетесь, вы будете виновны и перед другими и перед самим собой!

— Остаться — значит обречь себя на смерть! — подхватил Бенито. — Приказ о казни может прийти с минуты на минуту! Если вы думаете, что теперь суд отменит несправедливый приговор, если надеетесь, что он оправдает того, кого осудил двадцать лет назад, вы ошибаетесь! Надежды больше нет! Надо бежать!.. Бегите!

В неудержимом порыве Бенито схватил отца и потащил к окну.

Жоам Гарраль высвободился из рук сына и снова отступил.

— Бежать — значило бы обесчестить себя и вас вместе со мной! — ответил он, и в голосе у него звучала непоколебимая решимость. — Это значило бы признать себя виновным. Если я сам, по доброй воле, отдал себя в руки правосудия моей страны, я должен ждать его решения, каким бы оно ни было, и я его дождусь!

— Но приведенных вами доводов недостаточно, — возразил Маноэль, — ведь у нас до сих пор нет юридического доказательства вашей невиновности! И мы настаиваем на вашем побеге лишь потому, что сам судья Жаррикес нам об этом сказал. У вас нет другой возможности спастись от смерти!

— Если так, я умру! — спокойно ответил Жоам Дакоста. — Я умру, протестуя против несправедливого приговора! В первый раз я бежал за несколько часов до казни. Да, я бежал, но тогда я был молод, и передо мной была целая жизнь, чтобы бороться с людской несправедливостью! Но бежать теперь, снова начать жалкую жизнь преступника, который скрывается под чужим именем и думает лишь, как бы обмануть преследующую его полицию; снова начать полную тревоги жизнь, какую я вел двадцать три года, и заставить вас делить ее со мной; всякий день ждать доноса, который рано или поздно меня настигнет, и выдачи меня полиции, даже если я буду в чужой стране?! Разве это значит жить? Нет! Ни за что!

— Отец, — настаивал Бенито, теряя голову от этого упорства. — Вы должны бежать! Я требую!

И, схватив отца, он старался силой подтащить его к окну.

— Нет!.. Нет!..

— Отец, вы сведете меня с ума!

— Сын мой, оставь меня! Я уже бежал один раз из тюрьмы в Вилла-Рике, и люди подумали, что я бежал от заслуженного наказания. Да, они должны были так подумать! Так вот, ради доброго имени, которое носите и вы, я отказываюсь бежать еще раз!

Бенито упал к ногам отца. Он протягивал к нему руки, он умолял…

— Но этот приказ, отец, — твердил он, — этот приказ может прийти уже сегодня, каждую минуту... и в нем будет смертный приговор!

— Если бы приказ был уже здесь, я и то не изменил бы своего решения. Нет, сын мой! Виновный Жоам Дакоста мог бы бежать. Невиновный — не убежит!

Затем произошла душераздирающая сцена. Бенито боролся с отцом. Маноэль в смятении стоял у окна, готовый подхватить пленника, но тут дверь в камеру вдруг отворилась.

На пороге стояли начальник полиции, а за ним тюремный надзиратель и несколько солдат.

Начальник полиции увидел, что здесь готовился побег, но поза заключенного говорила, что он отказался бежать. Полицейский ничего не сказал. Но лицо его выразило глубокое сожаление. Несомненно, он, как и судья Жаррикес, хотел бы, чтобы Жоам Дакоста бежал из тюрьмы.

А теперь... слишком поздно!

Держа в руке какую-то бумагу, начальник полиции подошел к заключенному.

— Прежде всего, — сказал ему Жоам Дакоста, — позвольте вас заверить, что от меня одного зависело бежать из тюрьмы, но я отказался.

Начальник полиции кивнул головой; затем, стараясь придать твердость своему голосу, объявил:

— Жоам Дакоста, только что получен приказ от министра юстиции из Рио-де-Жанейро.

— Ах, отец! — закричали Бенито и Маноэль.

— Этот приказ, — спросил Жоам Дакоста, скрестив руки на груди, — предписывает привести в исполнение смертный приговор?

— Да!

— Когда?

— Завтра!

Бенито бросился к отцу и, обхватив его, еще раз попытался вытащить из камеры... Солдатам пришлось вырвать узника из его объятий.

Затем, по знаку начальника полиции, Маноэля и Бенито вывели из тюрьмы. Надо было положить конец этой тягостной сцене, которая и так слишком затянулась.

— Сударь, могу ли я завтра утром, перед казнью, провести несколько минут с отцом Пассанья? — спросил заключенный начальника полиции. — Прошу вас все ему сообщить.

— Ему сообщат.

— Будет мне позволено повидать мою семью и в последний раз обнять жену и детей?

— Вы их увидите.

— Благодарю вас, сударь. А теперь прикажите охранять это окно, я не хочу, чтобы меня вытащили отсюда насильно!

Начальник полиции поклонился и вышел вместе с тюремным надзирателем и солдатами.

Осужденный, жизнь которого через несколько часов должна была оборваться, остался один.

18. Фрагозо

Итак, приказ был получен и, как предвидел судья Жаррикес, этот приказ предписывал немедленно привести в исполнение приговор, вынесенный Жоаму Дакосте. Обвиняемый не представил никаких доказательств своей невиновности. Правосудие должно свершиться.

На другой день, 31 августа, в девять часов утра осужденный должен быть повешен.

В Бразилии смертную казнь обычно заменяли более мягким наказанием и применяли ее только к неграм; но на этот раз казнь грозила белому.

Таковы законы о преступлениях в Алмазном округе, где, в интересах общества, наказания никогда не смягчаются.

Теперь ничто не могло спасти Жоама Дакосту. И потеряет он не только жизнь, но и честь.

В это самое утро, 31 августа, какой-то всадник мчался во весь опор в Манаус. Он так гнал своего скакуна, что в полумиле от города благородный конь упал, не в силах двигаться дальше.

Всадник даже не попытался его поднять. Он взял от коня все, что тот мог ему дать, и даже больше, а теперь, несмотря на собственную усталость, вскочил и бросился в город.

Этот человек прискакал из Восточных провинций по левому берегу реки. Он истратил все свои деньги на покупку лошади, потому что на ней можно было добраться до Манауса скорее, чем на пироге, идущей против течения.

То был Фрагозо.

Удалось ли нашему молодцу осуществить свой замысел, о котором он никому не говорил? Нашел ли он отряд, где служил Торрес? Открыл ли какую-нибудь тайну, которая могла бы еще спасти Жоама Дакосту?

Этого он и сам не знал; но, во всяком случае, спешил как можно скорее сообщить судье Жаррикесу все, что разузнал во время этой короткой поездки.

Вот как было дело.

Фрагозо не ошибся, узнав в Торресе лесного стражника из отряда, орудовавшего на берегах Мадейры.

Он отправился туда и в устье этого притока Амазонки выяснил, что начальник лесной стражи находится где-то в окрестностях.

Не теряя ни минуты, Фрагозо пустился на розыски и не без труда нашел его.

Начальник лесной стражи охотно ответил на вопросы Фрагозо. Они были так безобидны, что у него не было никакой причины скрытничать.

Ведь Фрагозо задал ему всего три вопроса:

— Не служил ли в вашем отряде несколько месяцев назад лесной стражник Торрес?

— Да, служил.

— Не было ли у него в отряде близкого товарища, который недавно умер?

— Был.

— А как его звали?

— Ортега.

Вот и все, что выведал Фрагозо. Могли ли эти сведения как-нибудь изменить положение Жоама Дакосты? Маловероятно!

Фрагозо и сам это понимал и потому стал расспрашивать начальника, знал ли он этого Ортегу, не может ли сказать, откуда он родом, и добавить что-нибудь о его прошлом. Все это могло иметь большое значение, так как, по словам Торреса, этот Ортега и был настоящим виновником преступления в Тижоке.

Но, к несчастью, начальник лесной стражи больше ничего не мог сообщить.

Достоверно было то, что Ортега много лет служил в лесной полиции, что с Торресом его связывала тесная дружба, что их всегда видели вместе, и Торрес был при нем в его последние минуты. Вот и все, что знал начальник полиции, и к этому ничего не мог добавить.

Фрагозо пришлось удовлетвориться этими незначительными данными, и он тотчас уехал.

Но если преданный Фрагозо не достал доказательств, что этот Ортега и был виновником преступления в Тижоке, то он установил хотя бы, что Торрес не солгал, рассказав, как один из его товарищей по отряду умер у него на руках.

Что же касается утверждения Торреса, будто Ортега отдал ему важный документ, то оно становилось теперь весьма правдоподобным. Вполне возможно также, что документ имеет отношение к преступлению в Тижоке, истинным виновником которого и был Ортега, и что в нем Ортега признает свою вину и описывает обстоятельства дела, подтверждающие ее. Следовательно, если бы можно было прочесть документ, если б удалось найти к нему ключ, если б узнать число, на котором он построен, то правда несомненно выплыла бы на свет.

Но этого числа Фрагозо не знал. Еще кое-какие дополнительные сведения, почти убеждающие в том, что авантюрист ничего не выдумал, некоторые указания на то, что в документе скрывается тайна тижокского дела — вот и все, что наш добрый малый привез от начальника отряда, в котором служил Торрес.

Однако, как ни мало он узнал, Фрагозо спешил поскорей рассказать все судье Жаррикесу. Он понимал, что нельзя терять ни часа, вот почему в то утро, измученный и разбитый, он так торопился в Манаус.

Полмили, отделявшие его от города, Фрагозо пробежал за несколько минут. Какое-то непреодолимое предчувствие гнало его вперед, и порой ему казалось, что спасение Жоама Дакосты теперь в его руках.

Вдруг Фрагозо остановился как вкопанный.

Он выбежал на небольшую площадь за городскими воротами.

Там, окруженная довольно плотной толпой, возвышалась виселица, с которой уже свешивалась веревка.

Фрагозо почувствовал, что последние силы его покидают. Он упал и невольно зажмурился. Он не хотел ничего видеть, а губы его шептали:

— Поздно!.. Поздно!..

Но нечеловеческим усилием он заставил себя встать. Нет! Еще не поздно! Ведь тело Жоама Дакосты еще не качается на веревке!

— Судья Жаррикес! Судья Жаррикес! — закричал Фрагозо.

И, задыхаясь, со всех ног бросился к городским воротам, пробежал по главной улице Манауса и еле живой от усталости упал на крыльце дома судьи.

Дверь была заперта. У Фрагозо едва хватило силы постучаться.

Ему открыл слуга:

— Хозяин никого не принимает.

Фрагозо, не слушая, оттолкнул слугу, пытавшегося преградить ему дорогу, и бросился через весь дом к кабинету судьи.

— Я приехал из провинции, где Торрес служил лесным стражником! — крикнул он, распахнув дверь. — Господин судья, Торрес не солгал! Остановите, остановите казнь!

— Вы нашли этот отряд?

— Да!

— И привезли шифр документа?

Фрагозо ничего не ответил.

— Тогда оставьте меня! Оставьте меня! — завопил судья Жаррикес и в припадке ярости схватил документ, чтобы его разорвать.

Фрагозо поймал его за руку и удержал.

— Тут скрыта истина! — сказал он.

— Знаю, — ответил Жаррикес, — но что толку в истине, которую нельзя раскрыть!

— Она откроется! Это необходимо! Так будет!

— Еще раз спрашиваю: есть у вас шифр?

— Нет! Но повторяю, Торрес не солгал!.. Один из его товарищей, с которым он был очень близок, умер несколько месяцев назад и — нет сомнения — этот человек передал ему документ, который Торрес хотел продать Жоаму Дакосте.

— Да! — ответил Жаррикес. — Да! Сомнения нет… для нас. Но это вызывает сомнение у тех, от кого зависит жизнь осужденного!.. Оставьте меня!

Он оттолкнул Фрагозо, но тот ни за что не хотел уходить. Он бросился к ногам судьи.

— Жоам Дакоста невиновен! — кричал он. — Вы не дадите ему погибнуть! Не он совершил преступление в Тижоке, а товарищ Торреса, написавший документ! Это Ортега!

Услышав это имя, Жаррикес подскочил. Потом, когда бушевавшая в нем буря немного поутихла, он разжал судорожно стиснутый в руке документ, расправил его на столе, уселся и, проведя рукой по глазам, пробормотал:

— Это имя… Ортега!.. Попробуем!..

И, написав новое имя, принесенное Фрагозо, принялся обрабатывать его, как он уже столько раз, но тщетно делал со многими другими именами. Он надписал его над первыми шестью буквами текста и получил следующую таблицу:

ОРТЕГА

СГУЧПВ

— Нет! — сказал он. — Ничего не выходит!

И правда, букву Г, стоящую под Р, нельзя передать цифрой, ибо Р в алфавите стоит после Г; буквы Е и Г отстоят так далеко от Ч и П, что дают двузначные числа; только буквы С и В, написанные под О и А, дают соответственно цифры 3 и 2.

В эту минуту с улицы донеслись страшные крики — крики отчаяния.

Фрагозо вскочил и, прежде чем судья успел ему помешать, распахнул окно.

Толпа запрудила улицу. Приближался час, когда заключенного должны были вывести из тюрьмы, и народ двигался к площади, где стояла виселица.

Судья Жаррикес, на которого страшно было смотреть, не отрывал застывшего взгляда от документа.

— Последние буквы! — пробормотал он. — Попробуем еще последние буквы!

То была единственная оставшаяся надежда.

Дрожащей рукой, с трудом выводя буквы, он написал имя «Ортега» над шестью последними буквами документа, так же как он только что сделал с шестью первыми.

Тут он невольно охнул. Прежде всего он увидел, что эти шесть букв стоят в алфавите впереди тех, что составляют имя Ортеги, и могут быть переданы цифрами и образовать число.

В самом деле, когда он составил таблицу и стал считать число знаков между буквами, вот что он получил:

ОРТЕГА

432513

ТУФКДГ

Итак, он составил число 432513. Но было ли это числе ключом к документу?

Не будет ли эта попытка такой же неудачей, как и все прежние?

Теперь крики на улице усилились. В них слышались гнев и сострадание, овладевшие толпой. Осужденному оставалось жить считанные минуты.

Вне себя от горя Фрагозо выбежал из комнаты. Он хотел еще раз увидеть своего благодетеля и проститься с ним. Он хотел броситься перед мрачным шествием, остановить его и крикнуть: «Не убивайте этого праведника! Не убивайте его!»

Тем временем судья Жаррикес написал найденное им число над первыми буквами документа, несколько раз повторяя его, пока не получил следующую строчку:

432513432513432513432513

СГУЧПВЭЛЛЗИРТЕПНДНФГИНБО

Потом он стал отсчитывать назад в алфавите число знаков, указанных в верхней строчке, подставляя найденные буквы, и прочел:

НАСТОЯЩИЙВИНОВНИККРАЖИАЛ

— Настоящий виновник кражи ал…

Судья взревел от радости! Число 432513 и было тем самым ключом, который он так долго искал! Имя Ортега открыло ему это число.

Наконец-то нашел он ключ к документу, который неопровержимо докажет невиновность Жоама Дакосты! И, не читая дальше, судья бросился из кабинета и выскочил на улицу с криком:

— Стойте! Стойте!

Он мчался сквозь толпу, которая расступалась перед ним, и мигом оказался перед тюрьмой, откуда как раз выводили осужденного, за которого в отчаянии цеплялись жена и дети. Добежав до Жоама Дакосты, судья задохнулся и, не в силах говорить, только размахивал зажатым в руке документом. Наконец с его губ сорвалось:

— Невиновен! Невиновен!

Добежав до Жоама Дакосты, судья закричал: — Невиновен! Невиновен!

19. Преступление в Тижоке

Когда появился судья, мрачное шествие остановилось. Гулкое эхо далеко разнесло его возглас, многократно повторенный толпой:

— Невиновен! Невиновен!

Затем наступила мертвая тишина. Все хотели слышать каждое слово, произнесенное судьей.

Судья Жаррикес сел на каменную скамью; Минья, Бенито, Маноэль и Фрагозо окружили его, а Жоам Дакоста стоял, прижимая к груди Якиту. Прежде всего судья, пользуясь найденным числом, принялся расшифровывать последний абзац документа; с помощью цифр он заменял в криптограмме букву за буквой и, по мере того как на бумаге возникали новые слова, он разделял их, ставил знаки препинания и читал вслух.

Вот что он прочитал в глубокой тишине:

НАСТОЯЩИЙ ВИНОВНИК КРАЖИ АЛМАЗОВ

432513432 51343251 34325 1343251

СГУЧПВЭЛЛ ЗИРТЕПНД НФГИН БОРГЙУГ

И УБИЙСТВА СОЛДАТ ОХРАНЫ В НОЧЬ НА

3 43251343 251343 251343 2 5134 32

Л ЧДКОТХЖГ УУМЗДХ РЪСГСЮ Д ТПЪА РВ

ДВАДЦАТЬ ВТОРОЕ ЯНВАРЯ ТЫСЯЧА

51343251 343251 343251 343251

ЙГГИЩВЧЭ ЕЦСТУЖ ВСЕВХА ХЯФБЬБ

ВОСЕМЬСОТ ДВАДЦАТЬ ШЕСТОГО ГОДА

343251343 25134325 1343251 3432

ЕТФЗСЭФТХ ЖЗБЗЪГФБ ЩИХХРИП ЖТЗВ

НЕ ЖОАМ ДАКОСТА, НЕСПРАВЕДЛИВО ПРИ

51 3432 5134325 1343251343251 343

ТЖ ЙТГО ЙБНТФФЕ ОИХТТЕГИИОКЗП ТФЛ

ГОВОРЕННЫЙ К СМЕРТИ, А Я, НЕСЧАСТНЫЙ

2513432513 4 325134 3 2 5134325134

ЕУГСФИПТЬМ О ФОКСХМ Г Б ТЖФЫГУЧОЮН

СЛУЖАЩИЙ УПРАВЛЕНИЯ АЛМАЗНОГО

32513432 5134325134 325134325

ФНШЗГЭЛЛ ШРУДЕНКОЛГ ГНСБКССЕУ

ОКРУГА; ДА, Я ОДИН, В ЧЕМ И ПОДПИСЫ

134325 13 4 3251 3 432 5 1343251

ПНФЦЕЕ ЕГ Г СЖНО И ЫИО Н РСИТКЦЬ

ВАЮСЬ СВОИМ НАСТОЯЩИМ ИМЕНЕМ,

34325 13432 513432513 432513 432513

ЕДБУБ ТЕТЛО ТБФЦСБЮЙП МПЗТЖП

ОРТЕГА

432513

ТУФКДГ

Как только судья прочел документ, вокруг загремело несмолкаемое «ура».

В самом деле, что могло быть убедительнее последнего абзаца, который подытоживал смысл документа, утверждал невиновность хозяина икитосской фазенды и спасал от виселицы жертву чудовищной судебной ошибки!

Жоам Дакоста, окруженный женой, детьми, друзьями, не успевал пожимать протянутые ему руки. Как ни был тверд его характер, однако теперь наступила реакция, и слезы радости текли у него из глаз, а сердце благодарило провидение, которое так чудесно спасло его в ту минуту, когда должна была свершиться казнь, и остановило худшее из преступлений — гибель невиновного!

Да, предстоящее оправдание Жоама Дакосты теперь ни у кого не вызывало сомнения. Истинный виновник преступления в Тижоке сам признался в своем злодеянии и раскрыл все обстоятельства, при которых его совершил. Судья Жаррикес с помощью ключа тут же расшифровал весь документ.

Вот в чем признался Ортега.

Этот негодяй служил в управлении алмазных копей вместе с Жоамом Дакостой. Он и был служащим, сопровождавшим конвой в Рио-де-Жанейро. Его не испугала мысль разбогатеть ценой убийства и грабежа, и он сообщил контрабандистам, в какой день конвой выступит из Тижоки.

Во время нападения разбойников, которые подстерегали обоз в окрестностях Вилла-Рики, он делал вид, что защищается от них вместе с охраной; потом упал среди убитых и был унесен своими сообщниками. Вот почему единственный уцелевший в этой резне солдат сообщил, что Ортега погиб в борьбе.

Однако грабеж не пошел на пользу преступнику; вскоре его самого ограбили товарищи, помогавшие ему совершить преступление.

Оставшись без средств и не смея вернуться в Тижоку, Ортега бежал в северные провинции Бразилии, к верховью Амазонки, где орудовала «лесная стража». Надо было жить, и Ортега поступил в один из этих малопочтенных отрядов. Там у новичка не спрашивали, ни кто он, ни откуда пришел. Итак, Ортега стал лесным стражником и много лет занимался охотой за людьми.

Вот при каких обстоятельствах авантюрист Торрес, тоже оказавшийся без средств к существованию, сделался его товарищем. Они сошлись и подружились. Но, как говорил Торрес, злодея мало-помалу начали мучить угрызения совести. Его преследовали воспоминания о совершенном преступлении. Он знал, что вместо него осужден другой человек. Знал, что человек этот — его сослуживец Жоам Дакоста, и что хотя невинно осужденному удалось бежать из тюрьмы, он остается под постоянной угрозой смертной казни.

Однажды во время похода, предпринятого несколько месяцев назад, отряд Ортеги перешел перуанскую границу и случайно оказался в окрестностях Икитоса; там Ортега увидел Жоама Гарраля и сразу догадался, что это Жоам Дакоста, но тот его не узнал.

Тогда-то Ортега и решил по мере своих сил исправить несправедливость, жертвой которой оказался его прежний сослуживец. Он написал документ, где изложил все подробности преступления в Тижоке; но, как мы знаем, придал ему форму криптограммы, которую собирался послать хозяину икитосской фазенды вместе с шифром, чтобы тот мог ее прочесть.

Смерть помешала ему довести до конца свое намерение. В схватке с неграми у Мадейры он был тяжело ранен и почувствовал, что близок его конец. При нем был товарищ — Торрес, и он решился доверить другу тайну, которая всю жизнь тяготила его. Ортега отдал Торресу документ, написанный собственной рукой, взяв с него клятву, что он вручит его Жоаму Дакосте, и сообщил ему имя и адрес хозяина икитосской фазенды, а также число 432513, без которого документ было невозможно прочесть.

Мы знаем, как после смерти Ортеги бесчестный Торрес выполнил его поручение, как он решил извлечь выгоду из доверенной ему тайны и пустился на гнусное вымогательство.

Торресу было суждено погибнуть, не добившись своей цели, и он унес с собой свою тайну. Но найденное Фрагозо имя Ортега, стоявшее как подпись под документом, дало наконец возможность проницательному судье Жаррикесу расшифровать его.

Да! Это было то самое доказательство, которое все так искали, неоспоримое свидетельство невиновности Жоама Дакосты, возвращавшее ему жизнь и честь!

Крики «ура!» прокатились с новой силой, когда достойный судья прочитал вслух, в назидание всем собравшимся, страшную историю, изложенную в документе.

Теперь, получив неопровержимое доказательство, Жаррикес заявил, с согласия начальника полиции, что в ожидании новых инструкций, которые будут запрошены из Рио-де-Жанейро, Жоам Дакоста будет жить не в тюрьме, а в собственном доме судьи.

Это не вызвало никаких затруднений, и Жоам Дакоста, окруженный своими близкими и провожаемый всем населением Манауса, был доставлен к дому судьи чуть ли не на руках, как народный герой.

Наконец благородный хозяин икитосской фазенды был вознагражден за все муки долгих лет изгнания, и если он был счастлив за свою семью еще больше, чем за себя, то не меньше гордился он своей родиной, не давшей свершиться такой жестокой несправедливости.

А что же в это время было с Фрагозо?

Его обступили со всех сторон. Бенито, Маноэль, Минья осыпали ласками доброго малого, не отставала от них и Лина. Он просто не знал, кого слушать, и всячески отклонял всеобщие похвалы: он, право же, их не заслужил! Все это дело случая! Разве можно благодарить его за то, что он узнал лесного стражника? Разумеется, нет! Если ему и пришло в голову разыскать отряд, в котором служил Торрес, то он и сам не знал, будет ли от этого прок, а что до имени «Ортега», то он и не подозревал, на что оно пригодится.

Молодец Фрагозо! Вольно или невольно, а все же именно он спас Жоама Дакосту!

Но какая удивительная цепь разнообразных событий привела наконец к желанной цели: спасение Фрагозо, когда он погибал от истощения в икитосском лесу; радушный прием, оказанный ему на фазенде; встреча с Торресом на бразильской границе; водворение авантюриста на жангаде и, наконец, счастливая случайность, что Фрагозо когда-то видел его.

— Ну что ж, все это так! — заключил Фрагозо. — Но тогда не мне вы обязаны этим счастьем, а Лине!

— Как, мне? — удивилась юная мулатка.

— Разумеется, вам! Если бы не лиана, если бы не ваша выдумка, разве мне удалось бы осчастливить столько людей?

Нечего и говорить, что все хвалили и баловали Фрагозо и Лину; не только вся семья Дакосты, но и их новые, приобретенные в несчастье друзья из Манауса.

А разве судья Жаррикес не внес своей доли в оправдание невинно осужденного? Если, несмотря на весь свой аналитический талант, он не мог сразу прочесть этот абсолютно непонятный документ, не имея ключа, зато он отгадал, на какой системе основан его шифр. А кто смог бы, кроме него, по одному имени «Ортега» отыскать число, известное только ныне умершим преступнику и Торресу?

И слова благодарности сыпались на него дождем!

Незачем говорить, что в тот же день в Рио-де-Жанейро был отослан новый подробный доклад, к которому присоединили и документ вместе с шифром, позволявшим его прочесть. Теперь оставалось только ждать новых инструкций от министра юстиции, и никто не сомневался, что он прикажет немедленно освободить заключенного.

Путешественникам приходилось провести еще несколько дней в Манаусе; потом Жоам Дакоста с семьей, освободившись от всех забот и тревог и попрощавшись с Жаррикесом, снова взойдет на жангаду и поплывет вниз по Амазонке до Пара, где путешествие должно закончиться двумя свадьбами: Миньи с Маноэлем и Лины с Фрагозо, по плану, составленному еще до отъезда из Икитоса.

Прошло четыре дня, и 4 сентября пришел приказ освободить заключенного. Документ был признан подлинным. Почерк оказался действительно почерком Ортеги, служившим в Алмазном округе, и признание в преступлении, изложенном с мельчайшими подробностями, было несомненно написано его рукой.

Невиновность осужденного в Вилла-Рике была наконец признана судебными властями. Жоам Дакоста получил полную реабилитацию.

В тот же день судья Жаррикес обедал с семьей Дакосты на жангаде, а когда наступил вечер, все горячо пожали ему руку. Прощание было трогательным, но, расставаясь, все дали друг другу обещание вновь встретиться в Манаусе на обратном пути, а потом и на фазенде в Икитосе.

На другой день, 5 сентября, как только взошло солнце, был дан сигнал к отплытию. Жоам Дакоста, Якита, их дочь и сыновья — все стояли на палубе громадного плота. Отчалив, жангада вышла на середину реки, а когда она скрылась за поворотом Риу-Негру, ей вслед еще неслись громкие «ура» жителей Манауса, толпившихся на берегу.

20. Нижняя Амазонка

Что же сказать о второй части путешествия вниз по течению великой реки? То была вереница счастливых дней для благородной семьи. Жоам Дакоста жил новой жизнью, и ее сияние озаряло всех его близких.

Теперь, на вздувшихся от паводка водах, жангада скользила быстрее. Она оставила по левую руку деревеньку Дон-Хозе-де-Матури, а по правую — устье Мадейры, которая обязана своим названием целой флотилии бревен и деревьев, либо без коры, либо еще с зелеными ветвями, — они плывут по ней из глубины Боливии. Потом жангада прошла посреди архипелага Канини — островки его похожи на кадки с пальмами — и мимо поселка Серпа, который несколько раз переезжал с берега на берег, пока наконец не обосновался на левой стороне реки, где перед его хижинами желтым ковром расстилается песчаная отмель.

Деревня Сильвес, на левом берегу реки, и городок Вилла-Белла, главный рынок сбыта гуараны для всей провинции, скоро остались позади громадного плота, а также деревня Фару и знаменитая река Ньямунда, где в 1539 году, как уверял Орельяно, на него напали воинственные женщины, которых с тех пор никто не встречал; эта легенда и дала название бессмертной реке Амазонке.

Здесь кончалась обширная провинция Риу-Негру и начиналась провинция Пара. В этот день, 22 сентября, семья Дакосты, зачарованная красотой несравненной долины, вошла в ту часть бразильского государства, которая на востоке граничила с Атлантическим океаном.

— До чего же прекрасно! — беспрестанно повторяла Минья.

— Но до чего долго! — шептал Маноэль.

— Ну что за красота! — твердила Лина.

— Ну когда же мы приедем! — вздыхал Фрагозо.

Да, нелегко понять друг друга, если смотреть на все с таких разных точек зрения! Но все же они весело проводили время, и к Бенито, который никуда не спешил и не томился ожиданием, вернулось его прекрасное настроение.

Вскоре жангада поплыла между бесконечными плантациями какаовых деревьев, на темной зелени которых выделялись желтыми и красными пятнами соломенные и черепичные крыши хижин, разбросанных по обоим берегам реки, от Обидуса до городка Монти-Алегри.

Потом открылось устье реки Тромбетас, черные воды которой плещутся у самых зданий Обидуса, настоящего городка, даже с крепостью и красивыми домиками вдоль широких улиц; здесь расположены склады добываемого вокруг какао; городок этот находится всего в ста восьмидесяти милях от Белена.

Вскоре путешественники увидели приток Тапажос с серо-зеленой водой, текущий с юго-запада, а за ним — богатый городок Сантарен, где не меньше пяти тысяч жителей, главным образом индейцев; дома их на окраине города стоят на широких отмелях, покрытых белым песком.

Покинув Манаус, жангада плыла не останавливаясь по более просторному руслу Амазонки. Плот двигался день и ночь, под бдительным надзором опытного лоцмана. Остановок больше не делали ни для развлечения пассажиров, ни ради торговых дел, и жангада шла вперед, быстро приближаясь к своей цели.

После селения Алемкер, на левом берегу реки, взглядам путешественников открылся широкий горизонт. Вместо закрывавшей его полосы лесов появились гряды холмов, мягкие очертания которых ласкали глаз, а за ними выступали вершины настоящих гор, смутно вырисовываясь вдалеке.

Ничего подобного не приходилось видеть ни Яките с дочерью, ни Лине и старой Сибеле. Зато Маноэль был в провинции Пара как дома. Он знал, как называется двойная цепь гор, теснившая долину великой реки, которая понемногу сужалась.

— Справа, — сказал он, — цепь Паруакарта, идущая полукругом к югу. Слева — горы Курува, мы скоро минуем их последние уступы.

— Стало быть, мы приближаемся? — спросил Фрагозо.

— Приближаемся! — ответил Маноэль.

Оба жениха, как видно, хорошо понимали друг друга; они незаметно, но весьма выразительно кивнули друг другу головой.

Наконец, несмотря на приливы, которые, начиная с Обидуса, уже давали себя знать и слегка замедляли ход жангады, наши путешественники проплыли мимо городков Монти-Алегри и Праинья де Онтейро, потом мимо устья Ксингу.

Как мощно раскинулась здесь Амазонка и как ясно было, что скоро эта царица рек разольется во всю ширь, словно настоящее море! Берега ее покрывала буйная растительность высотой в восемьдесят футов и окаймлял густой, как лес, камыш. Городки Боа-Виста, Гурупа, которые сейчас пришли в упадок, вскоре остались позади и казались лишь темными точками.

Теперь река разделилась на два широких рукава, вливавшихся в Атлантический океан: один стремился на северо-восток, другой прямо на восток, а между ними образовался обширный остров Маражо. Остров этот величиной с целую провинцию имеет не менее ста восьмидесяти лье в окружности. Пересеченный сетью речек и болот, он покрыт на западе лесами, а на востоке саваннами, что благоприятно для скотоводства, и на них пасутся тысячные стада.

Остров Маражо представлял собой единственное препятствие, преградившее путь Амазонке, и заставил ее раздвоиться недалеко от того места, где она сбрасывает свои воды в море. Следуя по большему рукаву, жангада прошла бы подле островов Кавиана и Мешиана и вышла бы в устье шириной около пятидесяти лье; но здесь ее встретили бы валы «поророки» — чудовищного прилива, который за три дня до новолуния и до полнолуния поднимает в реке воду за две минуты, а не за обычные шесть часов, на двенадцать — пятнадцать футов выше ее уровня. Это один из самых опасных приливов.

К счастью, меньший рукав, так называемый канал Бревис, естественный приток реки Пара, не подвержен опасностям этого грозного явления природы; приливы и отливы в нем более спокойны. Лоцману Араужо это было давно известно. Поэтому он выбрал именно его и повел жангаду среди великолепных лесов, мимо разбросанных кое-где островов, поросших громадными пальмами «муритис»; погода стояла такая ясная, что не приходилось опасаться бурь, которые часто налетают на канал Бревис.

Спустя несколько дней жангада проплыла мимо деревни Брева, которая, хотя ее окрестности каждый год надолго затопляются паводком, стала однако к 1845 году уже значительным городом с сотней домов. Эту область раньше населяли индейцы тапуйа, но теперь индейцы Нижней Амазонки все больше смешиваются с белым населением, что скоро приведет к полному их слиянию.

Жангада все продолжала спускаться вниз по реке. Она то шла вдоль манговых деревьев, чуть не цепляясь за их длинные корни, раскинутые на поверхности воды, как лапы громадных крабов, то скользила мимо пальм со светло-зеленой листвой и гладкими стволами, в которые команда упиралась длинными баграми, выводя жангаду на быстрину.

Потом появилась река Токантинс, которая принимает в себя воды многих речек из провинции Гояс и впадает в Амазонку, образуя широкое устье.

На обоих берегах развертывалась величественная панорама, как будто чудесный механизм все время передвигал ее от носа к корме жангады.

Теперь многочисленные, спускавшиеся по реке суденышки — убы, эгаритеи, вижилинды, всевозможные пироги, маленькие и средние каботажники с низовьев Амазонки и с Атлантического побережья — вереницей следовали за жангадой, словно шлюпки, сопровождающие громадный военный корабль.

Наконец справа появился Санта-Мария-де-Белен-до-Пара — «Город», как коротко зовут его жители провинции, с живописными рядами белых многоэтажных домов, с укрывшимися под пальмами монастырями, колокольнями кафедрального собора и церкви Ностра-Сеньораде-Мерсед и с целой флотилией шхун, бригов и трехмачтовиков, с помощью которых этот торговый город поддерживает связь со Старым Светом.

У пассажиров жангады сильно забилось сердце. Наконец-то достигли они цели своего путешествия, еще недавно казавшейся им недостижимой. Когда Жоама Дакосту арестовали в Манаусе и путешествие их было прервано на полдороге, могли ли они надеяться, что увидят столицу провинции Пара?

И вот, 15 октября, через четыре с половиной месяца после того, как они покинули фазенду в Икитосе, перед ними за крутым поворотом реки вдруг появился Белен.

О приближении жангады стало известно за несколько дней. Весь город знал историю Жоама Дакосты. Этого достойного человека ждали! Ему и его родным готовили самый сердечный прием!

Навстречу ему вышли сотни лодок, и вскоре жангаду наводнила толпа людей, приветствуя соотечественника, вернувшегося из столь долгого изгнания. Тысячи любопытных, вернее сказать — тысячи друзей, столпились на плавучей деревне задолго до того, как она вошла в гавань, но плот был так велик и прочен, что мог бы выдержать население целого города.

В одной из первых пирог, поспешивших навстречу жангаде, прибыла госпожа Вальдес. Мать Маноэля могла наконец обнять свою новую дочь, избранницу ее сына. Если почтенная дама была не в состоянии поехать в Икитос, то теперь Амазонка сама принесла к ней часть фазенды вместе с ее новой семьей.

Перед вечером лоцман Араужо прочно пришвартовал жангаду к берегу в небольшой бухте позади арсенала. Здесь была ее последняя стоянка после восьмисот льє пути по великой бразильской реке. Тут индейские шалаши, негритянские хижины и склады с ценным грузом постепенно разберут, потом, в свою очередь, исчезнет главный дом, спрятавшийся под завесой зелени и цветов, а за ним и маленькая часовня, скромный колокол которой сейчас отвечал на громкий перезвон беленских церквей.

Но прежде совершится торжественный обряд на самой жангаде: бракосочетание Маноэля с Миньей и Фрагозо с Линой. Отцу Пассанье предстояло заключить этот двойной союз, суливший им столько счастья. Здесь, в этой маленькой часовенке, обе пары получат благословение священника.

Если часовенка была так мала, что вмещала только членов семьи Дакосты, то на жангаде можно было принять всех желающих присутствовать при этом обряде; а если наплыв гостей будет так велик, что всем не хватит места, тогда река предоставит уступы своего обширного берега толпе доброжелателей, пришедших приветствовать человека, который после своего блистательного оправдания стал героем дня!

Обе свадьбы были торжественно и пышно отпразднованы на другой день, 16 октября.

День стоял чудесный, и с десяти часов утра на жангаду хлынула толпа гостей. На улицы высыпало почти все население Белена в праздничных платьях и столпилось на берегу. Реку запрудило множество лодок, наполненных зрителями; они окружили громадный плот, и водная гладь Амазонки скрылась под этой флотилией, выстроившейся до самого левого берега.

Первый удар колокола в часовне послужил сигналом к празднику, радовавшему и глаз и слух. Церкви в Белене разом ответили колоколу с жангады. Суда в порту до самой верхушки мачт украсились флагами, и чужеземные корабли тоже подняли свои флаги, салютуя бразильскому знамени. Со всех сторон послышались ружейные выстрелы, но стрельба не могла заглушить громогласного «ура!», вылетавшего из тысяч уст.

Семья Дакосты вышла из дому и направилась сквозь толпу к маленькой часовне.

Жоама Дакосту встретили неистовыми рукоплесканиями. Он вел под руку госпожу Вальдес. Якиту вел беленский губернатор, который, вместе с товарищами молодого врача, почтил своим присутствием свадебную церемонию. Маноэль шел рядом с Миньей, прелестной в подвенечном наряде; за ними шествовал Фрагозо, ведя за руку сияющую от счастья Лину; а дальше шли Бенито, старая Сибела и слуги между выстроившейся в две шеренги командой жангады.

Отец Пассанья ждал обе пары в дверях часовни. Обряд был совершен просто, и те же руки, которые когда-то благословили Жоама и Якиту, поднялись еще раз, благословляя их детей.

Такое счастье нельзя омрачать печалью долгой разлуки.

И Маноэль Вальдес решил вскоре подать в отставку, чтобы соединиться со всей семьей в Икитосе, где он может заняться полезной деятельностью как врач на гражданской службе.

Разумеется, Фрагозо с женой, не раздумывая, решили последовать за теми, кого считали скорее своими друзьями, чем хозяевами.

Госпожа Вальдес не захотела разлучать сына со всей дружной семьей, но с одним условием: что ее будут часто навещать в Белене.

И это будет совсем не трудно. Ведь большая река — самый верный способ сообщения между Икитосом и Беленом, и связь эта никогда не прервется. А через несколько дней по Амазонке пойдет первый пакетбот; он будет совершать быстрые регулярные рейсы, и ему понадобится всего неделя, чтобы подняться вверх по реке, вниз по которой жангада спускалась несколько месяцев.

Бенито успешно завершил крупную торговую операцию, и вскоре от жангады — от всего громадного плота, сколоченного в Икитосе из целого леса, — ничего не осталось.

Прошел месяц, и хозяин фазенды, его жена, сын, Маноэль и Минья Вальдес, Лина и Фрагозо сели на пакетбот и отправились в обширное икитосское имение, управлять которым теперь должен был Бенито.

Жоам Дакоста вернулся туда с высоко поднятой головой и привез с собой большую, счастливую семью.

А Фрагозо повторял раз двадцать на день:

— Эх, кабы не лиана!..

В конце концов он окрестил Лианой юную мулатку, которая вполне оправдывала это милое имя своей нежной привязанностью к славному малому.

— Разница всего в одной букве, — говорил он. — Лина, Лиана — почти то же самое!

ОГЛАВЛЕНИЕ

www.ingramcontent.com/pod-product-compliance
Lightning Source LLC
Chambersburg PA
CBHW060617310726
48982CB00003B/591

* 9 7 8 1 7 6 3 8 4 7 6 6 8 *